歴史・科学・現代

加藤周一対談集

筑摩書房

目次

歴史・科学・現代

加藤周一対談集

本書は一九七三年三月、平凡社より刊行された。初出は巻末の一覧に掲出した通りである。なお、本文中の〔　〕による注は、ちくま学芸文庫に収録するにあたり編集部が補ったものである。また、本書には、今日の人権意識に照らして不適切と思われる表現があるが、著者の多くが故人であること、刊行時の時代背景を考慮し、そのましました。

I

歴史意識と文化のパターン

丸山真男
加藤周一

持続低音と主旋律

加藤　ぼくはこんどの丸山さんの解説（「日本の思想」6『歴史思想集』所収　筑摩書房刊）を読んでじつに面白かった。丸山さんが「古層」という言葉でいっているものは、持続低音として続いているというわけでしょう。主旋律は時代によって違う。それはたいてい外からのインパクト、まあ簡単にいえば、仏教と儒教と西洋思想ですね、それとの接触から出て来る。しかし、持続低音はずっと同じ調子で続いている、という考え方でしょう。この解説では歴史意識についていわれているわけですが、ぼくはひじょうにうまい比喩だと思う。日本文化史のすべての面について、そういえるのじゃないかと思うんです。だから、主旋律というか、はっきり表現された意識的な世界観は外国思想とのぶつかり合いで出てくるのだが、「古層」としての持続低音は何か。ぼくは日本の文学史というもの、それから美術史でもある程度まで、そういう形で整理できると思うんです。ただ美術史のほうは、持続低音のほうの直接の表現が少ないから、文学史よりはむずかしい。にもかかわらず、丸山さんの比喩は適切だと思う。ひじょうに面白かったな。

丸山　じつは叙述をきりちぢめざるをえなかったこともあって、パラフレーズが足りないし、例によってわかりにくい、とか強引に自分の溝にひきこんでゆく、とかいって叱られるのは覚悟の前なんです。だから、そうのっけからほめられると、分ってもらえたんだなといううれしさと同時に、むしろとまどうような気持ですね。正直のところ……

加藤　それから主旋律のほうでも、外国から入って来たものが日本で微妙に変わる。変わるのは持続低音があるからだということでしょう。だから、はっきり表現された主旋律が外国の原型とどう違うかということを分析すれば、その違いをつくり出した持続低音を推定することが出来る。こういう基本的な考え方は、日本歴史を思想的に捉えるとき、唯一の有効な捉え方ではないか、とさえ思っています。

それならば持続低音の内容はどうかということが次の問題になるわけだけれど、その前に、持続低音が本当に持続しているということについて。外からのインパクトがあっても、丸山さんのいう歴史意識の「古層」は今日に至るまでついに消えていないということですね？

丸山　そう思うのです。ただ持続低音はそのままでは独立の楽想にならない。主旋律のひびきを変容させる契機として重要なんですね。「古層」を固有のイデオロギーとして実体化しようとした試みは、神道から日本主義までいろいろあったけれども、それには無理がある。さりとて、外来思想の輸入の歴史というふうにもわりきれない。そこが日本の思想史の難しいところで、また面白いところでもある。

加藤 たとえば、仏教が日本に入って来た場合と、ゲルマン世界にキリスト教が入っていったときと、大変違うと思うんです。キリスト教の場合には、ここで持続低音といっているもの、大衆の意識の深層までも変えたと思う。おそらくキリスト教以前と同じものではなくなったんですね。ところが日本へ入った仏教の場合には、基本的な持続低音は変わっていない。そこのところに根本的な違いがあると思う。そういう点でも丸山さんの解説は面白かったし、大賛成なんです。

それから、丸山さんのいわれる〝なる〟ということ、〝おのづからなる〟ということですね。そこでちょっとユダヤ教のことに触れていますね。ユダヤ教の〝つくる〟文化は、主体性の問題として、人間中心主義になると思うんです。押しつめていえば、歴史というものを、歴史に参加する人格の決定の積重ねと見る。

ちょっと余談になるかもしれませんが、解説で絵巻物のことが出て来ますね。絵巻でもそうですが、日本美術の一つの特徴は、人物中心主義じゃないことですね。そもそも風景画が西洋の場合よりも早い時期に独立した。これはユダヤ教の世界と違うんだな。西洋では、風景画が独立するのは、オランダの十七世紀です。中国でも早いけれども、日本でも早い。そうした違いがありますね。

三、四年前かな、シャガールが『旧約聖書』の主題で連作油絵を展覧したことがあった。たとえばシャガールはユダヤ人でしょう。ユダヤ教世界の感覚がよく出ていると思いました。そういうのをシャガールは、『ノアの方舟』。洪水になってノアだけが助かるわけでしょう。そういうのをシャガールは、人間を真中に大きく描いて、水が右側に少しあって左側に小さな舟がある。日本の画家ならば、そうは描かないでしょう。シャガールの『旧約』は、徹底的に人間中心主義ですね。

丸山 そういう話を加藤さんからきくために今日は来ていただいたんです(笑)。そのシャガールの連作をぼくは見ていないけれど、日本だったらむしろ逆に、北斎が描いているような怒濤を大きく描いて、そのなかで木の葉のように翻弄される孤舟を、ダイナミックに描くでしょうね。だから、非人格的な大きな流れの〝いきほひ〟として歴史が実感されている。

加藤さんが人間中心といわれたことに注釈をつけ加えると、ユダヤ教の場合はやっぱり人間は人間でも、〝個人〟だと思うんだ。日本のは、絵巻の『伴大納言絵詞』の「応天門炎上」にしても、生き生きと描いているのは群衆でね。そのなかの一人一人の姿やうごきも面白いけれど、その一人一人というのは――例が適当かどうか別にして、『最後の晩餐』の弟子たちの、一人一人違った個性が描かれている――ああいうのと違いますね。

加藤 今シャガールといったのは、ユダヤ教の象徴としてでね、洪水よりも大きく中央に立ちはだかるノア、天に昇る梯子よりもはるかに大きいヤコブ。いわば一人の人間が全責任において歴史を決定する。日本的な〝なる〟と対照的で、両極端だと思いますね。そういう意味では、中国は根本的には西洋に近い。『史記』の世界観、つまり一個の人間が決定するという……

丸山 だから、列伝も王侯将相だけでなくて遊俠列伝や貨殖列伝がでてくる。個人として……

加藤 プルタークの『英雄伝』と『史記』の列伝は同じだと思うんだ。日本のは軍記物でもそうではない。歴史を動かしているというのは、おっしゃるように群衆ですよ。個人として登場しはするけれども、みんな場景の中にとけこんでいる。場景を超越した決断が真正面から出てくるプルタークや『史記』とは全く違う。日本では中国の影響が大きかったから、主旋律のほう、出来あがった形での世界観をたどっていくと、一見中国に近いように見えるけれども、丸山さんのいわれる「古層」の世界にまで入っていくと、中国と日本は対照的に違うと思う。

丸山 今度の小稿は全体として日本と中国との発想の対比を強調したので、共通性の面は意識的にネグったんです。古代に目をすえて特徴を出そうとすると、どうしてもそうなっちゃう。たとえば『三国志』と日本の軍記物を比べると、どう見ても個人の人格の重みが違う。軍記物はやはり人物が諸行無常の大きな歴史の流れに流されている感じが全体に出ている。

ただね、話を日本の歴史に限定しますとね、『平家』を頂点とするあの一連の軍記物くらい個人が生き生きと書かれている史書は少ないでしょう。むろん軍記物は文学だといえばそれまでの話ですけれど……。日本の中世と近世とを比べると、ちょっと逆のようだけれど、中世のほうが個人の意識がはっきりしている面があるんじゃないですか。

加藤　それはそうですね。

丸山　宗教なんかもそうですね。内面化された宗教というのはいちばん鎌倉仏教にでている。世界宗教と本当に対決した時代は日本でいうと、中世だけなんじゃないか。共同体宗教のように、「いえ」とか部族を単位とした「みんな」の、あるいは「われわれ」の宗教じゃなしに、死なら死の問題を通して、たったひとりの個人を絶対者に直面させるのが世界宗教の歴史的役割でしょう。加藤さんを前においてこんなことをいうのもおかしいけれど、西洋だって、古典ギリシアは共同体宗教だから、ギリシアの民主主義には「個」の意識はない。

加藤　鎌倉仏教は仏教が超越的世界観として、本当に日本人の中に入っていった、最初にして最後のものじゃないですかね。あそこで、日本歴史にたいする超越的世界観のくさび、が打ちこまれたという感じがする。しかし十四世紀になるとそろそろ「日本化」しはじめて、超越的・宗教的な面がうすめられ、此岸的・文化的な面が強調されてゆく。あの時代はそういう意味で例外的な時期だった。

丸山　ぼくは、狭い意味での鎌倉仏教以外でも、あの時代にはそういう契機があったという気がするんです。たとえば慈円は天台で鎌倉仏教じゃないけれども、『愚管抄』と『神皇正統記』と比べたら、歴史把握の深さという点で、比べものにならぬくらい『愚管抄』のほうが深い。それから、江戸時代というのは一番まとまった歴史書が輩出した時代です。『本朝通鑑』『大日本史』以下、盛大なものです。けれども『愚管抄』に匹敵する歴史哲学が出てないですね。事実の考証はむろんずっと発達していますが……

加藤　まあ、白石ですね。

丸山　だけど、例えば歴史における矛盾という意識が白石にはそんなにないな。偉い歴史家には違いないけど。

加藤　それはそうだけれども、じゃ、なぜ慈円が、旧来の律令・院政からずっと続いてくるものの矛盾を見破って、残念ながらとはいいながらも、武士の出て来る必然性を見抜けたか。ぼくは、歴史家は自分の属する体制によって規定される、ということがあると思うんですよ。慈円は摂関家の立場でしょう。親房は南朝、白石は徳川幕府そのものですね。だから、摂関家がもっていた歴史的必然性、あるいは与えられた状況の中での合理性、そういうものが、その体制を弁護する立場から書かれた歴史に反映するのではないでしょうか。体制自身のもっていた無理の大きさから、親房には一番無理が出ている。その次が慈円で、『読史余論』で見た白石が一番筋が通っている。

丸山　ぼくはちょっと異論があるんだけどなあ。体制の弁護の「自然さ」という点では、加藤さんのつけた序列に賛成ですがね……。慈円は、律令制ないし院政的形態はもう維持できない、武士の権力と手をつながなければ今後はやっていけないという歴史認識をもっている。と同時に、他方では、武士階級の擡頭自体が末世の徴候であり、無理が道理としてまかりとおる世の中だという判断をはっきりもっている。そこで初めて歴史における矛盾の感覚を身につけた叙述が……

加藤　それはそうです。でも、なぜ歴史の矛盾を見抜けたか。それは、慈円が院政にたいしても武士にたいしても局外者であったからでしょう。一方にコミットしていたら見えなかった。摂関家をもっと重んじていたら、こんなざまにはならなかったと強調する立場でしょう。

丸山　慈円と同じ利害関係をもち、似たような政治的立場にいた公家は、当時他にもいたんですね。さっきの話に帰るけれども、やはり慈円の歴史を見る目には、体制の崩壊感覚と同時に、世界宗教との出会いということが生きていると思うのです。言葉でいうと「自然法爾」とかいった抽象的表現になっちゃうけれど……。つまり世界宗教にコミットした観点からみると、現世的な価値、したがって体制や権力関係の浮沈もそれにたいして、相対化されるから、自分の所属する階級あるいは党派的利害にベッタリになる傾向から自分自身をひきはがすことが可能になる。白石には、武家政権に距離をおいて、これを対象化する視点がない。歴史的価値判断の次元でも、白石は筋は通っているけれど、そのために明快すぎてね。慈円の方が判断の仕方が多層的じゃないでしょうか。一例をあげれば、馬子の崇峻天皇弑逆のときの聖徳太子の立場を苦心惨憺して擁護していますね。あそこなども歴史悪の問題と、ともかく正面からとりくんでいる。あの事件が契機となって、仏法が王法を守るという道理と、もう一つ、ヨリ重い道理がヨリ軽い道理を犠牲にして自己を実現するという、この二つの道理が明らかになった、というわけです。今日の目でみるとこじつけみたいだけれど、歴史の逆説を何とかして説明しようという態度がはじめて出て来た。つまり善が悪を生み、悪が善を結果するという歴史の矛盾の問題ですね。その意味では、白石の歴史的価値判断は、根本的には儒教的徳治主義を出ていないのではないでしょうか。

加藤　これはちょっと微妙な読みの問題になって来るけれども、ぼくの『愚管抄』の読後感にはこういうことがあるんですよ。今具体的にどこといえないのが残念だけれども、『愚管抄』の中での仏教の出方が、超越的立場であるために、かえって歴史を内在的につかむのに障害になっているようなところがある。ひどいいい方をすると、困ると仏教をもち出すという感じがちょっとするわけですよ。

ところが、白石は、もちろん一方ではあまりにも道徳主義だけれども、しかし、仏教で逃げちゃうよりも……

丸山 たしかに『愚管抄』には結果論で説明しているところが多いですね。

加藤 そうなんですよ。そこは白石のほうが人間の歴史として人間自身の力で説明しようとしている。もちろん、同時代人と比べれば、それは『愚管抄』の慈円の歴史意識は段違いですけれど。

丸山 ぼくも白石についていえば、江戸時代の学者・思想家のなかでは彼の歴史意識はやっぱり光っていると思いますよ。解説のなかで、山県大弐や默霖の、「天下の大勢」への順応をこばむ復古主義の論理を時代の「例外」としてあげたけれども、そのかわりこういう人が歴史的センスをもっていたかとなると、どうもあやしい。白石などは、儒教的な規範主義を確固としてもっていながら、ともかく歴史の内側にくぐろうとしているという両面があって、江戸時代では珍しい。結局、鎌倉初期と江戸時代との精神的気候の違い、ということになるかもしれないけれど……

加藤 結局、鎌倉仏教を生み出したものが、慈円を生み出しているわけでしょう。強いて天台座主ということにこだわれば、ポール・ロワイヤルみたいなものでね。鎌倉仏教というのは、ちょっとプロテスタンティズムみたいなところがあると思うんだけれども、プロテスタンティズムが出たときは、カトリック教会が反応して、一つは宗教改革の征伐、これが「イエズス会」になり、もう一つはプロテスタント的なものを取り入れて……

丸山 敵の姿に似せておのれをつくるんだな。

加藤 それがジャンセニズムで、ポール・ロワイヤルですよ。慈円は、ある意味では、サント・ブーヴのいう「教会内部の宗教改革者」の面を備えていた。そういうものを生み出した「時代」というものはありますね。

だから鎌倉時代は例外だと思うんだな。不完全な形では、十六世紀のキリスト教が入って来たときと明治ですね。そういうのも小さな例外だと思うけれども、超越的世界観が日本に浸透したのは鎌倉だけでしょうね。同時に、個人が出てくる。他の時代は、〝次々に〟なる〟だけでね。

丸山 ただ、鎌倉以後の超越者の感覚の稀薄化過程についてはね、ぼくは一種の二段階説なんです。ややこしいことをいって恐縮ですけれど、超越性と普遍性とを区別すると、江戸時代でも天とか天道とかいうセンスがあるでしょう。あれはやはり経験的感覚的実在をこえているという意味では普遍性の感覚ですね。だけど、儒教的で、儒教は徹底的に現世的だから、内在的普遍性なんですね。だから「天下泰平」という秩序価値の優位と結びつく。「正義行なわれよ、たとえ地球は滅びるとも《フィアート・ユスチチア・ペレアート・ムンドゥス》」という意味での徹底した正義価値は、キリシタンを絶滅させ、仏教を完全に俗権に従属させたあとでは、存立の場がなくなってしまう。江戸時代の「近代化」が同時に「古層」がせり上ってくる過程だと、解説でいったのもそれと関係があるんです。ですから、政治的な次元ではその過程のクライマックスが、かたや「尊王論」と王政復古、かたや「公議輿論」あるいは文明開化との結合になって現われる。ところが、さらに明治時代もすすむにつれて、儒教的な天とか天道の感覚も減退する――つまり超越者どころか、普遍者の意識もうすれるから、日本の国体をこえた「道」がなくなり、普遍というのは、「そと」の地域のことか、でなければ哲学的な思弁でしかなくなる。感覚としては〝なりゆき〟と〝いきほひ〟の世界だけになってゆく……

〝なる〟の時間性と空間性

加藤 〝なる〟のほうは、だから時間的には「いま」の世界になるし、空間的には「ここ」の世界、日常的現実の世界になるわけですね。

丸山 「ここ」の意識には、日本の風土も関係してると思いますね。大陸のように無限に広大な天空――地平線から太陽が昇ってまた地平線に沈むところと、山あり谷ありというところとの感覚の違い。だから、世界像にしても、宣長的にいうと、本来はアメツチのアメというのも、どこまでも一定の領域をもった具体的なタカマノハラというクニで、トヨアシハラノナカツクニというこれもきわめて具体的な領域と相対している。その中間の何もないところがソラで、ソラは漢字でも虚空というふうに書いて天つ神の住むクニと区別されている。中国で天地というのと違う。後世になっても、日本で「天下」といえば、世界のことじゃなくて、「天下をとる」というように、日本全体のことでしょう。どこまでも感覚的・具体的に考えてゆく傾向……

世界創成神話というのはいろんな民族にあるわけだけれど、日本ほど具体的な国土、それも淡路島とか対馬とか、一つ一つ小さな島の名前をあげて、順々に生誕を語ってゆくのは、どうもあまり例がないらしいね。

加藤　その辺がまたおもしろいんだな。特定の地名——殊に平安朝以後の名所・歌枕など——が文学に持っている影響は大きいですね。それが極端になると、食べ物の嗜好にまで及んでいる。どこそこの芋だとか魚だとか、「どこそこの」ということがなによりも大切になりますね。

丸山　『風土記』はもちろん、記紀にも、地名の起源説話がやたら出て来るものね。

加藤　それからもう一つ〝なる〟ということでね。ヨーロッパや中国の町は〝つくった〟町でしょう。それにたいして日本の町は〝なった〟ものだ。京都は中国の町の模写だから別にして、本来の日本の町は〝なる〟ものでしょう。まさに現代の日本の都市もまた〝なる〟都市で……

丸山　徂徠が『政談』や『太平策』の中で、江戸の町は全然計画性がないから、いつのまにか品川まで家続きになっちゃって、どこから都市でどこから田舎だかわからない、ということをいっている。大学にいたころ演習でテキストに使ったので、江戸のメガロポリス化といったら、学生がみんな笑ってね。ぼくは冗談半分でいったんですけど、なかに一人、真面目だけれど、ユーモア感覚のあまりない学生がいて、「あのころからそうだったんですか」(笑)と感心していました。いつの間にか、誰がしたというのでなしに、何となくひろがっていくという、自然膨脹主義で、とうとう東海道メガロポリスになってしまった。徂徠の「都鄙の別なし」というのはじつにうまい表現だと思うんです。

加藤　ヨーロッパの中世都市では、だいたい中心に教会があって、城壁をつくって城壁の中にずっと殿様以下町人までが住んでいる。

丸山　空間ということで一つ伺いたいのは、ひじょうに素朴な疑問なんだけれど、たとえば、システィンの礼拝堂にミケランジェロが『旧約聖書』をテーマにして、『天地創造』から『最後の審判』まで、全部壁画に描きましたね。日本の神話も、スケールの大小はともかく、絵の題材としては大変面白い話が多いでしょう。そういうものを壁画にしたということはまずないですね。どういうわけだろう。

加藤　神話は神道のものでしょう、仏教系統じゃない。ところが神道の方には、絵だけじゃなくて神像もない。伊勢神宮でも天照大神の像はないということになっている。それが一番根本的な理由じゃないでしょうか。神道もそうですが、儒教にも、「イコノグラフイー」は発達しなかった。むしろ仏教やキリスト教が「イコノグラフィー」を極度に発達させた特殊な例外じゃないでしょうか。

丸山　なるほど……。たとえば絵巻物だって、あれだけ日本に伝統があるんだし、天の岩戸神話や出雲神話の絵巻があってもよさそうなものだという気がするんですけどね。神道だってイデオロギーの面では、仏教や儒教にもろに影響されているのにね……

加藤　神話の物語はたとえば能にもほとんど出てきませんね。あれだけ古い、いろいろの材料を使っている能にもない。

丸山　日本の神話がいわゆる民族の伝承として日本人の興味を喚起していたら、何らかの形で芸術化した筈で、そう考えるほうが普通だと思う。してみると、日本神話は文献化されて以後は、果して神話として伝承されたといえるのかどうか。神道家による神代巻の注釈書は伊勢神道以来、いろいろあるけれど……。その点だけ見ても、神話神話といってもこれをギリシア神話などとすぐ比べるのは危険だ。これはもう少し論議してもいい問題じゃないかな。

加藤　絵巻物といえばね、たいへん抽象的な画面構成と、ひじょうに細かい部分の描きこみとの、両方の要素があるんですね。「ミニアチュール」の意味は、よくわかると思う。つまり、「いま」と「ここ」という立場からいって、全体との関連からはなれても、細かいところへどんどん入って行くんですね。それはわかるんですが、あの抽象的な画面構成、たとえば『源氏物語絵巻』でも、画面を分割する建物の線とか、単色の大きなブロックとか、これは簡単に説明できない要素ですね。その辺のところに日本美術史の一つの大きな問題があると思うんです。

丸山 ぼくはその辺のところはよく分らないけれど、あれ「抽象的」っていえるのかしら……

歴史主義——西洋と日本

丸山 話を元にもどしますけれど、一般常識的な意味で、歴史というのは、現世の出来事の時間的な変化を追ってゆくということでしょう。ところが超越的な世界宗教が出てくると、この世における人間の営みを絶対的な立場から審判する。それにたいして人間はどう永劫の責任を負うか、ということが大きな関心事になる。キリスト教だけじゃなくて、仏教の業（カルマ）とか輪廻（サムサラ）とかだって、やっぱり、そういう問題への答えでしょう。ですからごく普通の歴史的見方にとっては、超越宗教というのは有利な土壌にならない。まさに逆に、日本のようにそういう超越者の意識がうすいところでは、昔から出来事をみる目が歴史主義的だったというところがあるんじゃないか。ヨーロッパでいうと、かえってギリシア・ローマの異教的世界の時代にすぐれた歴史家がいて、中世以後で本当に歴史の世紀が来るのは十九世紀ですね。

たとえば、ヘーゲルは歴史哲学の元祖みたいにいわれるけれども、ヘーゲルの歴史哲学は根本的に弁神論ですよ。むろんドイツ観念論のなかではいちばん歴史内在的な見方をするわけだけれど、結局歴史というのは神の世界計画の実現の過程で、目的論的ですね。だからランケとかランケ以後の歴史主義の発展というものは、ヘーゲル主義の呪縛からの解放のためのものすごい苦闘を経て、いわゆる歴史的個体性の認識と時代的な相対性の見方を成熟させていった。ところがあらゆる時代を内在的に理解していこうというのを押しすすめてゆくと、歴史上の人物にしても出来事にしてもそれなりに分っちゃうことになってね、峻厳な価値判断がくだせなくなる。ニーチェがほとんど本能的に反撥したのはそこでしょう。いわゆる「すべてを理解することはすべてを許すことだ」。それで今度はトレルチやマイネッケなんかが、歴史主義の危機を論じ出すようになる。

日本は、その意味で絶対者の基準がはっきりしないから、ヨーロッパが十九世紀でようやく開花したような見方——歴史は過去をありのままに（wie es gewesen ist）書くものだ、というランケのような考え方——は、何だそんなことはあたりまえじゃないか、ということになる。素朴な形ではあるけれども、昔からそういう見方が強いから……

加藤　そのとおりだと思いますね。だから、近代的な歴史観が明治になって入って来たときに、そのままつながろうというところがあったと思う。ただ歴史主義の発展はヨーロッパでは、三段になっていて、一つはヘーゲルからマルクスまでかな、歴史の法則を求めるという……

丸山　摂理史観のヴァリエーションですね。

加藤　マルクスも、拡大して考えれば摂理史観ですね。そのあとが、今おっしゃったような実証主義的な歴史主義、人間史学が出てくる。しかし、そこには、壊すことの出来ない人格の統一性にたいする信頼がある、人間の劇としての歴史ですな。そのもっとあとで、こんどは人格の統一性にたいする信頼が失われる。それはいろいろなインパクト、フロイトもあるでしょうしいろんな要素があって、結局、人格の統一性にたいする懐疑の時代に入って来た。それが「現代」だといえますね。

日本は、いわばはじめから、ヨーロッパの第三段階ですね。現在の第三段階に近いところがある。近代的というよりも、もっとも最近のヨーロッパの風土になまにつながる類似性があるんじゃないでしょうか。

丸山　面白いですね。たとえば、マルクス主義の受容のされ方でも、そういう一面がある。マルクス主義の受容はひじょうに複雑で、いろいろな面がありますよ。公式主義といって反マルクス主義者からやっつけられるのは、いわば日本の思想の土壌と逆の面です。しかし同時に、観念や思想の歴史的制約とか、歴史の発展法則の鉄のごとき必然性とか——こっちの面でいうと、たとえば生産力の発展は産霊《むすひ》の〝なりゆく〟史観に、また不可抗的な必然性は〝いきほひ〟の史観にズルズルと受け入れられるような……

加藤 そういう一面もある。マルクシズムには、個人的決断、丸山さんのいう〝つくる〟意志、その不在を理論化する面があった。

丸山 ぼくなんか戦前の実感で、ひじょうに気になった一面ですね。世界史的必然というのが、理論的意味はともかく、現実には天下の大勢には勝てない、という考え方を助長する。大勢といえば、これを多勢とも書いて、おおぜいと訓むのも、象徴的だと思うんです。軍記物にも出て来ますね。おおぜいになると〝いきほひ〟がついちゃってとても手におえない（笑）。

加藤 同じことになると思いますけれど、マルクシズムは本来、思想が歴史的・社会的に制約されているということ、主観的には個人の自由意志の決意であるかのようにみえても、じつは歴史的にはブルジョア階級の利益を擁護しているにすぎない、ということを強調する。だから、対ブルジョアのきわめて戦闘的な思想になるわけでしょう。歴史は自由な個人の〝つくる〟ものだというのが、ブルジョア思想の根幹だから。そういうブルジョア思想がなければ、戦闘的イデオロギーではなくて、今までつづいてきた伝統的な文化の再確認になってしまうんでね。

丸山 それに関連して、まえにもどこかでいったと思うんですが、ぼくはとても印象的な記憶があるんです。

一九三三年にナチが天下を取って、授権法を出したわけです。共産党の国会議員は全部、ライヒスターク〔国会議事堂〕の放火事件で逮捕されていた。社会民主党はまだ合法政党だったけれども、一部分は逮捕されていた。結局、ナチと中央党が賛成して社民党だけが反対して授権法が通った。あれはヒットラー独裁の法的基礎になるわけですね。あのときに、社会民主党首のオットー・ウェルスの反対演説というのがすごいんですよ。何しろ国会の回りは武装した突撃隊員がぐるりと囲んでいる、傍聴席もほとんどナチ党員で、彼等の野次と怒号で演説はほとんど聞きとれない。そういう中で顔面蒼白になってやるんです。印象的だからドイツ語で覚えているんだが、"In dieser geschichtlichen Stunde, bekenne ich mich zur Idee der Freiheit, des Friedens und der Gerechtigkeit . . ." すこし違っているかもしれないけれど、つまり「この歴史的時間において、私は自由と平和と正義の理念への帰依を告白する……」そのあとに、「いかなる授権法もこの永遠にして不壊《ふえ》なる理念(diese ewige und unverletzliche Idee) を滅ぼすことはできない」といって、以下「全国の迫害されている同志に挨拶を送る……」とつづくんです。まずはじめの「この歴史的時間」というときの「歴史」ね、それはもう周囲の大勢ことごとく非なる「歴史的時間」なんですね。明日にも強制収容所ゆきになるかもしれない、しかも見える限りの人民はあげてハイル・ヒットラーでしょう。国家権力対人民なんていう二分法はまったくアクチュアリティがなくなっている。ウェルスは、そういう重たい、今の歴史的現実にたいして、自由と平和と正義を「永遠不壊の理念」として対峙させた。もちろん彼がそういう歴史と永遠という言葉の意味を考えながらつかったわけじゃないでしょう。けれどね、ぼくなんかの学生時代の教養目録では、エンゲルスが、『反デューリング論』でしたかね、自由・平等の理念の永遠性についてのブルジョア的幻想とおしゃべりをこきおろして、そういう「観念」の歴史的制約を暴露したのが頭にこびりついている。それだけに、鳥のまさに死なんとするや、その声かなし、じゃないけれど、戦前の最後のマルクス主義の世界観政党の首領が、「歴史」に追いつめられた絶体絶命の場で、「永遠にして不壊なる理念」へのコミットメントをうめくように洩らしたのは強烈な印象だったんです。ちょうど大学生時代にかけて日本は雪崩をうったような転向時代でしょう。それ以後の「歴史的動向」はナチほどではないにしても、周囲の情勢ことごとく非、という実感だったことは加藤さんも同じだったろうと思うのです。そういうなかでずっとぼくの頭からはなれなかった問題は、歴史をこえた何ものかへの帰依なしに、個人が「周囲」の動向に抗して立ちつづけられるだろうか、ということです。一概にはいえないけれど、マルクス主義をもふくめた歴史主義の洗礼を受けたインテリよりも、ある種の「非歴史的」なオールド・リベラルのほうがしっかりしていた、という実際の見聞もあってね……。どうも直接の本題から脱線しちゃいましたけれど……

加藤　マルクス主義は、理論的に一つの問題を含んでいる。というのは、マルクス主義の歴史的相対主義を徹底していくと、マルクス主義自身がどうなるかということ。つまり一つの理論は、その理論自身について語ることは出来ないわけで。これは例の「クレタ人は全部嘘つきである、とクレタ人がいった」という話と同じ構造になります。マルクス主義が、すべてのイデオロギーが相対的であるといったときに、マルクス主義そのものも相対的になるのか、ならぬのか。しかしマルクス主義の言葉ではマルクス主義の普遍性あるいは相対性は語れないわけですね。

　実際には、マルクス主義はもちろんマルクス主義を相対化しているんじゃない。しからば、いかにしてマルクス主義を正当化するかというときには、結局は歴史に超越するものが出てくると思うんですよ。そうでないと、マルクス主義自身が歴史を超越できないから。歴史的相対主義を支えるためには、歴史への超越性が必要だ。オットー・ウェルスが「この永遠にして不壊なる理念」といったときはそういう意味なんじゃないか。

丸山　追いつめられた状況でのギリギリの本音と思うな。

加藤　具体的な歴史の中では、マルクス主義は自由の観念を相対化する。しかし全体を越える普遍的自由の観念が前提になっているので、ギリギリのときにはそれが出てくる。

丸山　自由・平等・正義の理念はかくかくの歴史的条件のなかで生まれ、かくかくの歴史的制約がある、なんていっていられない。

加藤　そうです。だから、最後は信仰告白《クレド》なんでね、それがヨーロッパの文化でしょう。

信念があるということが。それがないと、日本式の「転向」雪崩現象がおこる……

丸山 ところが、現在ではヨーロッパ世界でも、全部の価値が相対化され、いわば永遠像みたいなものが崩れているような感じがするんだけど……

個人と社会の諸パターン

加藤 日本やヨーロッパと違って、アメリカには今でもクレドが生きているんじゃないですか。

丸山 そのクレドが一面では、マッカーシズムのような形で出るけれどね。

加藤 それでも、一人でそれに反対するのがずいぶんいたと思うんですよ。ヴィエトナム問題でもそうですが、自由とか正義とかの信念に基づいて一人で立ちあがる。価値を内在化したという意味での個人ですね。それがアメリカにはずいぶんあると思うな。ペンタゴン・ペイパーを出した記者にしてもね。日本と違うんだ。「みんなで」反対しましょうとか、「みんなで」賛成しましょうとか、いうんじゃなくて、個人の信念で反対する。あれはすごいと思う。

丸山 それは、いわゆるヨーロッパ的世界の中での、アメリカの「若さ」なんじゃないかな。そういう意味で、まだ理想主義的……

加藤　それはそうですよ。正義とか真実を知りたいとか、まことに素朴なものが生きている。だから、一人で立ちあがる道というのが、わりあい開かれているんですよ。事実をもって議論をすれば、あらためてその立場を検討する用意がある。ある素朴な形での理想主義の信念があることと、それを基準にして、正しいことであれば誰がいっても正しいという、開かれたところがある。この二つがアメリカの特徴じゃないかな。

丸山　ある意味では、非歴史的だから強いという点が逆にある。歴史的相対主義の毒に蝕まれていない。それがいい方面にだけ現われない例として、さっきもマッカーシズムをあげたけれど、アメリカの極右はすごく個人主義ですね。ジョン・バーチも。ファンダメンタリストが多いでしょう。よくニューヨークでやっているね、星条旗を立てて一人で演説している。反動の方もそれなんだな。マクガバーンとマッカーシーが同じ伝統と土地を地盤にしている。

加藤　個人としては、やはり完結性《インテグリティ》がありますよ。どこが中心なのかという核があるもの。そして開かれている。個人主義社会だから、みんなと一緒ということにはならないわけだ。

日本の場合は、はじめから歴史的相対主義の極端なものが続いていて、その上にもう一つは「仲間」内主義でしょう。両方合わせるとヨーロッパともずいぶん違う。

丸山　、解説で最後にちょっと「同方向性」と書いたけれども、そこをやり出すと現代日本論になるので切っちゃったわけです。絵巻物じゃないけれども、同一方向性の運動で、それに勢いがついて、さらに集団的なはずみがつく……

加藤 多少図式的にいうと、集団への組みこまれ型ですね。その「グループ・インテグレーション」が弱くて、歴史的相対主義になっているのが、ヨーロッパの現状で、歴史的相対主義がなくて永遠の価値を信じていて、高度工業社会が持っているある種の「グループ・インテグレーション」の進んでいるのがアメリカ。日本では、「グループ・インテグレーション」にしても歴史的相対主義にしても、そうしたものが伝統的にあって、しかも日本人はひじょうに敏感だから、アメリカ的な「グループ・インテグレーション」や、ヨーロッパの歴史的相対主義の最先端の空気が幸か不幸かちょうど重なって、伝統的傾向が強化されている。これが日本の状況じゃないでしょうか。

一般には、グループの目的は地位志向型で、目的の達成よりは、グループ全体の社会的地位が主たる価値であることが多い。内部の人間も地位志向型であって、目的志向型でないのが普通でしょう。ところが、日本の伝統では、武士団の場合にはっきりしているように、グループ全体は目的志向性が強くて、成員は地位志向型だといえないでしょうか。そこからグループのダイナミズムが生まれると思う。

今の日本の社会では、グループは伝統的な目的志向型、その内部で、個々の成員は、地位志向型と目的志向型との複雑にからんだものじゃないかな。しかし、グループ優先という枠組は崩れていない。

ちょっと歴史意識からはずれるけれども、グループの目的が比較的単純に提起されている場合は、ダイナミズムがもっとも有効に作用する。グループ自体が目的を選択しなければならない場合には、選択のメカニズムがグループの内部でよく機能しないで、ひじょうに困るんじゃないか。

たとえば経済成長というのは、儲ければいいのだから、目的そのものは簡単ですね。しかし、政治問題になると、目的の選択そのものが複雑な仕事です。戦後、経済大国・政治小国になっちゃったのは、それはもちろん占領にはじまるいろいろな要素や情勢もありますけれども、今いったことからも説明されるのじゃないですか。

丸山　軍事行動と経済行動は目標自体の多元性がないという点では似ていてね、ミリタリー・アニマルからエコノミック・アニマルにきりかわることはわりに簡単だけれども、エコノミック・アニマルから、ホモ・ポリティクス（政治的人間）になるのは大変なんだな。

加藤　政治での目的選択は複雑で、その上に歴史意識の問題がからんでくる。だからますます欠点がさらけ出される。経済活動のほうは、歴史的な問題が比較的からまないからいい、ということもあると思うんですね。

〝なる〟歴史観の〝なりゆき〟主義が一方にある。ところが政治問題の提起そのものが歴史を自分でつくるということを意味する。そこで〝つくる〟歴史の観念が入ってこない限り、目的選択の仕事はうまくゆかない。そのことと、今いった集団の構造とがからんできて、「政治の貧困」ということになるのじゃないでしょうか。

丸山　日本人は、一方では相対主義でありながら、他方では歴史は直線進行的で、過去はすぎ去ったものだとして、いつも、最新のファッションをもとめる。歴史というものを現在の状況の中での目標選択の栄養にするという思考は、逆に弱いですね。

加藤　歴史的主体の持続性がない。丸山さんが書かれている〝いま〟の〝いきほひ〟ですね。それが主体にとって、与件としてあるわけでしょう。過去があったから現在の勢いが生じたわけだけれども、その過去も、おのずからなったわけでね。結局、おのずからなったということで、両方要約されちゃうわけで、現在の情勢というのは所与のものになる。したがって、それにいかに順応するかということだけが問題として出てくる。過去の情勢と現在の情勢をつなぐ、歴史的主体というものがないから、その意味で、現在の時点における大勢への順応主義ということになる。それならば、主体としての責任の問題もないし、計画の問題もない、ということになるんじゃないでしょうかね。

丸山　またそれで何とかなって来たものでね（笑）。ただ、プラスにしろマイナスにしろ、持続低音を続かせていた条件は、「まえがき」にも書いたけれど、日本の民族的等質性で、これは世界をとびあるいている加藤さんにはよくお分りだけど、まったく高度工業国のなかの例外現象ですね。やっぱり日本の地理的な位置が大きかったと思うんです。地理的条件はテクノロジーの急激な発達で大きく変わるから、今後は分りませんね。むしろ今までの何千年かがよほど特殊な条件にあった、とみるべきじゃないか。だから宿命論的になって悲観するのも、逆に、これまでの条件のなかから未来の可能性をひきだすほかない、ときめてかかるのもぼくはおかしいと思いますね。

加藤　ぼくは、昨日、中国上海舞劇団の『白毛女』を見に行ったんですけれどもね。いろいろな方が来ていて、上野の文化会館いっぱいなんですよ。その上野の文化会館の舞台に、赤旗がひるがえった。変われば変わるものだと思って、まったく今昔の感にたえませんでした。赤旗は、つい昨日までは悪の象徴だったでしょう。その赤旗が舞台にひるがえり、貴顕紳士淑女が笑って拍手をしているわけですからね。

それからもう一つ、その赤旗を日本人が持って走り回っているんじゃなくて、中国人が持っていたということですね。昨日までは、赤旗を見ればたちまち警察権力を集めて警戒するという状況から、こんどはみんなして拍手喝采するという状況まで……その百八十度の転換に何の矛盾もない。滑らかというか、あっけらかんというか、じつに……

丸山　だけど、挙国一致という点は同じなんだ。しかも急に一斉転換するというだけじゃなしに、ニクソン訪中がなかったら、はたして自分たちでしたかどうか。だから二重に状況主義的……

加藤　そうなんだ。敗戦の御詔勅がくだってガラッと変わっちゃったときのことを思い出しましたね。あれがフランスだったら、たとえドゴール治下でも、小劇場では赤旗の出る芝居が続いていましたよ。もちろん、いろいろ軋轢はあったけれども。日本みたいじゃないね。ある日突然赤旗がひるがえって、拍手喝采じゃないんだ(笑)。きのうはじつに、ある日突然という感じだったな。じつに印象的でしたね。

丸山さんの分析された「古層」が今まで続いていて、持続低音はまさに生きて流れている。

丸山 絵巻物がそこまで来たんだよ。どんどん巻きすすんで、右側のほうは巻き終わった部分だから、見えない。見えてるのは「いま」のところだけで、過去は巻いちゃっているからね、もう済んだことなんだ……。いや、ぼくは現代論はやらないことにしてるんだけれど、どうも加藤さんのペースにはまって現在を語っちゃったな……

(一九七二年八月十日)

言に人あり
――富永仲基に興味をもって――

湯川秀樹
加藤周一

『出定後語』

湯川　加藤さんがお書きになった『三題噺』（筑摩書房刊）という御本がありまして、最近読んだのですが、そこであつかっておられる人物が、石川丈山、一休和尚、それから富永仲基で、この三人とも、それぞれ違った意味で私は興味をもっておったのですが、とくにその中で富永仲基という人については、詳しいことは近ごろまで知らなかったのですが、名前だけはずっと前から知っておったのです。

どういう因縁であったかといいますと、江戸時代の大阪に、町人のつくった懐徳堂という、学校というか塾というか、そういうものがありました。それが明治の末か大正の初期かに復興されまして、京都大学の先生方も、そこへ講義にいったりしておられたようなんですね。私の父も、当時、懐徳堂へ行ってきたという話をときどきしておりました。あるとき、父がひじょうに親しくしておった内藤湖南先生が、懐徳堂にゆかりのある富永仲基という大阪の町人学者はなかなかえらい人だというておったということを、私の父親から聞きました。私はかねがね内藤先生はえらい先生と思っておったので、富永仲基の名が印象に残ったのです。

ところが、近ごろになりまして、中村元さんの書かれた本を読むと、富永仲基の『出《しゅつ》定後語《じょうこうご》』という本のことがいろいろ書いてありまして、それを見て、これはなかなか独創的な学者であるということがわかり、その『出定後語』のもとのものをなんとか読もうかと思ったけれども、なかなか手に入らない。いまだに通読する機会がないのですが、加藤さんが持っておられた本をちょっとお借りして、ちゃんと読むひまがないものですから、拾い読みいたしました。私は『図書』〔岩波書店〕を利用していろいろの方と対談させていただいているのですが、その最初の趣意は、日本人のなかから、いろいろな時代に数多く独創的な人があらわれた。とくに独創的な人が芸術方面にたくさんあり、よく知られているけれども、学者のなかにもそういう人が何人かあるだろう、それはどういう人たちだろうか、ということなのです。そして富永仲基という人は、とくに独創的な学者として、数少ない一人に違いないにもかかわらず、あまり広く知られていない。そこで今日は彼を中心とした話をしたいと思うのです。

私はあまりくわしいことは知らぬので、彼のやった学問の中身のお話は、おいおいお聞きすることにいたしまして、まず富永仲基というのはどういう人か、加藤さんの御本を読んだけれども、半分忘れましたから、まずその人物、環境について御自由に話していただけると、それからまた学問の話にも入っていけるのじゃないかと思うのです。

加藤 徳川時代に、富永仲基のことを書いている人は少のうございますね。一つには、『出定後語』が一種の仏教批判書ですから、国学者が反応したということで、本居宣長が『玉勝間』のなかで、享保のころ世にあった仲基という人は、えらい学者だということをいっている。そのほかには、平田篤胤の『出定笑語』ですね。他方では、仏教の坊さんが挑戦に応えて、反論を試みている。それがすべてだといっていいと思うんです。富永仲基の本で『翁の文』というのは、仏教だけでなくて、儒教や神道の批判も含んでいますが、江戸時代には、そのことに言及している人は、ほとんどいない。宣長は『出定後語』を高く評価し、平田篤胤は利用し、仏教の坊さんは罵倒した。いずれにしても、話は仲基の仏教批判の面にかぎられていて、その学問の全体の、方法の独創性をとらえたのは、やはり今おっしゃった内藤湖南先生がはじめてじゃないかと思いますね。そういう意味では、同じ時代の安藤昌益を、いくらか前から知られていたわけですけれども、はじめてほんとうに独創的批評家として、日本駐在のカナダの外交官で歴史家のHerbert Norman（E・ハーバート・ノーマン『忘れられた思想家』岩波新書）が評価したのと、よく似ていると思います。しかし、富永仲基については懐徳堂の関係があって、内藤湖南先生のあとに、石浜純太郎さんの『富永仲基』という本がございます。伝記としては、これがいちばんくわしい。私は自分で伝記を調べてないのですけれども、石浜さんによると、わかっていることはひじょうに少ないらしいのです。

懐徳堂をさかんにしたのは、五人の大阪町人で、お金を出しあってつくったのですね。そのころの江戸には、将軍吉宗の後援していた私学があった。関西にもそういうものができれば援助したいという意向が吉宗にあって、懐徳堂の成立とそれがちょうどうまく合って、官立じゃありませんけれども、懐徳堂を幕府が援助するということになった。それが官許の学校としての懐徳堂のはじまりなんです。

そういうわけで、富永家は、仲基の先代から、学問に熱心で、懐徳堂創立者の一人だった。商売は醤油屋だったらしい。これは確証はないのですけれども、醤油の製造と売るほうと両方だったのじゃないでしょうか。おそらく裕福だったろうと思います。富永仲基は、その次男で、子どものときから学問を好み、懐徳堂で儒者の教育をうけた。長男もやはり懐徳堂に行っていたわけです。長男を生んだ母は死別して、仲基と長男とは母親が違います。先代の二度目の妻の生んだのが仲基と弟二人、また妹が二人あったようです。妹については、くわしいことはなにもわかっていない。弟たちは、二人とも、著作をしておりまず。仲基が懐徳堂に通って勉強しているうちに、父親は病気でなくなる。あとは、長男、つまり異母兄が醤油屋の家業をついだらしい。そして懐徳堂もやる。ところが、母親と異母兄との間がどうもうまくいかないということがあったらしい。富永仲基ともあまりうまくいかない。それで母親と弟二人と妹をつれて家を出た。これはわりあいに早い時期ですね。若いときに仲基は家を出て、そのあとがまったくわからないんです。おそらく私塾を開いて、学問を教えることで一家をやしなっていたらしい。仲基は三十歳そこそこで病気で死ぬわけですけれども、それまでの足取りが、はっきりしていないのです。その間一度京都に来て、お寺の蔵経の整理のようなことをしたのではないか、という説があります。そうであるとすれば、『出定後語』に示された仏教についての知識の背景が、いくらか説明されるかもしれません。しかし、この説にはどうも証拠がないようです。懐徳堂の学問のはじめの系統は、陽明学が入っておりますけれども、あとになると、朱子学が圧倒的になる。仏教のほうは、仏僧でもないのに、あれだけの知識をもっている人は少ないと宣長も感心している。――その知識をどこから得たのか、伝記史料の上では、はっきりしない。亡くなったときの病気がなんであったかもわからない。とにかく病身で、だいたい三十くらいでなくなっている。人柄については、弟の書いたものがいくらか残っていて、立派な人だといっていますが、病身のせいもあったか、癇癖といいますか、性情に激しいところがあったということも、指摘しています。その程度の資料でございまして、それ以上のことは、石浜さんがこまかく調べても、資料がなかなか出てこないようです。

湯川　そうですか。

加藤　先生に読んでいただいたのは、小説みたいなものですけれども、わかっていることを土台にして、わからないことがあまりに広いものですから、それは空想で埋める。知られていないところは想像するということで、小説という形にしたわけです。そうでないと、人柄とか生活という点からいって、ほとんど何もいえないことになるでしょう。

加上説

湯川　それでいろいろな問題点があるのですけれども、一つは、今もちょっとお話にでましたけれども、とにかく仏教に関した広い意味のお経、それにさらに註したものとか解釈したものとかを含めますと、全体としておびただしい量になりますね。相当古いものだけを集めたって、たいへんなものでしょう。それをずっと調べて、そこから仏教の歴史を「加上」という概念でもって整理した。これはたいへんな仕事ですね。仏教というのは、すでにたくさんの宗派にわかれておって、それぞれの宗派の経典というものがいくつもあるわけでしょう。それを読破していくだけでも、たいへんなことでしょうね。それらを読みくらべて、歴史的発展の順序を考証していくわけですね。こっちにはこういうことがなくて、こっちにはあるということで、仏教思想の歴史をこしらえあげていった。こんな大変な仕事を、三十で死んでしまった人が、いつのまにやりとげたのか。これは驚くべきことですね。

加藤　まったくそうですね。仏教の文献はなにしろたいへんな量ですから、一通りの見当をつけるだけでも大きなことだったと思う。そこで、富永仲基の抱いたいちばん根本的な疑問は、とにかく経典を見ると、いっていることが違う、お互いに矛盾するところがあるのはなぜかということですね。

仏教の多くの経典の説がお互いに矛盾する、多くの違う説がある、という事実は、誰も否定することができない。その事実にたいして、どういう態度をとるかは、仏教の根本問題の一つだろうと思いますが、日本では、大きくみてその態度に三つの型があった。その一つは、天台教学が洗練した「最勝」という考え方ですね。どの経典がいちばんすぐれているか、その標準は近代的な意味でいう原典批評ではありませんけれども、多くの違う説のなかで、どれがいちばん仏の説を正しく伝えているかを検討しようということですね。これはインドまでさかのぼれない、シナの翻訳だけを使っている、いろんな意味でほんとうの歴史的研究ではないけれども、原理的にいえば、仏陀は歴史に実在したのでしょうから、仏陀の考えがどの経典にいちばん正確に伝わっているかということも、歴史的事実に関する判断の問題だといっていいのじゃないかと思う。そこに価値判断が微妙にまじってはいるけれども、原理的には、事実判断に関する客観的な問題でしょう。これをもし、かりに経典にたいしての客観的な接近の仕方というとすれば、もう一つの経典にたいする態度は、主観的な接近の仕方です。信仰の立場からいって、今ここでわが魂の救いのためには、どれがいちばん役に立つ経典であるか、——これが法然ですね。法然から親鸞に伝わった「撰択」という考え方。これは歴史的・客観的な立場を離れて、魂の救済を問題にする。三番目の態度は、どれを選ぶかというのじゃなくて、多くの仏教経典の成立を歴史的な発展として見て、そのなかに教説の発展の内面的な論理をたどろうとする考え方、おそらく思想史的な接近の仕方といえるでしょうが、それが富永仲基のとった態度だったと思うんです。この三番目の態度（方法）は、三十歳でなくなった富永仲基が、日本仏教史上はじめてやったことで、しかも、最近西洋流の仏教学のあらわれるまで、その後の誰もがやらなかったものです。その意味で、富永仲基の独創性は、なによりもまず、仏教経典にたいする接近の、全く新しい方法にあったといえると思います。

湯川　日本は、中国、インドからひじょうに影響を受けているわけですけれども、同時に昔から日本からも独創的な学者、思想家が何人かでている。しかし、芸術方面とくらべて、いちじるしく見劣りがする。弘法大師なんか、ずばぬけてえらい人でありますけれども、これはちょっと例外でして、一般に日本の思想が貧弱であった理由は、要するにどこか外に権威を求めて、そこへよりかかっていくという、そういう弱さを、日本の昔からの思想家のほとんど全部がもっていた点にありますね。それは現在でもありますよ（笑）。

今日は現在の学問の話はやめておきますが、とにかくそういう傾向がひじょうに強かった。私は、仏教というもののひじょうな特色は、仏教は宗教ではあるけれども、そしていちばんはじめのお釈迦さんはえらい人で、その教えに深い意味がこもっていたでしょうが、しかし、それだけではなくて、それからあと何百年にわたって、どんどんとそれをさらに発展させ、内容を豊かにし、体系づけていき、また何度も新しいものが加わり、全体としてみますと、ほかの宗教とひじょうに違うところがあると思うのです。つまりサイエンスに近い性格をもっているというふうに私は思うんですね。サイエンスというものは、これは蓄積ですね。たとえばギリシアならギリシアまでさかのぼりますと、そこでの自然哲学の中には、近代の物理学の芽になるような重要な思想があるわけですね。それ以後、いろいろなことがあったが、結局のところ、十七世紀に物理学が確立され、それ以後どんどん発展して、二十世紀になると、またそれまでの物理学を根底からひっくりかえすような変革が起こった。その場合に、蓄積されてゆくという経過自身の中に独創、創造があると同時に、最も大きな独創はラジカルな変革をひきおこす。ですから、サイエンスの場合には、教祖というものはないわけですね。ピタゴラスやデモクリトスはえらいけれども、私は別にそれらを教祖とは思わぬわけで、ニュートンはえらいけれども、ニュートンも教祖ではない。アインシュタインもえらいけれども、教祖ではない。その人がどんなえらいことをしておって、私がその人をどんなに尊敬しておっても、その人の考えをひっくりかえすようなことを、私がするかもしれない、ほかの人がするかもしれない。その点が違うわけですけれども、しかしまた別の意味でいいますと、「加上」というのと似ている。仏教はお釈迦さんのいうたことだということにして、なんでもかんでも、教祖にまで戻そうとしてきた。宗教というものには、どれにでもそういうことがある。学問でさえも、そういう傾向が強く残ってる分野がある。それは一種の方便と考えることもできましょう。もともとの釈迦の思想のなかに含まれておったかどうか、よくわからぬけれども、のちに出てきた人が、それをいろんな方向にだんだん発展させていって、新しいものが附け加わってきたと考えるわけですね。これを富永仲基は「加上」とよんでいるけれども、加上という考え方を、先ほど物理学についていったように、学問の進歩に似せて、曲解しますと、仏教というものは、ひじょうに独創的な思想家が長年にわたって次々とあらわれて、ひじょうに大きな体系、ひじょうな多様性と深さをもった体系になったという見方が、私はできると思うのです。そういう意味で、宗教と科学とは根本的に違ったものだけれども、仏教の場合には、今いったような意味での類似性があるという気がするのです。これをたとえばキリスト教と比較してみますと、キリスト教には聖書という立派なものがありまして、それをどうするということは、あまりできない。ところが、お釈迦さんがどれだけのことを実際いったのかについての近ごろの仏教史の研究によれば、中村元さんなどの書かれたものを見ますと、釈迦はそれほどこまかなことをいろいろたくさんいったわけではなくて、あとからすぐれた思想家が何人も出てきて、それでだんだん大きな体系になってきたということになってきた。キリスト教にも神学はありますけれども、だいぶ様子が違うという感じがするのです。富永仲基が仏教のそういう特徴を「加上」という考え方でとらえたのは、ひじょうな卓見ですね。

宗教・教祖

湯川　心理学は宗教ではないのですから、心理学というようなことばを使ってはいかぬのですけれども、しかし、人間の心理を深く分析するしかたには、今日の心理学者のやるような科学的な方法もあるし、宗教者などが自分で自分の心を深く探っていくやり方もあるわけですね。その自分の心の奥底の深いところを、修行によって発見していくという点で、仏教というものは長い間にずっと進んでいったという見方もできると思います。科学は進歩していくが、宗教はふつうは進歩するものではなくて、最初にひじょうに偉い人が出て、それで絶対的真理がきまってしまうということになっていますけれども、仏教の場合には、私は両方の面があると思うんです。キリスト教の場合などと比べると、そういう両面的性格がはっきりするように思うのです。さらにまた、儒教とか道教とかいうようなものと比べてみますと、道教は、老子とか荘子という人がはじめにありまして、この二人はひじょうに偉い思想家で、私はたいへん好きなんです。確かに、深い思想がそこにある。ところが、それが後になるほどだんだん中国土着の、それほど世界宗教的でないようなものになっていくわけですね。道教とふつういわれているものは、もともとの老荘思想よりも、思想の深さにおいて、はるかに劣るものだといい切っていいのではないでしょうか。

加藤 西洋の科学でも、ほんとうに権威から自由で、教祖という考えがなくて、真理概念が、アリストテレスやガレーヌスの権威から解放されて、論理の整合性とか、実証的な観察の結果とか、とにかく昔の人に関係のない標準を基礎とするようになったのは、近代じゃないでしょうか。十七世紀以後じゃないでしょうか。

湯川 十七世紀以来です。しかし十七世紀以後といっても、そこでも、たとえばニュートンのような大学者が出てまいりますと、彼は教祖にひじょうに近くなるわけです。二十世紀になりまして、物理学が根本からひっくりかえされて、それでニュートンは、そういう絶対的な教祖でなかったということが、はっきりするわけです。そういう変革を経ているわけですね。ですから、やはり十九世紀までは、ニュートンは教祖に近い人であったともいえましょう。そして西洋の科学というものは、今おっしゃったように論理的な整合性とか、あるいは実証性とかいうものによってささえられて、それ以外の権威はないということになっていますけれども、それはたてまえでありまして、そうなりきっていない学問が、実際はわりあい多いのではないかと、私には思われます。さいわいにして、物理学は、二十世紀になってすっかりひっくりかえりましたので、私たち物理学者は教祖的権威から完全に解放されてしまっている。ところが、解放されているはずだけれども、事実そうなってないブランチがまだまだあるのではないかと、私はひそかにそう思っているのです。

加藤　それは大いにそうで、人間社会に関する学問では、今でも権威に頼る面が少なくないと思います。また十八世紀以後、自然科学の領域にさえもそういうことがあるとおっしゃった。しかし、むしろその前、十七世紀前に、科学ということばでよばれていた一種の学問が、たとえば医学の場合をみても、アリストテレスの権威というものは、これはひじょうに強かったと思うんです。

湯川　それはそうでしょう。

加藤　その意味で、仏教の発展は、十八世紀以後の近代的な科学の発展に似ているというよりも、全体としてみれば、やはり中世スコラ哲学の発展と、それとからんでの自然学を含むところの、つまり自然神学を含んでの中世思想の発展に、たいへん近いんじゃないでしょうか。

湯川　そうでしょうか。私はちょっと違う感じがするのです。なぜかといいますと、つまり結果論的にいいますと、ひじょうにたくさんの宗派があるわけですよ。キリスト教にも宗派はいくつもあるけれども、根本経典は聖書一つです。ところが仏教では、それぞれの宗派が自分の根本経典をもっているということがある。そういうことと関係してバラエティがあるわけですね。大ざっぱな分け方をしても、浄土宗、浄土真宗、日蓮宗、天台宗もある。真言宗もある。禅宗だけとっても、またいろいろある。

加藤 そういうことはあるでしょう。

湯川 そういうことで、結局は、その最後の権威はどこへもっていくかといえば、仏陀へもっていくわけです。けれども、そのあらわれ方には、ひじょうに多様性があるわけですね。これが仏陀のほんとうの教えだということを、それぞれの宗派の方はおっしゃるわけで、私などにはどれがどうということはわかりませんけれども、とにかく、いろいろあるわけでしょう。キリスト教でも、そういうことはもちろんあるわけでしょう。たとえば、ローマン・カトリックとか、あるいはギリシア正教とか、それからルーテルなどが出てきて、プロテスタントが新しくでき、またそのなかにいろいろ宗派があるでしょうけれども、しかし分かれているといっても、おたがいの距離は近いように思うのです。何といっても聖書が唯一最終の根拠として存在しているのですから。

加藤 それと、中世キリスト教の宗派や学説の分岐は、一つの教会のなかの話だという点で、違う。仏教の場合には、統一教会がないから、ローマ法王庁のオーソドクシーという概念、つまり仏教の正統という概念もないわけですね。

湯川 ないですね。

加藤 キリスト教のほうでは、ある時期には、ある学説が正統とみなされていた。それは一つの教会ということと関連している。しかし、それにも拘わらず発展が考えられるのは、信仰の問題とか、一人ひとりの経験の問題とか、そういうことだけではなくて、理論の発展のすじを辿れるからです。理論の発展自身は、やはり「加上」の要素を含んでいると思います。

湯川　それはそうでしょう。

加藤　たとえば、ノミナリズム（唯名論）とリアリズムという考え方の発展には、やはり筋があると思うのですよ。それはただいろんな考えの人が出たということではなくて、一つの洗練された理論がある時代に出てくると、それをふまえて、それの発展というような形で「加上」されて、次の理論がつくられるということがあると思うんです。

湯川　それはそうでしょうね。

加藤　ただ、なにしろ一つ教会のなかのことですから、運動の振幅が仏教のように大きくなかったかもしれません。仏教のほうが幅が広い。違いが大きい。

湯川　結局そういうことでしょうね。つまり、オーソドクシーということは、それぞれの宗派の方は、自分の宗派がオーソドクシーとおっしゃるだろうけれども、仏教の場合には、どれが唯一絶対のオーソドクシーということは、外から見るとないですね。そういう点で多様性があって、加上ということもあると同時に、加上しながらも、しかし多様性はやはり残っていっているわけですね。私などは仏教をよく知らぬから、ほんとうのところはよくわかりませんけれども、そういう点は、西洋中世のスコラ哲学などと似たところもむろんありましょうが、しかしまたサイエンスに近いところもある。だから、仏教の坊さんのほうからいわせますと、仏教というものは、巨大な学問の宝庫であるといういい方をなさる。これは半分あたっているのではないかと、近ごろになって感じるようになりました。私どもが考えている近代科学とは、様相は違うけれども、相当似たところもあるという気がしますね。……さて、話を仲基に戻しますと「加上」というのが、彼の考えだしたいちばん重要な概念ですけれども、そういうことをどうして考えついたのだろうかということですが。

加藤　どうして考えついたのだろうかということが、じつにむずかしいのですね。

湯川　それまでに、そういうものがあったかどうか、似たようなものがね。

加藤　あまりないのじゃないかという気がするんです。仏教の場合には、ないだろうと思いますけれども。

『翁の文』

湯川　儒教についても、彼は似たことをやったわけなんでしょう。

加藤　ええ、まったく同じことをやったのですね。まったく同じことをやって、そのやったことの要約が、『翁の文』（日本古典文学大系『近世思想家文集』岩波書店刊）に出ているわけです。『翁の文』を見ると、まったく同じ方法を儒教と仏教に用いているわけです。ただ、神道の場合は少し違います。それは神道というものが、理論体系としてとうてい仏教とは比較にならない。儒教と比べても、簡単である。そしてもう一つ大きなことは、そもそもその理論の発展が借りもので、はじめのうちは仏教、それからのちに江戸時代になると、垂加神道みたいな形で、儒教の概念的な道具をつかって理論化する。要するに理論的枠組は外から借りているということですね。それ自身のなかでの自律的な発展ではない。ところが「加上」の理論は、本来、思想といいますか、宗教理論の内側の発展の論理でございますね。神道の場合には、そういう理論で説明するよりもっと簡単に、そのときこういう儒教の説がはやっていたということのほうが決定的になってしまう。しかし、儒教と仏教では同じことで、儒教について書かれた本は『説蔽』という、この本は消えたらしいのですが、いちおう筋書は『翁の文』に残っていると思います。

そこで、どうして加上の理論を思いついたかということに戻りますが、私もまことに不思議に思って、いろいろ考えたのですけれども、一つには——もっとよく調べないと、あまりはっきりしたことは決定的にいえないと思いますけれども、今のところでは、どちらかといえば、儒教のほうでそういう考えを得て、それを仏教にもちこんで、そこで大きな仕事をしたのではないかという疑いをもっているわけです。

湯川　じつは私もそれは賛成で、そういうことをうかがおうと思ったんです。というのは、孔子の『論語』というものがあるわけですね。それから『中庸』とか『孟子』とかいろいろあるでしょう。ところが、『中庸』は別として、『論語』は、いくら読んだって朱子学になるはずがないですね。

加藤　それはないです。もちろん。

湯川　朱子学というのは、ひじょうに合理主義でもあり、ある程度の自然哲学的なものも入っていますね。格物致知とかなんとかね。ところが『論語』には、あきらかにそういうものはないですよ。

加藤　まったくない。

湯川　ですから、もともと孔子はこういうことをみんな考えておって、朱子がそれを発展さしたのだということは、いえませんね。儒教の原典の上にたくさんのものをつけたことは明確にわかる。儒教というものは、人間哲学というべきか、社会哲学というべきか、どちらにせよ、いちばんもとの姿は、自然哲学でないわけですよ。つまり「怪力乱神を語らず」ということは、合理的だけれども、怪力乱神を語らなければ、当時としてはもはや自然哲学はできない。今の人は、怪力乱神を語ることは神秘主義であって、それは自然科学に反するじゃないかと思うかもしれないけれども、昔にさかのぼれば事態はまったく逆なんであって、自然現象の原因は何だろうと考えた場合、簡単に合理的に割り切れるようになったのは、ずっとのちの話であって、はじめはどの民族でもやはり怪力乱神的なものを考えていた。そこから出発して、長い間にだんだんとそれが合理的な思想に変わってきたわけです。

加藤　そのとおりでしょうね。

湯川　自然現象の原因について語ることを拒否すれば、自然哲学抜きの人間哲学、社会哲学になってしまう。そこから朱子は出てこない。

加藤　それから、『論語』には「死」を語らずということもございますね。「生」さえわかっていないのに、なぜ「死」の話をするのか。今先生のおっしゃっている怪力乱神と死を除外するという『論語』の考え方は、現世的（此岸的）で、社会的（人間的）な考え方だといえるでしょう。当然、政治と倫理の問題になるというわけですね。

「くせ」

湯川　そこで、話がちょっと飛ぶようですが、こんどは古代のギリシアについて考えて見ますと、私の知識はますますあやしくなるのだけれども、ギリシアというのは、私などの手に入りやすい本に書いてあるかぎりでは、ターレスが先ずあらわれて自然哲学がはじまる。それからピタゴラス、次にソフィスト、それがもう一度変わって、自然哲学の一応のしめくくりが、デモクリトスあたりでつくという段取りになっている。そのころにソクラテスがあらわれる。ソクラテスは、私の知っているかぎりでは、孔子にひじょうに似ておりまして、つまり、怪力乱神を語らぬほうのタイプであって、自然哲学というものはつまらぬ、人間自身の生き方が大事だということで、一つの転回点にあるわけですね。ところが、プラトンになりますと、また変わりますけれども、そういう発展を見ておりますと、ソクラテスだけならば、ギリシアは自然科学のもとにはならなかったでしょう。それはまさに孔子からは自然科学が出てこないのと同じですね。ギリシアについても、そういうことがあるわけですね。ところが、ギリシアではソクラテスのずっと前にターレスが出ている。そのまた前に神話がいろいろありまして、あとになっても神話を全部捨ててしまっているわけではない。なにか神話が残っていたりすると、とかく未開だと思うかもしれぬけれども、自然というか、われわれの住んでいる世界を理解しようと思ったら、そういうものをまず考えて、だんだんとそれから脱却していって、合理主義、実証主義へだんだんと移っていくよりほかはないわけですね。また脱線したので、話をもとに戻しますが、富永仲基の考えだしたもう一つの中心概念がありますね。なんといいますか、「くせ」というのですか。

加藤　くせですね。

湯川　彼に従えば、インドの人は「幻」を好む。中国は「文」を好む「くせ」がある。

加藤　文辞ですね。

湯川　日本はなんでしたかね。

加藤　秘密、かくしごと、なんでも隠したがる（笑）。

湯川　なかなかこれは核心をついていると思いますが（笑）。それはあとまわしにして、インドでは仏陀という人は、それまでの、一口にバラモン教といってよいのかどうか知りませんが、いろいろな神秘的な思想があって、その上に、富永仲基流にいえば、仏陀自身が加上したわけですね。

加藤　もちろん。

湯川　しかし、そのときに、彼もいうているように、やはり幻というものが大事である。仏陀というのは、おそるべき神通力をもっておって、知恵もある。また広大な慈悲心もある。その中で神通力というのがわれわれ現代人には一番わかりにくい。初期の仏教について知ろうとすると、そこでハタと行きづまるわけですね。すると加上ということは、あなたがおっしゃったように、儒教などの場合の方が考えやすいような感じもしますね。ところが、道教となりますと、加上説は成立しないですね。むしろだんだんとだめになってくる。つまり、老子とか荘子とかいう人は、ひじょうに天才的な思想家ですから、深い思想をいうているわけです。現代の私でも、感心せざるをえないようにひじょうに深い。ところが、老子を教祖とする道教があとから出てくるが、不老不死の薬をつくろうというような話にだんだんなっていく。これはどうも加上とはいえないですね。そのかわり老荘思想は山水画の高度の発達というような芸術的方面での加上の出発点になった。また中国の禅は仏教といっても老荘にもつながっている。仏教の場合は、加上ということが仏教そのものの発展の中に見られるが、その場合でも現代人の私には、仲基のいう「幻」というくせのためか、十分に納得のできない点が残りますね。中国の「文」の方は、慣れっこになって、驚かないけれども……

加藤 そうですね。仏教のほうはそういうことがございますね。

湯川 そこで、今度は日本のくせですが、日本人はかくしごとが好きだと仲基はいう……

加藤 かくしごとが好きである、秘伝、秘伝といってなんでも隠す、というのですね。悪いことをする人は泥棒とか、何でもものを隠したがる。インドのくせの幻のほうは、ほんとうらしくないけれども、とにかくはたで見る目にはおもしろいという取り柄がある。シナの文辞というのは、話が大げさで、まにうけては困るけれども、とにかく聞いておもしろいということがある。かくしごとにいたっては、おもしろみがちっともないというのです。富永仲基は、隠すというくせには、強く批判的なんです。

湯川 それはたしかにあたってはいるのだけれども、私は日本人だから、日本人を弁護したいのです。そこで、富永仲基の生きておった時代を問題にしたいのです。将軍吉宗のころですか。

加藤 吉宗のころです。

湯川 日本の歴史は、必ずしも秘密というくせだけでは貫かれてないような気がするのです。つまり、日本人がわりあい開放的だった時代もあった。たとえば、桃山から元禄という時代はわりあい開放的で、もう少し前の応仁の乱あたり、もっとさかのぼれば、鎌倉時代のはじめなんかも、そうだったかもしれぬし、またずっと古い時代にもそういう時期があったかもしれぬ。とにかく日本人の多数が開放された気分で生きていた時代があったわけですね。そこで、先ほどからの「秘伝」ですね。自分のところで秘密をもっていて、特許は売らぬ、公開せぬ。

加藤 そういうことですね。

湯川 それが盛んだった時代もあるし、そうでない時代もあるという点から、私は少し弁護論をしかけているわけです。

加藤 ただ、父子相伝というか、秘伝というのは、芸能ごと、それから神道では続いていますね。

湯川 いろんな方面でずっと続いてきましたね。あるものは今日でも残っているでしょう。しかし、同時に新しいものがいろいろたくさん出てくる時代もあったわけですね。たとえば、こういう例を一つあげたいのですが、日本の芸能のなかで、比較的古いものとしまして、能と狂言というものがあります。この二つが不思議な関係におかれていますね。つまり、能と能の間に間狂言というものをやる。能というものは、さきほどいうているような秘伝というか、一子相伝というか、家柄がきまっているだけでなく、どういう家柄の人はどういう役どころかも、大体きまっておった。そして能というものが志向しているのは、心の奥にこもっているもので、演じている当人はその方向に身心を集中しようとする。見る方が素人だと、外から見える動きが少ないのでわかりにくい。インドの「幻」とは逆の方向のようでいて、また似たところもある。そういうことが、またさまざまな秘伝につながっていくわけでしょうけれども、ところが、能と能の間を、それとは異質的な、狂言というものがつないでいるということもあるわけですね。そこの相互関係は、私にはよくわからぬのですが、ただ、私は狂言というものはたいへん好きでしてね。なぜかといいますと、狂言の演目は何百かあるわけですけれども、それぞれ一つ一つに必ずなにかの独特の着想、できた当時は新鮮だったに違いないアイディアがある。似たような筋も多いけれども、どこかにちょっとそれぞれユニークなアイディアが一つ入っておって、それで一つ一つの狂言が個性を持ったものになっている。しかも内容はひじょうに社会批判的であると同時に、新しいものへの志向性をもっている。当時の大名や金持ちであるとか坊さんであるとか、——山伏もよくでてきますが——比較的有力者と思われる人たちが、地位の低い人たちにやりこめられるという筋がひじょうに多い。能というものは、それとまさに逆のものであって、内面的に深いけれども、同時に伝統をそのまま保っていこうとする性格がひじょうに強い。こういうものが共存し、共演されてきたということは、たいへんおもしろいと思います。ですから、富永仲基がいうていることはあたってはおるけれども、私はもう少しひいき目に見て、その反対の開放性が必ずしも圧殺されきりではなかった、それがいろんな時代にいろんな格好であらわれてきているということも、ちょっと主張しておきたいと思うんです。

二つの層

加藤　私は日本の文化に、二つの層を考えます。一つは、神道ということばでばく然とよんでいるような、仏教以前の信仰ですね、そういう自然宗教みたいなものがあって、それに結びついた考え方といいますか、世界観（価値観）がずっと後まで続いて、それがそれぞれの時代に応じていろんなものを生みだすけれども、大きく根本的には変わらない。他方、そういう世界に、仏教と儒教が同時に入ってきて、あとになると儒教が主となり、もっとあとになると、西洋思想が入ってくる。そういう体系的なイデオロギーが外から入ってくると、はじめの時期には未消化のままで、輸入宗教であるけれども、それがだんだん消化されてくると、そのなかで本来の地盤とのあいだに相互反応をおこして、いわゆる日本化された仏教、日本化された儒教的世界が成り立つ。そこで、日本的な学問や、文学や、ことに芸術を生みだす。それが一つの芸術の流れで、他方にはその影響をうけないで、たえず下から出てくる芸術の流れがある。そういう見方をすれば、能と狂言の場合はまさに典型的なんで、能は、仏教の影響をうけた日本人の芸術である。狂言のほうは、仏教の影響をうけない芸術である。狂言は、人生の実際の経験から得た知恵とか敏感さとか、とにかく仏教には関係ない能力を発揮してつくったものであるというふうにみえる。そういう気もするのですね。

湯川　なるほど。

加藤　そういうわけで、私は二つの流れを考える。たとえば『古今集』は、外国の宗教の影響のない文化で、仏教の影響も、儒教の影響もほとんどない。同じ時代でも『落窪物語』は、まったく儒教的な道徳を説いていますね。これは外来イデオロギーの影響のある文化。そして『源氏物語』は、外来的要素と本来の土地柄とのあいだのひじょうに微妙な調合の上に成り立っていると思いますけれども、影響がないとはいえないので、やはり仏教を媒介としながらできている。それから『今昔物語』も本朝篇の仏法でないもの、『今昔物語』の全体はあれほど仏教的要素が多いのですけれども、しかし、本朝篇のあそこに集まっている説話は、やはり仏教的でも、儒教的でもない文化の本来の筋書であるというふうに考える。この『今昔物語』本朝篇の世俗のところが狂言にいって、『落窪』とか

『源氏』は、鎌倉仏教を通して、能にいく。能は、江戸時代になると、もちろん儒家の詩文につながるといえるでしょう。しかし江戸文化の底流には、西鶴のように、ほとんど儒教、仏教の影響のないものがある。その底流をはじめて理論化したのは宣長だ。

湯川　なるほどね。

加藤　ですから、ただ単にコエグジステンス〔coexistence〕という、いろんなものが共存するということでなくて、結果としてはそうですけれども、根本は、構造は二つになるのじゃないか。別のことばでいえば、けっきょく日本歴史というものは、仏教の衝撃（一般に外来イデオロギーの衝撃）と、本来日本的な世界観とがたえずたたかう戦いの歴史だと思うんです。仏教をこっちが変えるか、つまり日本化するか、あるいは仏教によって日本人の精神構造の全体が変わっていくかという対決。けっきょく、荒っぽいいい方ですけれども、日本側が勝って、仏教のほうが変わった、ということでしょう。儒教との対決でも、儒教のはじめは朱子学ですから、形而上学的な、また自然学的な大きな体系ですね。そういうものが、日本人の精神的な構造、世界観を変えるかどうか。根本的には日本的なるものが、儒教を非朱子化してしまう。そのとき、もちろん原始儒教の古典の権威にも頼りますけれども、けっきょく朱子学から日本儒教を解放したのは、根本的には日本側の伝統的精神でしょう。そういうことなんじゃないかと思うんです。外来の体系的世界観を変えていく過程は、仏教の場合には、一言でいえば、世俗化だと思う。それから儒教の場合には、非形而上学化だと思うんです。

日本人のバイタリティ

湯川 なるほどね。それはなかなかおもしろい話ですね。少し議論がややこしくなりますけれども、つまり日本人の生活力というか、バイタリティというか、そういうものはずっと日本の歴史を通じて絶えることなくあるわけですね。

加藤 そうです。

湯川 日本は地震もあり、台風もありで、さまざまな天災があり、人災もたくさんあるわけですが、そういうことがいくらあっても、なにかみんながニヒルになっちゃうとか、完全にデカダンになるとか、そういうことはないですね。ややデカダン的な色彩の強い時代もあるし、そうじゃない時代もありますけれども、どの時代をも通じて、ずっと日本人の大多数は生きていく力をもち続けてきたということが、遣唐使を出していようが鎖国をしようが、なにをしていても、たえず地下水のように流れていると思いますね。たとえば中国では、漢民族というのは、ひじょうに長い歴史をもって、バイタリティの持続している民族であることは明白ですけれども、日本民族というのは、成立の起源は複雑でよくわからぬけれども、見かけ以上のおそるべきバイタリティをずっと持続しておって、あなたがおっしゃったように、そのバイタリティの補給源として、外から入ってきた論理的、体系的な思考法を、否定するのでなく、むしろそれを違った形で——どう変形したといったらいいか知らぬけれども——生活のなかへとり入れるという格好でずっと来ていますね。ですから、そこでは矛盾撞着なんてことは格別、問題にならぬので、これは日本の歴史を通じて、そういうふうになっているのじゃないでしょうかね。

加藤　そうですね。

湯川　たとえば、外国へ行ったりして西洋人と話していると、日本人にはなにも問題にならないこと、たとえば、生まれてしばらくすると、お宮詣りをする。それから結婚するときには、まあ神前結婚が多いですね。仏前結婚もないことはないし、近ごろキリスト教式の結婚や宗教と関係のない結婚式もありますけれども、やはり神前結婚がいちばん多い。死んだらどうするかというと、お寺の坊さんに頼む場合が圧倒的に多い。おかしいじゃないかと西洋人がいうから、私はおかしいともなんとも思っていないと答えます。私の家は代々浄土宗ということになっているけれども、それでどういうことはない。しかし、だれか死んだら、やはりその宗旨のお寺の坊さんに来てもらって葬式もする。しかし、だれか結婚するということになれば、よさそうな神社へいって結婚式をする。それでなんということはない、というふうにいうておくわけです。そうすると、西洋人は、なんともわかったような、わからぬような顔をしておりますね。問題はそれを、矛盾撞着と思うかどうかですね。私などは科学者だから、わりあい合理的にものを考える方の人間だけれども、さっきからいってるようなことを矛盾ともなんとも思いませんね。それはやはり私が日本人であるせいであって、大多数の日本人の心の中に、昔からずっと流れているわけですね。奇妙と思えば奇妙ですが。

加藤　一つには、仏教なら仏教、神道なら神道にたいして、自由な立場をとるというか、あまりコミットしていないということじゃないでしょうか。矛盾しているけれども、気にならないというのは、どっちでもいいと思っているからなんで、もし、どっちでもよくないと思いだしたら、やはり気になるのじゃないでしょうか。しかし、江戸時代の前には、コミットしていたときもあると思うので、さればこそ、本地垂迹《ほんじすいじゃく》というような説明を考えることも必要になったんじゃないでしょうか。結婚式は神前でいい、お葬式は仏教というのでは、ちょっと心配になるので、その関係がどうかということが心配になるから、八幡大菩薩とかなんとかいうことにもなったのじゃないでしょうか。

湯川　そういうこともあったのかな。しかし……

加藤　本地垂迹というのは、一種の理論的整合ですね。

湯川　それはそうですね。

加藤　ああいうことをさせた動機というのは、やはり二つの宗教とつきあうことの矛盾を意識していたから考えついたので……

湯川　そういうこともある。

加藤　しかし、今の日本人は、本地垂迹説を必要としない。両方にたいしてコミットの程度がひじょうに弱くなっているから。

湯川　でしょうかな。たとえば、さっきの話へ戻りますがね。能というものがあり、狂言というものがあって、これが同居しているわけですね。それは伝統的に能の人のほうが上であって、狂言の役者が下だという身分秩序はあっても、とにかくそれを共存さして、同じ人が見ているというようなことは、これは神仏混淆というようなことと似た要素もあるかもしれないけれども、なにか日本人のひじょうに本来的な傾向みたいな感じがするのですがね。つまり日本では、古代といっても歴史で比較的わかっている時代になりますと、帰化人がたくさん来たわけですね。帰化人というのには、いろいろあるでしょう。翻訳をやったり技術を伝えたり、知識人か、あるいは技術者だった場合が多いでしょうが、そういう人たちは、相当古い時代に、いつのまにか日本人になりきってしまっていますね。もう一つ前はよくわかりませんけれども、そういう人は、いったい何を信仰しておったのかということになるわけですね。信仰の問題があったわけですね。仏教でもない、道教でもない、儒教でもないかもしれない。そんなら神道はどうであったかというようなことを考えてみますと、それもよくわからぬ。しかし、とにかく何かを信仰してたでしょう。それを何か一つとはきめられない。江戸時代になると、私などの乏しい知識で見ておりますと、儒教というものがひじょうにはっきりと出てきて、すぐれた儒教の学者が出た。政府もそれを政策にしたということもあって、そういう知的な教養というもの、仏教的な教養じゃなしに、儒教的な教養をもった人がたくさん出てきた。と同時に、また江戸末期になりますと、相当デカダン的にもなってくる。これはお互いに関係のあることに違いないですね。つまり、知識人がふえてきたこととデカダン的になってきたこととは、むろん無関係ではないわけですね。ですから、そこで、さきほどのお話のように、どっちにもあまりコミットせぬというようなことにもなる。それもそうだけれども、しかし、さかのぼってみると、ずいぶん古いような気もするのですね。これはなかなかむつかしい問題ですけれども。

加藤 仏教にたいしては、ある意味で、コミットする度合がいちばん強かったと思う。それは、平安時代には、いわゆる加持祈禱とかそういう意味ですね。しかし、内的な信仰が大きな問題になったという点と、死後にたいする関心が強くなったという点では、鎌倉だと思うんです。それが鎌倉以後になると、だんだんと世俗化していったのじゃないかと思う。江戸時代に支配的になった儒教というのは、一種の合理主義で、朱子学は形而上学的、自然学的だけれども、死後の世界について、いくらか理論はあるにしても、かなり合理的な説明で、宗教というのとはちょっと違うところがありますね。つまり、仏教を世俗化する力が日本のなかにあって、すでに世俗化の過程がはじまっていた仏教にたいして、儒教の合理主義が概念的な武器を与えて強化したんじゃないかと思います。ですから、儒教によって強化された一種の現世主義というものがあらわれる。素手で仏教に立ち向かうと、相手はなかなか手強いが、すでに世俗化に向かって動いていた日本人が、儒教という武器を使って、江戸時代に信仰としての仏教を殺してしまったのじゃないか。そういう意味で、宗教的なコミットは、江戸以前の日本にはあった。

湯川　それはそうでしょうね。私は前に吉川幸次郎さんとの対談で、江戸時代の漢学の話を少しうかがったのですが、伊藤仁斎とか荻生徂徠とかいろいろ出てくる。そういうすぐれた知識人としての儒学者が出てきて、それがやがて本居宣長のような人の出現につながる。こんどは、本居宣長はそういう論法を神道のほうへもっていって、そこで仏教に対抗するというふうになってきたわけですね。

加藤　そうですね。

湯川　そのあと、いろいろなことがあって、儒教も仏教も神道も、けっきょく、どれにもそれほどコミットせぬような格好になってきて、私たちのようなだらしのない人間になってしまって、キリスト教であろうと何教であろうと、別にどうということはない、ということになってきたわけですね。だから、私は自分をとくにリベラリストともなんとも思っていないわけです。実際、西洋人がリベラリスト、自由主義者というのと、私などとは全然違うのであって、西洋流の自由主義というのは、私みたいなだらしのないのじゃなくて、自由主義というしっかりした骨をもっているということになっている。しかし、それは西洋人がそう思っておったらよいことで、私は、名前はどうつけてもらってもいいけれども、しかし、私には私なりにだらしがあるつもりで、よってきたるところは、ひじょうに古いのじゃないかという気がこのごろになってしてきた。日本という風土の中に六十年近く生きていると、そんな気になってくるのですかね。

宣長・白石・徂徠

加藤　私たちの場合は、宣長のおかれていた環境、つまり十八世紀の末と比較しても、状況がだいぶ違うのは、宣長の時代には、まだあれほど意識的に儒教と仏教にたいしてたたかう必要がありましたね。どっちでもいい、みなよろしい、というふうにいっていられない気持があった。しかし今では、私も先生と同じような立場といいますか、どっちでもいいというか、なにがなんでも非仏教ということを証明しないと、夜も落着いて寝られないというほどじゃないということですね（笑）。忘れてくらしている。しかし宣長は、やはり寝られなかったのじゃないかと思うのですよ。だから、国学は、はじめから論戦的であった、と思います。それには学問的要請ということもあるけれども、その前に、やはりおそらく人間的要請があったのでしょう。そういうことが今はないのじゃないでしょうか。なにしろ坊さんがみんなのんきで、ひどくのんびりした坊さんが多くて（笑）、こちらに精神的圧迫を感じさせるような仏教じゃない。こちらも態度決定を迫られているのではないでしょう。儒教にいたってはますますそうである。それで今の日本人はどっちでもよいという考えになる。江戸時代でさえも、宣長の住んでいた状況は、今の西洋の状況に、よく似ているのじゃないでしょうか。坊さんの影響力が強くて、社会や文化の問題にもいちいち口を出しますから、なんとかしないと、どっちでもよいといっていられない。

湯川　私は宣長もよく知らないのですけれども、宣長が、自己矛盾みたいにみえるのは、一方でリベラルで、学問は自由で寛容でなければならぬということを一所懸命にいって、われわれも共鳴する。ところが、それですまなくて、同時に神道を絶対的に主張しなきゃならない。つまり、二律背反的なところにいくわけですね。ところが、それと比べますと、新井白石という人は違いましてね。今日からいえば、新井白石のほうがはるかに合理主義者ですね。ところが、新井白石は立派な人物で、合理主義者だけれども、しかし同時に、これやはり幕府の体制に乗っているわけです。

加藤　それはまったくそうです。

湯川　晩年は変わったらしいが、少なくともそれまでは、体制に乗って、いろんなことをしている。いろんな意味でこの二人は対照的で、興味のもてる人物ですね。私はどっちも偉い人だと思うけれども、新井白石も新井白石なりの矛盾をもっていたんじゃないか。その矛盾があまりよくあらわれてないのは、ちょっと残念なんですが。富永仲基は、新井白石と本居宣長の中間くらいの時代になりますかね。これはまたひじょうに独特な、孤立した天才ですね。だいたい徳川時代には、知識の普及が進み、ほかにも多くの学者が出たけれども、この三人には一番、興味がもてますね。

加藤　荻生徂徠は。

湯川　荻生徂徠もおもしろそうだけれども、さあどうでしょう。私は彼については、よく知りません。おもしろいですか。

加藤　おもしろいと思います。徳川時代に影響の大きかった学者として、荻生徂徠を加えさしていただければ、先生のおっしゃったことに賛成ですけれどもね。

湯川　よろしい、よろしい。

加藤　江戸時代から三人の思想家を選ぶとすれば、白石と宣長と徂徠。その影響という点からいえば、白石の影響は、歴史ではもちろんございますね。これは文句なし。頼山陽さえも、亜流だったのでしょうから。ただ、理論家として、儒家の方法論の独創性という意味では、徂徠のほうが影響は強いと思うんです。

湯川　それでは、一つ徂徠のことを、少しは勉強してから彼について語ることにしましょう（笑）。今は、なんともいえませんね。

加藤　そして、ちょっと話は戻りますけれども、富永仲基の加上説にしても、前後に影響はないというふうに思うんですけれども、もしあるとすれば、徂徠です。

湯川　そうですか。なるほどね。

加藤　一つの理由は、儒教のほうは、先生のおっしゃったのとまったく同じで、儒教の歴史のほうが仏教よりも、なんといっても加上説で説明しやすいという面があると思います。二番目は、徂徠の古文辞学というのは、ちょっと発展させれば、というか、もう一歩押すと加上説になる。

湯川　そうですか。なるほど。

加藤　それが第二です。それから第三は、伝記的な史料がちょっとありまして、徂徠の親友が富永仲基の弟の先生で、弟はそこで勉強しているのです。それで、弟とは仲がよかったから、証拠はありませんけれども、その先生に富永仲基が会ってないということは、ちょっと考えられない。

湯川　そうですか。

加藤　だから、おそらく古文辞学をただ書物の上だけでなくて、徂徠の親友を通じてある程度知っていたのじゃないか、ということが三番目の理由です。加上説は儒教から出たんじゃないかと私がいった理由には、そういうこともあります。

湯川　なるほどね。

加藤　そういうこともあるのですけれども、その話とは別に、徂徠はひじょうに偉いと思います。

湯川　そうですか。吉川幸次郎さんにききますと、徂徠はむろん偉いとおっしゃるけれども、伊藤仁斎などもなかなかえらい、しかし本居宣長は、そのなかでもいちばん独創的だということをおっしゃる。私には三人の公平な比較はできません。『説蔽』という本が残っておれば、仲基の考え方のよってきたるところも、もっとよくわかるのでしょうね。

加藤　徂徠から富永へいく道というのは、要するに、徂徠は朱子学を排するというわけですね。古文辞学の面は宣長につながるわけでしょうけれども、哲学者として朱子学を排して、先王の道に帰るという面がありますね。先王の道というのは、何だかよくわからないけれども、先王というのは絶対化された権威で、先生のおっしゃった仏陀に似ているわけですね。

湯川　そうですね。

加藤　先王の道といったって、よくわからないけれども、それを使って、その後の洗練された、はっきりした儒教各説を、みんな相対化して、歴史的批判を加えていくということになると、先王の道だけを取ってしまえば、ほとんど加上説にちかくなるでしょう。もちろん「先王の道を取ってしまえば」というはやすく、行なうは難しで、取ってしまえたら、そのこと自身が、思想上の大革命であるけれども、徂徠学の構造からいえば、そういうことがあって、つながりをつけることはできるのじゃないかと思います。

富永仲基

湯川　なるほどね。きょうは大分むつかしい話になりましたけれども、話を最初に戻して加藤さんは、富永仲基にどうして興味をもたれたかということ、これがまた興味のあることで、うかがいたいのですが。

加藤　それは、日本の思想史を私なりにいくらか勉強しているあいだに、思想家としての独創性ですね。その影響はほとんどまったくない人であったけれども、富永仲基の考えそのもののおどろくべき独創性に興味をもったのです。そしてその独創性は、加上、つまり思想史的に儒教も仏教も神道もいっしょに考えることのできるような方法を編みだしたということ、それからこれも古文辞学と関係があるけれども、言語の変遷というか、思想の表現の道具としての言語ですね。そしてその言語自体をまた歴史的な現象として考えて、その発展、それから分類、変遷の過程を分析的にとらえようとしたということですね。これが徂徠、富永仲基、本居宣長と続いていくと思うんですけれども、そのことが一つと、三番目は、たいへん荒っぽい議論かと思いますけれども、くせということ、これはある意味で文化人類学的な考え方の萌芽だと思うんですね。

湯川　そうですね。

加藤　文化人類学的な方法というのは、それが萌芽にすぎず、充分に洗練されていなかったといっても、なにしろ三十歳で死んだ人ですから、とにかく、そういう文化人類学の基本的概念を頭にいっぺんいだいたということ自体が、ひじょうな独創だと思うんです。その三つの点で……

湯川　いや、よくわかりました。私もそのとおりだと思いますね。これからの話は全く余談になるけれども、言語学ですね。といっても言語学という、いかめしい学問については何も知らぬけれども、ことばというのは、たとえば日本語、英語、中国語といろいろあるわけですね。われわれが今までことばとはどういうものかと教えられてきて、常識としてもっているのは、いろいろな語彙、ボキャブラリーがありまして、そこにおのずから文法があって、その文法に合った文章をこしらえていく。私どもは、高等学校時代に国文法なるものを習ったけれども、今から考えてみると、おかしなものでして、つまり、西洋の英語なら英語、ドイツ語ならドイツ語の文法がある。それに似せて日本の文法をこしらえた。それを教えてもらったわけです。そのなかには、もちろん、いつまでたっても正しいものが含まれていますよ。何段活用とか、そういうものはいいのですよ。しかし、文章の構造というような問題については、たとえば「私はおなかが痛い」とか、「私はおなかがへった」とかいうような表現は、国文法の対象のうちに入れてなかった。しかし、こういう表現にこそ日本語の特色がよく出ている。従って西洋流の文法が、そのまま日本語に使えないことは、明白なわけです。いいかえると、英語でのある表現に対応する日本語はいったい何か、ということになりますと、本当はそれは文法的には、ひじょうに違った表現になっている。私はフロイトが好きですけれども、ことばというものは、やはり深層心理にひじょうにつながってますね。だから違った言語の間の対応関係も、そこのところでつけるのが本当だというふうに、私はかねがね思っておった。

ところが最近、アメリカのチョムスキーという学者が、そういう性格をとらえて、新しい言語理論をつくり評判になっているらしい。私はそれは今さら驚くことではないと思います。つまり、電子計算機で翻訳さすというのがあるでしょう。それもよかろうけれども、ことばというものは、そんななまやさしいものではない。たとえば、日本人と西洋人とが互いに了解しあうという場合でも、この日本人は英語をよくしゃべれるから、西洋人にその日本人の考えがよくわかり、その西洋人の考えがその日本人にはよくわかるという、そういうわかり方は大したことではない。英語はそんなに上手でなくて、文法的な間違いがあったり、英語の慣用的表現に反したりしても、本当のところが相手にわかる方がよい。いったいどうしてお互いに本当のところがわかるかというのが、私は言語学の根本問題だと思う。そういう研究は前からあるべきはずのものです。

ですから、さきほどお話の、荻生徂徠のことを私よく知りませんし、本居宣長もよく知らぬですけれども、同じく日本語とはいっても、ずっと昔の人がどういう考えで何をいおうとしておるか、どういう生活のなかで何をどう表現しようとしていたか、ということを探ろうとしたことは、やはりひじょうに注目すべきことですね。翻訳機械というのは、これは一応はできますよ。たとえば、和英の辞書があれば、日本語の単語に対応する英語の単語を見つけさせ、標準的な文法の規則に従って、順序づけをさせればよい。それでいちおう意味が通じる場合が多いでしょう。たとえば、自然科学なら、大抵のところはそれですむでしょう。数式は共通ですし、術語も訳がちゃんときまっておりますからね。しかし、言葉の機能というのは、そういうものだけではない。

加藤　そういうことですね。それだけではない。

湯川　ひじょうに違った機能をもっているわけですよ。言語のよさというものは、――それは普通は欠点とされ、また欠点としてマイナスに作用する場合もありますが――じつは、ある程度のあいまいさを伴っているという点にあるのであって、二人の人が同じことばを使っても、必ず多少違う意味で使っている。同じことばにたいして二人が思っていることは、多少違っているのが普通です。ということが、じつはひじょうに大事な点でもあって、私はむしろそういうことが、独創性にもつながっているのだというふうに思っているわけです。ですから、富永仲基が考えだした加上とか、くせとか、そのほかのいくつかの概念にしても、おそらく、ひじょうに高度な言語学みたいなものを体得しておったから、出てきたのじゃないか、そういう感じもするのですね。同じようなことばが出てきても、これは意味するところが違うとか、あるいは次の人が、これを違った意味に使うとか、またもう一つ別のものをもってきたとかいうことは、ただ表面のことばではなくて、やはりそこに使ってる人の思想があるからですね。わたしは、そういうところを相当つかんでおったのじゃないかなと思う。これはひいきの引きたおしかもしれぬけれどもね。

加藤　いや、『出定後語』のなかに、「言に三物あり」。一つは、「言に人あり」。人によってことばは違う。これはまさに先生のおっしゃったことで、同じことばでも、別の人がいえば、違うかもしれない。だから、その人の考え方とか体系というもののなかにはめ込んで考えないと、同じことをいったから同じ意味だと取っては、間違いだという。それから、時代が違えば、同じことばでも変わってくるし、別のことばでも同じことを意味することがありうるから、時代を考える。それから、三物の最後は類。これは語義の変遷の型の分類みたいなものです。そういう三つを考えたのです。

湯川　なかなかいいところをやはり押えていますね。なにかきょうは富永仲基の礼讃に終始したみたいだけれども……

II

戦後学問の思想

久野　収
加藤周一

戦後学問の出発

加藤　戦後日本の学問のおかれていた状況には、いくつかのいちじるしい特徴があると思う。まず第一に、私自身が医学の領域で経験したことからいえば、戦時中の日本の学問の停滞と、主として米国における進歩との大きな食違いということです。それに追いついていくことが、さしあたり戦後の自然科学者の課題となり、そのことがかなり長く尾を引いて戦後の学問に影響を及ぼしてきたと思います。この状況は、明治維新後の状況と似ているでしょう。少なくとも自然科学に関するかぎり、先進国に追いつくことが焦眉の急であったという点で。ただ明治維新のときには、いわばゼロから出発しなければならなかったのに、戦後の学者は、戦前の学問の蓄積をふまえていたという点が違います。しかし十九世紀末とくらべて、今では、最先進国における学問・技術の進歩のいわば加速度がはるかに大きくなっているということもある。戦後の「追いつき」が、明治維新後の「追いつき」より容易になっていると簡単にいい切れないのはそのためです。

二番目に大きいことは、社会科学でマルクス主義が復活したということ。復活した理由としては、戦前の日本には、第一次大戦後にマルクス主義を通じて社会科学が入ってきたというか、社会科学を通じてマルクス主義が入ってきたというか、マルクス主義即社会科学という伝統があって、それが三〇年代後半から軍国主義に押さえつけられていたので、軍国主義の崩壊と同時に復活するのが当然であるということが一つあったと思います。

もう一つ、敗戦・占領という状況のもとで、戦前の軍国主義がどういう理由に基づいて成立したのか、軍国主義の批判的理解の欲求が強くなった。軍国主義を単に偶然的な事故として理解するのでなく、歴史的な文脈の中で、社会の構造と関連させて把握しようということ。丸山さんの「超国家主義の論理と心理」(『世界』一九四六年五月号所収)にもよく代表されている傾向だと思うんです。要するに、軍国主義批判の学問的な武器としてのマルクス主義、——そういう強い動機があって、マルクス主義の復活ということがあったと思います。

その内容としては、今いったような動機と関連して、日本の近代化の「遅れ」という面が強調された。日本の近代化の遅れ、前近代的な面の現われとして軍国主義をとらえようとした。意識構造の面でも、経済的な面でも。その「遅れ」はまた明治以後の近代化の過しいちじるしい傾向であったと思います。

程の「ゆがみ」、英米型に比べての「ゆがみ」という面からも説明されてきたといえるでしょう。そういう意味での日本の特殊性の強調、――それが戦後の一時期のいちじるしい傾向であったと思います。

三番目に、戦後の日本の学問のおかれていた状況で全く戦前と違うところは、天皇制のタブーがなくなったために、ほとんど社会科学の全領域にわたっての新しい発展が可能になったということ。ことに古代日本の研究、考古学的あるいは歴史学的な古代史の研究が、全く画期的な発展をとげるようになった。それ以後の歴史についても、もちろんそういうことはありますけれども、これが戦前と戦後とを対比した場合のじつに大きな違いですね。

四番目には、主として米国で発達した社会科学、政治学・経済学・社会学、そういう学問の方法が日本の社会科学にも一般に強く影響してくるようになったこと。これは時期的にいうと、マルクシズムの全盛時代の後につづいて、米国社会科学の影響のもとに、学問の内容、方法の変化が起こってきたので、過去十年のいちじるしい傾向だといえるでしょう。もっとも日本だけのことではなくて英国を除く大陸ヨーロッパと日本とに、およそ同じような時期に、同じような傾向が現われてきたわけです。

最後に、もう一ぺん自然科学について、五〇年代後半から、ことに六〇年代になってから、日本の産業の復活と共に、新しい現象が現われてきた。米国を中心としていわゆる「技術革新」が急速に世界中にひろまりましたが、日本の産業の拡張と「技術革新」の関係も密接なんで、工業にとっては、ただ新しい技術を消化するためだけにも学問的背景が必要になる。自然科学・技術と産業の急速な癒着現象、これまでとは比較にならぬほど密接な連関が生じた。

これも日本だけのことでなくて、まず米国にいちじるしく、ヨーロッパ諸国及び日本にも波及した傾向です。そのためにいろいろの問題が起こる。たとえば大産業の教育への介入。政府を通じたり、直接に介入したり、介入の仕方はいろいろあるでしょうけれども、そういうことが、また批判や抗議をよびおこす。たとえばほとんどすべての国で学生運動が取り上げている問題の一つも、そこに触れているわけです。そういう意味でも、学問が全く新しい環境におかれたといえるでしょう。

およそ以上のような点で、戦後日本の学問のおかれた状況は、戦前と違うのじゃないかと思う。その一部は、今申し上げたように、日本だけの現象じゃなく、全く国際的な現象であり、また他の一部、天皇制タブーの消滅というようなことは、全く日本的な現象である。ここでも又、日本の状況は、特殊日本的な面と同時に、あらゆる高度産業社会に共通な、普遍的な面が重なって出てきているということですね。両方の面から、戦前とは違う状況がつくられている。そういう状況の中で、学問がどう発展してきたか、どういう問題につきあたっているか、ということになるだろうと思うんです。

久野さん、いかがですか、戦前と戦後の日本の学問のおかれた違いを、巨視的に見て、もう少し付け加えていただくことはありませんか。

久野　加藤さんのおっしゃる戦後学問の特色は、実情をよくとらえていると思います。ただ自然科学では、素粒子論グループの問題があるが、これは本大系に『科学技術の思想』（「戦後日本思想大系」第9巻　筑摩書房刊）があるから、それにまかせてよいでしょう。戦後の学問のおかれた新しい環境の中で、学問をささえる態度としてのマルクス主義、近代主義、反近代主義がそれぞれ、〝近代化〟にどう対応したかの問題も付け加わりますね。

戦後学問全体をつらぬく傾向としてみると、自然科学はもちろん、社会科学までを含めて、社会の物質的生産力の一部分に組みいれられ、生産手段、消費手段、コミュニケーション手段、統制手段に活用されるという方向に、意識的、無意識的をこえて、学問全体がむけられているという特色がいちじるしい。学者自身がどういう目的で研究しようと、外側の国家、社会は、学問を生産力の一環、あるいは生産手段の一環として使用し、この角度から学問を評価し、報酬を出すという問題です。天皇制タブーからの脱却――これも学問の内側のことで、外側の社会ではどれだけ実があがっているか疑問ですが――のあと、学問全体を外側から方向づけているのは、学問技術説、学問生産力論だと思うのです。それぞれの学問がこの方向にたいして、どう対処しているのか。学問ジャンルのそれぞれの内側で、この対処をめぐってどのような対立があるのか。

「新学問論」にふれて

久野　たとえば、戦争直後に行なわれた座談会「新学問論」（『潮流』一九四七年新年号所収）では、主流は、戦前の学問の政治権力への「タイコモチ的」性格と政治権力からただ身を守るだけの「象牙の塔」的性格の両方を自己批判して、戦後の学問を近代的意味での生産労働、生産力としてとらえ、学問を近代的労働過程をモデルにきたえ直そうとする傾向が強かった。現在の特色は、彼らの主張の一方では実現であり、他方では、社会や国家の方が、彼らの期待どおりすすまなかったために、歪曲になる結果が重大だと思います。戦争直後は、国家、社会の方が、学問に聞こうとしたが、現在は学問の方が、国家や社会や経済に聞こうとする。学問が社会全体を編成する分業の自覚的一部門になり、社会や経済の方から課題と方向をあたえられ、現代社会の分業のもつひずみ、分業の分肢の内側からは、分業の全編成が見透せないという、丸山真男氏のいい方を借用すれば、タコツボ的ひずみが出てくると同時に、学問の内側での専門化的分業がますます異常なまでに亢進して、相互のコミュニケーション疎外、言語不通がいちじるしくなる。このユガミは、社会や経済をかえなければ直らないのか、かりにそうだとしても、学問の側で、内側と外側にたいしてどういう態度をとれば、ユガミを直せるかという問題が出てきていると思います。

加藤さんが鋭く指摘されたように、日本の特殊の問題である側面もあるが、それと同時に、高度工業地域全体に通じる学問の問題と二重うつしになり、両方の比重関係はどうなっているのかという問題……

加藤　「新学問論」の座談会は、じつによく戦後の一時期を表わしていると思います。敗戦直後、さっきマルクス主義のことに触れましたけれども、必ずしもマルクス主義だけでなくて、大きな価値の転換が期待されていて、日本の社会全体が方角を探していたというか、価値を探していた。そのときには価値の体系が全体として問題にされた。少なくとも学者は、そういう大きな問題に直接向きあっていたと思うんですね。しかも、他方にはこういうこともあった。そのころの社会科学者の間では、まだ極端な専門化が進んでいなかった。学者が極端に専門化していなかったから、学問・社会の全体を論ずることができたし、また社会も学者にたいして、そうすることを要求していたのでしょう。要するに全体にたいする問いかけがあったばかりでなく、その問いに応えようとする用意が学者の側にもあった。

ところが、戦後第二の時期というか、六〇年代からは学者の専門化が進んできて、そのために知識の増大ということは一方にあるわけですけれども、他方では、社会の学者に要求することが技術的な協力であって、社会全体の方角についての再検討ということではなくなってきた。社会は「目的」について問うのではなく、与えられた目的を達成するための「手段」について問うようになった。

学者のほうも、また、極度に専門化が進んだために、たとえ問いかけられても、社会全体の目的が何であるか、到底答えられない状況が出てきたといえるでしょう。

学者の技術化、分業現象の極端な発展、その両方がからんで、学問全体が社会にとってどういう意味があるのか、学問がみずから検討するというのでなくて、社会が学問を利用するといいますか、生産力の一部と久野さんがおっしゃった意味で、現在の社会体制に組みこまれてゆく。そういう過程が目下急速に進んでいるということでしょう。

問われる「学問のための学問」

久野　日本では戦後はじめて〝学問のための学問〟という理念が、学者の中で、仕事をする上での自明の前提になった。戦前の場合には、「大学令」をとっても、学問の研究だけではなく、国家に枢要なる人物を養成するために大学はあるので、学問の研究は外なる目的によって規定されていた。学問の自律という自由主義の学問理念が、戦後日本においてはじめて定着しました。
ところが問題になるのは、「学問のための学問」という理念は、たとえば加藤さんのご専門になる「芸術のための芸術」という理念と比較した場合には、芸術のための芸術という理念は確立していくにしても、たえずくり返し論争が行なわれるわけです。芸術のための芸術が勝利を占めていく過程においても、芸術のための芸術であっていいのか、政治や社会にたいしてコミットしなければいけないのではないか、またむかしからある「人生のための芸術か、芸術のための芸術か」という論争が、意匠を変えてむし返されるだけではなく、そちら側からもよい作品が出される場合も少なくない。

それだけ、芸術は実人生にたいして近い関係を持っているのですが、学問の場合には、学問が学問のための学問でなければならないにしても、社会のための学問、人間のための学問は、存在の理由、権利があるのかないのか、そこまでいかなくても、学問は、いったい社会の中でどういう役割をはたし、どういう意味を持たねばならないのかという問いが、加藤さんがおっしゃった、社会全体の方向づけを学問に求める社会の側からの要求が後退すればするだけ、こんどは学問の内側で、一方では学問のための学問をあくまで擁護しながら、他方において、その学問が、学問をも一部分として含む現実の社会において、現在どういう位置を占めさせられているのか、望ましい位置の占め方はどういうものであるのか、という問いとして、たえず自覚化されていなければならないと思うのです。

加藤さんのおっしゃるとおり、学問が技術化され、産業と連関を持つようになればなるだけ、また悪い意味であれ、方向づけとして作用していたタブーがなくなればなくなるだけ、その問題をくり返し学問の中で討論し、かつ学者自身が自覚を持っていなければならなかったのが、外的権威からの解放が行なわれて、学問のための学問が自明の前提になる結果、逆にその上に学問があぐらをかいて、実際はその学問の成果は、加藤さんのいわれたように、既成社会のユーティリティに屈服してしまうという現象が生じたのが、戦後の学問の重大な特色で、それがいま少しずつ問われてきつつあるように思うんです。

ですから学問のための学問という場合の主観や方法や知識の自律とは何か、この自律と実践はどう関係するのか、という問題と、学問のための学問が自明の前提になった場合、学問と政治や社会との関係を整序する学者の責任とか、学者の組織とかについて、もっと議論をほりさげる必要があるように思います。

さっき加藤さんのおっしゃった、世界的に各学問の領域のモデルになっているアメリカの社会科学の進歩の問題、その方法、内容、性格の問題もひじょうに大事ですね。マルクス主義の全体化的方法にたいして、内容を細かく部分的にくぎって、その内容の説明に分析的方法を徹底的に使用し、内容を没価値的にあつかっていく。マルクス主義の全体化的方法が、ひじょうに不幸なことに、既成の社会主義国家のイデオロギー化し、その国策に追随するような教条化、独善化、技術化の方向へ落ちこんでしまい、その反動として分析的方法は、学問をある小さな専門分野にくぎって、その分野の中の事実を、それこそあらゆるタブーを排して記録し、その事実の相互を支配している法則を発見する、そのために数学を使うことによって、これほど進歩——たとえば、メトリックサイエンシイズ

〔metric sciences〕（計量諸科学）のこれほどの発達——したが、その意味が進歩によってかえって問われるような状況が出ているのではありませんか。

学問と社会体制

加藤　学問は知識の体系で、世界について、信頼度の高い情報を社会に提供するものでしょう。学問が発達すると、ますますたくさんの情報が提供される。その情報の社会的な役割には、二つの面があると思います。

一つは、特殊な問題に関する特殊な情報、たとえば原子爆弾をつくるための情報とか、生物兵器・細菌兵器をつくるための情報。軍事研究などはその一つですね。はっきりした特殊な目的があってその目的を達成するために役立つ情報を提供し、またその情報を組織すること。日本でも、アメリカでも、大学で軍事研究拒否の運動が、学生側や若い研究者の間から起こってきているわけですけれども、そういう研究を拒否するというのが、悪しき目的に奉仕する研究にたいして、学者のとるべき態度だといえるでしょう。

もう一つ別の問題は、そういう特殊な目的に集中された、学問的・技術的な知識の集積ではなくて、もっと一般に、どういう種類の情報でも、現体制のあるかぎり、現体制がそれを何らかの意味で利用していくだろうということがあります。どんな技術でも学問でも、それが進歩すれば必ず今の体制に役立つんじゃないか。こういう問題には、単純には答えられない。現体制への反対に徹底すれば、学問の研究をやめる、学者を廃業する、これはいわば伯夷叔斉式解決、首陽山方式ですね。社会が豊かで、土地が広く、気候も温暖だという条件（たとえばカリフォルニア）があれば、「ヒッピーズ」になる。体制に反対しながら、研究をつづけるとすれば、学問外的な学者の市民としての立場・行動の問題となるでしょう。

どんな種類の学問であってもみんな利用されるのだから、学問の内容の問題にはならず、学者の社会にたいする態度の問題にならざるをえない。市民としての学者は、特定の産業社会がいわゆる新植民地主義の形で拡大していくということの全体にたいして、反対の立場をとることもできるし、賛成の立場をとることもできる。それは学問をこえたイデオロギーの問題だと思う。学者は学問だけしていちゃいけないので、イデオロギーの面で社会的責任をとらなくちゃいけない。そういう二つの面があるんじゃないかと思うんですね。

その二つの面と関連して、もう少し議論を綿密にすれば、学問内的にみても、学問の種類にもよりますが、少なくともある種の領域では、学問の方法・内容が、イデオロギーと関係しないとはいえない。ある場合には現在の体制に協力するイデオロギー、あるいはそれに反対する批判的なイデオロギー、それによって学問の内容、方法が違ってくる面もある。その面でもまた学者は責任をとらなくちゃいけないというわけですね。

要するに、三つの面を考える必要がある。一つは、ある価値観からいって、特殊な研究にたいしては、それに反対とか賛成とかいう立場をとって責任を明らかにする。もう一つは、学問全体の社会的役割という意味で、社会全体にたいする責任をとらなくちゃいけない。市民としての責任。もう一つは、イデオロギーとの関連において、学問の内容とか方法を、一般的に問題にしていかなきゃならない。

この第一の点は、今までわりあい議論された点だと思う。比較的簡単です。具体的な例をいえば、日本の物理学者の核兵器にたいする発言のように……

久野　核に関する研究、実践の、公開・自主・民主という三原則ですね。

加藤　ええ。それから、ドイツの核物理学者の核兵器研究反対の宣言ですね。またハーヴァード大学、コロンビア大学の学生運動の軍事研究反対。東大でもそういうことが議論された。

二番目の、社会全体の中で学問の演じる役割。どういうことをしても体制を強めることになり、その体制には反対であるという場合ですね。これもさんざん論じられてきている問題です。学問自体から離れて学者一般の社会的責任ということ。

しかし、いちばん議論がむずかしくて、日常の研究活動を離れては大上段の議論をしても埒があかない問題、——理論的にも面倒なのは、三番目のやつですね。イデオロギーと学問との関係。学問の内容や方法は、イデオロギーからどういう規定を受けるか。どういう規定が望ましいのか。

事実と仮説

久野 学問の方法及び内容について、今まであった手続きがもう自明の前提になってしまって、学者はあまり疑わない。自明化した手続きが、反省し直される必要があると思います。

学問なり科学なりは、現実のさまざまな事実を最も広く深く支配できるような仮説を形成する課題をもち、その仮説ができるだけ無矛盾で、しかも外側の人々にもっとも利用しやすい形式でなければならない。その仮説がみんなつながりあっておれば、一つの仮説を利用するために、ほかの仮説も全部使わなければならなくなるから、利用しやすいためには、単純で、できるだけ仮説がばらばらになっている方がよい。学者の仕事は、だから、どんな仮説を選択してもいいんだ。どんな仮説を選択するのも自由だが、問題はその仮説によって、事実をできるだけ広く支配できればいい。学者の仕事は、没価値的仮説の選択と形成、事実との照合まででよい。どういう仮説がどういうふうに選び出されるとか、あるいはその仮説が実際にどう応用されるかという問題は、理論を専門とする学者のあずかり知らぬことである。こういう前提が、少しずつ問いかえされなければならなくなっているのではないですか。

加藤　学問はたくさんの仮説から成り立っている、仮説の体系みたいなものですね。仮説をつくるには、知られているいくつかの事実（についての情報）と、少数の仮定（これは証明できない）とから出発し、一定の手続きを辿る。できあがった仮説は、今おっしゃったような内的矛盾を含まないもので、どの程度に広い事実を説明できるか、事実でチェックする。大ざっぱにいえば、およそそういうことになるだろうと思います。

そこで問題は、学問外的な価値判断が、そういう過程のどこに入ってくるかということ。いちばん簡単な場合は、最後の過程、どういう事実をチェックするかというときに、いわゆる問題意識によって、特定の事実に注目するという場合でしょう。学問外の社会なり人間なりに問題があって、その問題を現在の学問的な仮説で解けるかどうか調べてみるというやり方。しかし、これは、学問からみれば、原則的なことではない。原則的には、どういう事実でチェックするかという、事実の選び方、あるいはいかなる現象を研究するかという、研究対象の選択そのものが、問題意識という学問外的な観点からされるのではなくて、学問の体系そのものの観点からされるでしょう。学問の方法とイデオロギーの要請とは違うわけだと思うんです。

久野　それは違います。

加藤　しかしまた、仮説をたてるとき、あるいはモデルをつくるときに、学問の外にあたえられた問題があって、その問題を解くのに、便利なモデルを考え出すということがある。たとえば、経済学のモデル。五カ年計画用のモデルというようなもの。そういう意味で、仮説の形成過程に学問外的な価値判断の作用することがある。

問題意識とイデオロギー

加藤　知られている多くの事実のなかで、どういう事実に注目し、どういう仮定を前提として、仮説をつくるか、という出発点に、「問題意識」がある。あとは問題意識から離れて仮説（モデル）を形成していく。その仮説をより包括的且つより斉合的にするために、必要な事実とのつき合せが（実験科学の場合には実験が）行なわれる。それが個々の研究対象を選ぶ過程でしょう。そこに直接に「問題意識」が作用するのではない。

医学の全体は、学問外的な目的、病をなおす、または予防するという目的をもっています。しかし近代的な医学が、昔の医術と違うところは、個々の研究の内容が、病をなおすことを目的としているのではなく、医学の体系を完成することを目的としているという点でしょう。学問全体の方向を導くのは、学問外の目的である。個々の研究を導くのは、その目的ではなく、学問的体系である。その方が却ってよく目的を達することができる。急がば廻れ。こういうことだと思います。

それでは「問題意識」というのはいったい何であるのか。それは、ただ現実の中から出てくるものじゃなくて、現実と価値を照らし合わせたときに成りたつものでしょう。たとえば、公害は事実ですけれども、それだけでは「問題」にならない。都会というものは、みんながいい空気を吸って健康に暮らすべきところである、という価値判断があって、はじめて空気の汚染が問題になる。

ですから、一定の価値と現実とのつき合せの中から問題が生じる。そういう問題意識の集まりが、イデオロギーでしょう。個々の問題は相互に連関し、その連関の全体の意識化といってもよい。そのイデオロギーの枠組の中で、個々の問題も出てきている。そのイデオロギーと個々の問題が、つまるところ、二つの仕方で学問の過程に作用すると思うんです。

第一は、仮説を形成するための前提の選択に作用する。要するに、仮説の形成の過程に作用する。二番目には、仮説をチェックするデータの選び方、平たくいえば、研究対象の選択に作用する。

この第一の面は、しばらくおくとして、第二の面には、いろいろ不都合も生じると思います。

まず、学問外的な要素が学問的活動にたえず介入すると、体系をつくりあげるのが困難になるでしょう。そのために、偶然的な研究が散発的に出てくるということになる。それが新しい体系への突破口をひらくということも大いにある。しかしそういうやり方だけでは、学問それ自身としての進展がはばまれ、長い目で見れば社会ないし自然の現実を動かしていく、久野さんのおっしゃった最後の標準、つまり学問の現実を変えていく力が弱まるでしょう。

戦後の日本の学問でいえば、第一期ですね。マルクス主義の復活した時期に、学者は鋭い問題意識を持っていた。しかし、それが学問的体系の全体に方向をあたえようとしたばかりでなく、直接的に研究対象を選び、研究の方法を導こうとした。そのためにイデオロギーと学問的方法との癒着現象というか、区別がはっきりしなくなったと思います。どこまでがイデオロギー的選択なのか、どこまでが純学問的な選択なのかはっきりしないまま進んだ。学問は生き生きとしていたけれど、そのために新しい学問的方法を生みだすには到らなかった。そういい切ってしまっては、いいすぎになるかもしれませんが、大勢をみれば、そういう傾向がいちじるしかったのではないでしょうか。

久野　社会主義国家の権威なり、あるいは、反体制という神話によって支えざるをえなかったということですね。

加藤　そういうことです。その反動が、個別研究の強調となって現われている。

モデルの問題

加藤　こんどは、イデオロギーの介入を排し、体系の形成を考えず、没価値の実証主義でいくということになった。個別的な研究だけをしていればよろしい。事実、そういうことでたくさんの成果があがっているのですけれども、しかし本来の学問的なモデルをつくるという仕事が抜けてきたようです。

直接にイデオロギーをもちこむか、あるいはモデルなしに個別的問題を扱うか。そういうのが、大きくいえば戦後の学問——といっても社会科学、人文科学の場合ですけれども、——の特徴になっていたのではないでしょうか。アメリカの社会学が燎原の火のごとく入ってきたのも、それにはいろいろ理由があったと思うけれども、一つには、アメリカ社会学がその中に学問的なモデル形成の、まさにこちら側に欠けていた一面を含んでいたからだと思う。

ここで久野さんの出された問題に帰ることになる。

それならばほんとうに学問的というか、学問外的な問題から離れてモデルの形成は可能なのか。自然科学の場合には、学問外的な要素の介入はたいへん少ない……

久野　学問の主体と客体がはっきり分離していますからね。

加藤　しかし、社会科学の場合には介入が大きい。そこで、社会科学をなるべく自然科学に近づけようという考え方が出てきます。

社会科学でも、学問外的な要素をモデル形成の過程からはずすことを、可能なかぎり実行する。それはできないことはない。しかし、それをやると、適用の範囲が極端にせまくなるか、抽象的な仮説と実際の社会とのひらきが大きすぎて、現実の社会を変えてゆくには役に立たなくなってしまう。

そこで、現実の社会にある問題、学者自身が持っている人間的問題を学問の中に積極的に吸いあげて、出発点の中に組みこんでいこうとすれば、どうしても、イデオロギーと学問的方法とを区別しながら、その間の関係を自覚的に規定しなおさなければならないということになると思うんだな。そういうことですね、抽象的ないい方になるけれども。

久野　アメリカの学問は自然科学がモデルになっていて、社会科学は自然科学に比べてはるかに未発達である。それで、やがて社会科学も自然科学と同じ厳密さで、同じ高さにまで達すれば、問題はすべて解決するかのような態度が、学問論にあるわけですね。それがいったいどうなのかという問題が、今加藤さんの後半でみごとに分析された問題ですが、もう少しきっちり考えをつめなくてはならない問題じゃないかと思うんです。

機械論的学問観

久野　自然科学モデル主義で、社会科学や人文科学の問題が処理しつくせるか。社会科学は方法の上で、自然科学になってしまえ、という問題でつくされるかどうか。自然科学を支配する機械論的世界像ですまされるかどうか。

世界を、人間も含めて大きな機械だと考える。その機械は同じことを繰り返しておる機械であって、内外両側からの攪拌でときどき乱されるけれども、攪拌がなければ必ずもとのところにもどる。広い意味でいえば、反復する機構で考える機械論的世界像で、自然の問題がなかなか解けにくくなって、方法論でいえば、確率論の方法とか、弁証法的方法とか、あるいは生物学における全体主義の方法とかが、出てきたように思われるのです。

社会を対象にする学問——ここでは、認識主体も認識対象もともに人間なので、人間の自己認識という内容になりますが——の中で、社会を一種の機械として考え、機械の運転のまずいところはフィードバックで直して、社会としては全体が繰り返して再生産されていく、社会を機械的機構として考える考え方がアメリカの科学の特色じゃないかと思うんです。もちろんそれは、十七世紀から十八世紀にかけての、人間機械論のような素朴な機械論ではなしに、その機械がたえず攪拌される過程を予想し、その攪拌を先取りし、その攪拌を前もって予防する手だてを徹底的に講ずる。そういう技術が、経済学でいうビルトイン・スタビライザーだとかいろいろありますね。

行動科学でいえば、反乱の現象を前もって予防する技術を開発するという方法。原因から直すんじゃなしに、政治学などでいえば、国内的にも国際的にも、現在の均衡状態を破るような要素が出てくることは、充分承認し、それを悪として何らかの意味で抑圧し、排除するのでなしに、承認しながら、さきまわりして、防止する。

ロバート・マートンのいうバイ・ファンクショナル（機能障害）というコトバ、機能障害を持たない健康な社会というのはない、社会がたえず機能障害に陥ることを予想して、その機能障害を前もって予防する薬を準備して、先廻りして防いでいくという考え。ひとことでいえば、人体にアナロガスに社会を考える。もちろん頭があって、手があってというのでなしに、機能的に見た人体、生活機能のほうから見た人間の身体に社会をアナロガスに考えていく考え方は、私には機械論的社会像に見えるのです。

そういう機構として社会を考えた場合には対立を含み、その対立によって、ある場合には革命的運動も生じてくる場合の革命も、一種の機能障害としてとらえられ、人体にアナロガスにいえば、機能障害を予防する薬でなしに、社会のおちいる致死的大疾患を大手術によって、自分で治癒させる革命といった問題がぬけてしまうような判断をもつのです。

それは、ぼくが三〇年代のインテリの最後の残党で古いせいかもしれません。社会を変革する革命が歴史や社会の中で持っている積極的意味が、なかなかとらえられないんじゃないかと思うんですが……

加藤　現在のアメリカの社会科学全体の傾向としては、今おっしゃったようなことがいえると思いますね。ただ、それが本来学問的な方法そのものの限界を意味するかどうか……

久野　だからといって、加藤さんがさっきおっしゃったように、過去の革命の観念や理論を安直に科学の中に持ちこんでモデル化し、たとえば、社会主義国家の国策とか、革命政党のプログラムをかつぐとか、あるいは反乱的学生運動に科学者がただ連帯する方法によって、アメリカの人間機械論的考え方を克服できるとは、ぼくも思わないんです。

社会科学と自然科学

加藤　アメリカの社会学が、つまるところ、現在のアメリカ社会のしくみを、あたえられた前提としてみとめている、ということは、いえるだろうと思う。しかし、社会科学の方法が自然科学の方法に近づいてゆくということだけを見れば、その中に、保守的なイデオロギーとの結びつきが含まれているとはいえないと思う。

久野　ああ、そうですか。

加藤　必ずしもそうでないんじゃないか。イデオロギーとの強い結びつきは、むしろ現在の社会科学が科学として未発達だということと関係しているんじゃないか。

自然科学の中でも、十九世紀の末から第一次大戦前の生物学は、物理学や化学にくらべてひどく遅れていたわけですね、学問として。そのころには、生物学の目的がはっきりしていなかった。熱力学は、蒸気機関をつくるのに役立つのに、生物学の方は、何に役立つのか確かでない。

しかし、生物学の発達した段階では、たとえば、たくさんの病気が治るようになったので、今では生物学が生物の世界を変える能力を疑う人はないでしょう。世界を変えることができるかできないか、学問の発達の段階ということとも関係していると思います。社会科学に社会を変革する能力がないというのは、未発達な科学に共通の特徴だといえないことはない。もっと発達すれば、変革の能力も出てきうるんじゃないか。これが第一点です。

久野　それはそうですね。

加藤　現在の社会科学とむかしの生物学とが、未発達の科学としてよく似ている第二の点は、各専門領域がそれぞれ独立に発達していて、その間の関係がはっきりしない、知識の総合がむずかしいということ。たとえば細胞の形態学、血清学、生化学の各領域で、それぞれの方法により多くのことが知られていても、形態学的変化と、血清学的反応と、生化学的現象との、内的な連関をつきとめる方法がなかった、ということです。

ところが、学問が発達した現在の段階では、今まで独立に扱われてきた現象の間の関連が、はっきりと説明されるようになってきた。社会科学の場合にも、今の社会科学は、きわめて分散的で、いわゆる自然科学的な方法で研究されている社会科学の各分野が、それぞれ独立の現象を扱っているようにみえる。たとえば近代経済学で、いろいろな経済量を操作するモデルをつくる。そういうことは細かく発達していく。そのことと、たとえば政治現象との関係は、ほとんどわからない。しかし社会科学の場合にも、生物学の例から推せば、科学的知識のもっと進んだ段階で関係がついてこないとはかぎらない。今の社会科学と今世紀初頭の生物学とはよく似ている。したがって現在の生物学の段階が、社会科学にも他日来ないだろうとは一概にいえないんじゃないか。学問というものは、いつも個別的な知識が独立に集積されてきて、ある段階で総合される。そこでもっと個別的な知識が増大してまたあらたに総合されるというふうにして進んでゆくものでしょう。そういう意味では、今の社会科学が総合的なものになっていないのは、社会科学の各分野が未発達段階であるからだ、という説明も成り立つんじゃないか。その段階で、将来の総合の形とかそういうことを議論するのは、きわめてむずかしいと思う。

しかし、それにもかかわらず、自然科学とどこが違うか。将来といえども違うだろうという点は、どこかという問題がありますね。

これはおそらく、久野さんのおっしゃった社会現象には反復性がないということ。反復される現象もあるけれども、反復されない現象が多いということでしょう。

（厳密にいえば、個々の自然現象も、反復しない。ふつうに反復といわれるのは、時空間のなかで区別される個々の現象が、同じ範疇に分類されるということで、抽象化の水準を高くして、分類の枠を大きくとれば、当然いわゆる反復の例は多くなる。社会現象でも、抽象化の高い水準では、ある現象が「反復」されるといえる。したがって、自然科学と社会科学の違いが、その対象の反復性にあるというのは、常識的な表現に従うまでで、理論的には、学問の体系とその対象にとって適当な抽象化の水準において、社会的な現象の反復について語ることは、自然現象のそれについて語るよりも困難である、というべきだと思う。もっと厳密にいうためには、もっと長い表現を必要とするが、それはここでは論じる必要なし。――加藤註記）

そういうことが一つ、自然科学と違う点だと思うんですね。それからもう一つ、科学は、自然科学にしても、社会科学にしても、数学や論理学とは違って、現実に関する知識なんですから、その現実との引っかかりを必要とする。どこかで感覚的な材料、知覚から始めなければならない。その知覚が簡単ならば簡単なほど、普遍的（万人に共通なもの）になる。

たとえば大雅の絵を見て、これをどう感じるか、ほんものかにせものかというときには、その知覚内容というか経験内容はきわめて複雑なわけですね。感じ方は、人によって違う。小林秀雄さん、あるいは石川淳さんが見るときと、南画をはじめて見る人が見るときとでは、感覚的経験の内容そのものが大いに違うでしょう。そういう人によって違う経験から出発して普遍的な知識に到達すること、つまり学問を組み立てることは困難でしょう。

逆に、自然科学の普遍的な体系は、単純な感覚的経験のみを通じて現実とつながるように、しくまれている。科学者の感覚的経験は、あまり単純なんで、気違いでない人ならばだれでも認めざるを得ない。その他のすべては、論理的手続き、推論です。CGS単位で表現できるような量の目測、一方が長いか短いかということだけになる。指針が目盛の右か左かということで、天下の世論が分れ、人によって意見が違う、ということは、まず考えられない。それが計量化ということの意味でしょう。計量化が成り立つということは、知識の出発点とする現実との接触、つまり知覚的内容あるいは経験を極度に単純にするということなんですね。

ところが、人間の場合には、社会科学が扱う対象の場合には、知覚的データをCGS単位で測れるほど単純なものに還元することが、きわめて困難――不可能かどうか私は知りませんけれども、少なくともひじょうに困難である。その意味でも自然科学と社会科学とは違うでしょう。それで、社会科学を自然科学にむりに近づけようとすれば、社会現象の中の特殊な面を極度に抽象化して、人為的に条件を簡単にすることでのみ成り立つということでしょう。

自然科学的な方法で社会科学をつくろうとすると、現実から離れる。現実に就こうとすると、自然科学的な厳密さ（と普遍性）に到達しない。俗にいえば、そういうジレンマがあり、それが相当長い間続くんじゃないかという気がします。それは単に未発達ということばかりでなく、対象そのものから来る制約にもよるだろうと思う。そういうことが日本の戦後の学問とどういうふうに関係してくるか。今の問題は日本だけじゃないけれども。

科学と価値判断

久野　ヨーロッパの科学論では、一方で自然科学と他方で文化科学、あるいは精神科学、あるいは歴史科学、あるいは人文科学といわれているジャンルとの対立の問題として、世紀の転回期からたえずむし返されてきました。たとえば、ドイツ西南学派のリッケルトたちの場合には、自然科学的概念構成の限界を設定して、その限界の外側に〝文化科学〟という、別の概念構成を考え、一方を法則定立的、他方を個性記述的と規定し、知覚のレベルでいえば、一方を知覚の同質的一般化、共通的要素、共通関係の抽出、再構成と考え、他方を知覚の異質的個性化、一回的要素、個性的関係の抽出、再構成と考える。分析方法には共通点があっても、学問の目標が全然違うんだという主張ですね。

ディルタイの精神科学の基礎づけの立場にたてば、自然科学の事実分析的、法則発見的、説明的学問性と精神科学の意味理解的、構造連関の再発見的学問性の対立になり、ディルタイでは、自然科学を基礎として、その上に精神科学が意味の理解として成立する。自然科学が因果法則のカテゴリーで作業するのに、精神科学は、全体＝部分のカテゴリーで作業するといわれる。

マックス・ウェバーの〝文化科学の論理〟では、方法は徹底的に自然科学の分析的、仮説的方法を使うが、目標は全然違う。文化科学は、意味理解の科学だという主張になります。

フランスでも、たとえば、アンリ・ベルグソンでは、自然科学は、世界を空間化し、事件を横にならべる方法をとるのにたいし、時間が世界の内面にくいいり、事件が本来の意味で持続や飛躍の姿をとる世界こそ真実在の世界であり、自然科学の対象界はむしろ、技術的知性の構成した世界だと考えられていますね。

それとは別に、イギリスでは、自然科学にたいして、モーラルサイエンシイズ〔moral sciences〕（人間諸科学）を考え、この科学のジャンルを自然科学的精密さに近づける努力を理想としてきた。ジョン・ステュアート・ミルは、ベンサムが政治学や道徳学を精密科学にまでたかめる方向転換の道を切りひらいたのは、人間経験の中に〝快苦〟という計量可能な単位量を発見し、その単位で道徳や政治の世界を分析し、構成したからだといっています。

大陸のウィーン学派出身で、イギリスに渡ったカール・ポパーでは、科学的説明に自然科学と文化科学の目標の違いなどありはしないといい、科学的説明の構成要素は、初期条件、抽象的一般法則、具体的結果の三つであり、重点をどの要素におくかによって、歴史科学、理論科学、応用的技術科学の三つに分れるのだ、といっていますね。結果と法則を与件として、初期条件の発見を目ざすのが、歴史科学、初期条件と結果を与件として、一般法則の発見を目ざすのが、理論科学、初期条件と一般法則を与件として、結果を先きどりするのが応用的技術科学だという結論になって、どんな科学も同一の三つの構成要素からできており、違いは重点の違いにすぎないという結論になる。

アメリカの場合はこれまで、イギリスの影響をうけ、イギリス的学問論の体系化として、デュウィの『論理学——探究の理論』も見ることができますが、それに三〇年代後半以後のウィーン学派の「物理学主義」（フィジカリズム）の影響が大きく作用して、いわば、科学論の自然科学、とくに技術科学モデル論が生じ、支配してきていると思われます。その場合、人文科学（サイエンス・オブ・ヒュマニティーズ）はどうなるか、自然科学の中にくりいれてしまうのか、それとも価値や目的とむすびつけて、新しい科学ジャンルを形成するのか、後者だとすると世界観による決定、価値判断にならないような価値への客観的関係の仕方はあるのかないのかという、ディルタイ、リッケルト、ウェバーの苦しんだ問題がもう一度、技術科学の躍進した現在の場面でむし返される。

たとえば、シカゴ大学総長だったロバート・ハッチンスたちは、自然科学の支配にたいして、ヨーロッパの中世末期の「人文教養学」の概念を復活し、この学問によって目的の問題を論じようとしていますし、現在のアメリカでのディルタイ、ウェバー、ジンメルたちの流行は、科学論に関するかぎり、このような問題を背景にもっているように思うのです。

問題はどうも、知覚内容を与件的事実としてそれを推論、論理の材料として使うか、それとも知覚内容を意味の表現として、だれがどういう意味をどういうふうに表現しているかを体験しなおして、理解する材料として使うかという違いが、こえられるか、こえられないかの違いになってくるように思うのです。意味という場合、少なくとも意味づける方に人間の認識主観の積極的把握作用がはいらないわけにいかない。自然科学では、人間の認識主観の積極的把握作用は、あくまで与件としての事実を明瞭に記述し、説明する仕事に限られますから、どれだけ積極的に事実に干渉をくわえようと、その干渉は〝実験〟の場合のように、事実を事実として純化させるためにはたらく結果しかもちませんから、認識主観の主観としての作用は、消極的、結果としては消去しなければならない要素になってしまうと思います。こうして、自然科学の場合は、学問的認識は、認識主体と認識客体とがあくまで分離されていて、知と知の対象とは並行関係をつづけ、存在と思考、知覚と悟性のデカルト的二元論が貫徹されている。

これにたいして、社会科学を中心とするジャンルでは、学問的認識は、認識主観と認識対象とが何らかの意味で一致した人間の自己認識にならないわけにいかない。この一致をヘーゲルのように、知の方が対象を完全に吸収した絶対知、存在を自分の規定の中に全部とりこんだ思考、知覚内容が認識主観に外側から与えられるという事実的性格を理性の自己規定として、隅々まで理性の内側へ構成しなおすような絶対的一致の立場は、思考や理性の一人遊び（Bei sich sein）であって、間違いであるにしても、どういう仕方でか、一致が問題にされなければ、人間に関する学問は成立しないと考える立場が、学問上の反デカルト主義として、マルクス主義やアメリカのC・S・パースまでをふくめて流れています。この違いは、果たして発展のおくれの問題として片づけられるかどうかという側面も、出てくるように思うのです。

社会科学の中に自然科学の方法、たとえば、定量的、計量的方法をうんともちこんで、この方法で明らかになる側面が、従来考えられていたよりはるかに大きいことを実物教訓し、自然科学と社会科学の接点にさまざまの境界科学を成立させ、両方のまじきりをとっぱらったアメリカ的科学の功績は、どれだけたかく評価しても評価しすぎることはないと思うのです。

にもかかわらず、同時にそこに問題的側面を感じるのは、あるいはぼくの学問観が、古いからかもしれませんが、しかしこの両方の学問がどう関係しあうかがしっかりしなければ、学問の側から社会や政治の方に方向づけをあたえることが不可能になって、かえって学問の実用的効果を介しての方向づけばかりがあたえられる結果になることを恐れる側面もあるのです。社会科学の方で自然科学の方法を少しも取りいれないで、文化や哲学を背景において、社会科学は知識としては、より低いレベルのものだ、自然科学は技術の知識なんで、自然科学はもっと次元の高い知識だと何とはなしに思いこんで、しかも内心では自然科学が現実におよぼす有効性に嫉妬していた日本の文化科学や社会科学の戦前的伝統をまったくナンセンスにしてしまったところに、戦後のアメリカ的学問の功績を充分みとめた上の話なんですが。

実際、戦争中の日本の文化科学、人文科学、社会科学が日本の支配階級の破滅的戦争政策にあわせて、あれほどみごとにタイコをたたいたのは、天皇制タブーの作用もさることながら、やはり着々と業績をあげ、有効性を実績で示した自然科学へのコンプレックスも大きくはたらいたと思うのです。その点は、たえずローファー、アウトローとして、社会や国家にひけ目とコンプレックスを感じていた文学者たちの戦争協力のみごとさとみあう心理状態にあったといってよいと思われます。

日本の場合、戦前、アカデミーでは社会科学と自然科学の関係、歴史科学を含む文化科学と自然科学の関係、教育科学をふくむ人文科学と自然科学の関係が結局、ヨーロッパの学問論の影響で、対立関係でとらえられ、マルクス主義では、自然弁証法と唯物史観との弁証法的統一というロシア国定型マルクス主義の丸のみこみのイデオロギーで統一され、歴史のトータルな過程を記述的に再構成してみせるマルクス主義の特色が消失する結果になり、どちらも、はなはだ輸入直訳的色彩が強かったと思われます。それが、戦後アメリカの学問によって、未整理のまま、問題を預けられたままで、自然科学と社会科学の境界を撤廃して、ひじょうに風通しのいい行動科学のような方法で処理していく学問が勢力を占めるようになった。そして、未整理のままでほっておかれるので、一種の重層性、重なりあったままの形式で、少しも整理されずに、てんでんばらばらになっている状態をどう整理するかが、戦後の学問論の大事な課題になってくると思うんです。

加藤　そうですね。新しい方法で今までの考え方、学問論とか学問の方法論の再検討をするという仕事は、ある点ではやられているけれども、まだあまり進んでいませんね。

久野　それがないと、各科学の総合化への試みもそううまくは進まないでしょう。ただ、外側の社会や経済や政治から迫られて、やむをえずビッグサイエンスとか、あるいは境界科学とかが出てくるだけで、また加藤さんのいわれる悪い意味での〝産学協同〟という形、戦争中の〝国策科学〟とあまりかわらない形になってしまうのではないかと思うのです。

「量」と「質」をめぐって

久野　加藤さんのいわれる社会科学が自然科学と違う量化できない質という問題は、質をならした大量観察ではたして質を量化できるかという問題、さらにすすんで意味の質的構成を量的構成でおきかえることができるかという問題がありますね。学問における量と質との関係の問題になります。

加藤　その大量観察というやつですけどね、けっきょくある類というか……

久野　集合ですね。

加藤　集合を扱うわけですけれども、集合が大きいか小さいかという問題だと思う。観察方法が綿密になればなるほど、小さな集合を扱うことができるようになる。観察方法があらければ、細かい違いは見えないから、大きなくくり方で大きな集合を扱うということになるでしょう。たとえば、人間の血液も、ファウストとメフィストが契約を交したころには、まとめて均質な集合として「特別な汁」だった。それが顕微鏡と電気透析法の後、沢山の小さな集合の集合だということになった。

観察方法が進歩すれば、大量観察の対象である集合が小さくなっていく。集合の要素が一人の場合を個人というわけでしょう。だからこれは、質的な差というよりも、量的な差でしょう。集合の元の数をnとしたときに、nの値は、0から、大きな数としては人類全体というところまであって、観察方法が綿密化するにしたがって、だんだんnの小さな集合を扱うことができるようになる。ですから、人間をまとめて大量観察する方法自体が間違っているというよりも、さっきの未発達段階の問題になってきて、未発達の段階で観察方法がまだあらいと、大きな集合を扱うということにすぎないんじゃないか。

社会科学は、まだ始まったばかりであって、自然科学的な方法で社会科学に近づいていくときに、そこからどんな問題が出てくるか、まだまだたくさんありそうです。まだこの先進歩するだろうし、もっとたくさんわかってくることもあるだろうし、それから総合への可能性が開けてくる面もたくさんあるんだろうと思う。

久野 そうすると、自然科学的方法がモデルになって、諸科学全体の総合化が進むだろうという見通しですか。いや、むしろ科学に、自然科学の方法とか何とかないけれども、しかし、自然科学によって確立された方法ですね。

加藤 かなりの程度までそうなるだろうと思います。自然科学的な方法というのは、要するにさっき申し上げた、単純な知覚的な経験の情報と、それから数学的な方法との組合せですね。けっきょくそういうことです。だから、どこまで感覚的なデータを単純化できるかという問題と、どこまで数学的にそれを処理することができるか。数学的というのは、広い意味で、必ずしも計量化しなくてもいいわけですけどね。

久野　そうすると、くり返しのきかないものを対象にする社会科学が、自然科学の、単純知覚とその数字による整理にまで収斂されていいものかどうかという……

加藤　社会科学が自然科学的な方法に近づいていくときに大きな障害になるのは、現象がくり返されないから、できあがったモデルをチェックすることがむずかしい。それが一つ。もう一つは、さっき申し上げたように、データを単純化することはきわめて困難なんですね。当面の社会的な現実を扱ってそれを説明しようとすると、どうしても複雑なデータを入れてこなくちゃならない。自然科学と大いに違うわけですね。

学問のイデオロギー的契機

加藤　たとえば、歴史はくり返さないので、いろいろな歴史学説がならぶということにならざるを得ない。それぞれの仮説の形成に、違うイデオロギーや価値判断が入ってくる。今はそういう段階ですから、アメリカの社会科学は、当然アメリカのイデオロギーの枠のなかで動くということになるでしょう。根本的に現状維持のイデオロギーがあって、社会科学的な知識が、そのイデオロギーに奉仕するということになる。将来どうなるか。多分長い間そういうことが続くだろうと思いますね。

久野　現状維持的な方向に選択されるという傾向……

加藤　それは直接に研究の対象がイデオロギーの基準から選ばれることもあるし、モデル形成の動機、あるいはそのために必要な基本的概念が、イデオロギーとの関係できまってくることもある。

具体的な例をあげると、たとえば日本で戦後に行なわれたマルクス主義的な近代史解釈の背後には、なぜ日本があれほどひどい軍国主義を成立させたかという問いかけが、いわば前提としてあった。ところが、アメリカの場合には、戦後多くの低開発国と関係があって、それを社会主義的な形でなくて工業化していくというのが、アメリカの……

久野　国是ですね。

加藤　国是であり、いわゆる国益であるという前提がある。それは学問外的な問題ですね。いわゆる近代化理論はそこから出てきたものでしょう。

日本の近代史は、社会主義化しないで工業化に成功したのですから、そういう観点からみれば、成功ものがたりになります。なぜ日本は成功したか。その理由を尋ねる場合と、なぜ日本は民主化に失敗し、ファッシズムに進んだか、という理由を尋ねる場合とは、別の問題、別の対象、別のデータを扱うことになる。

天皇制官僚国家は、なぜ小林多喜二を殺し、三木清を殺したか、ということに関心のある歴史家と、なぜ三井や三菱の大企業が発展したか、ということに関心のある歴史家とでは、日本の近代史の扱い方に違いが出て来るということでしょう。どちらの場合にも出発点にイデオロギーがあると思う。

久野 科学的検証の仕方において、どれだけ厳密にやっているかという問題……

加藤 それが問題なんだ。マルクス主義の歴史家には、いわば小林多喜二の恨みがある。恨みをはらすのが学問ではない。しかしその恨みを忘れて、「客観的な」歴史をもとめようとすれば、表面上の「客観性」で小市民的現状維持の願望を飾ることにしかならない。恨みを抱いて、その恨みを客観化する（普遍化する）のが、歴史という学問でしょう。一見、価値から自由で、脱イデオロギー的にみえる科学の、社会的な役割は、科学者がそれを意識しようとしまいと、しばしば（常にではないと思うが）、現状維持のイデオロギーを強化することにすぎない。はじめから学問外の問題意識を吸収して、学問の方角がきまってきたということを否定すること自身が、一種の価値判断です。

久野 それは三〇年代のマルクス主義者によって、科学の危機として指摘されたものですね。マルクス主義者自身が、自分の科学だけは免罪になっていると思ったのは、マルクス主義者のあやまりであった。自分の科学だけは、そういうイデオロギー的契機が全然なくて真理そのものに向かっている、と考えたのは盲点であった。つまり脱イデオロギー、あるいは科学のための科学という概念が、やっぱりイデオロギーを含んでいるんだという指摘が、戦前の三〇年代に日本においてもヨーロッパにおいてもさんざん述べられたわけですが、その科学の危機説がそう主張した点は、当たっていたわけですね。

加藤　そう思いますね。ただ、戦後の日本の学問の方法が変わってきたために、多くの成果があったということもあると思うんです。どちらかといえば実証的な個別研究ですね。個別研究が綿密に実証化して、そのために達成された仕事は大きかった。ただ、一般理論の形成という点では比較的遅れていたんじゃないかと思います。

久野　大いに遅れていた。

加藤　それは社会科学の全体を通じていえるんじゃないでしょうか。それから、文学研究ですね。文献学の面でも、一般理論の比較的な遅れがあって、個別的な研究はよく進んだと思います。

久野　そうすると、マルクス主義が希望し実現しようとする、文化の活動も含めた社会の再生産構造をトータルに問題にし、あるいはトータルな社会過程を扱う学問を抜いた個別科学だけでは、個別科学自身の業績も行きづまるだろうし、いわんや個別科学の業績が社会を変革するために、どこへどういう仕方で使われ、働いたらいいかということについて全く見当違いをやって、階級対立のある社会においては、そういう専門的個別科学の実証的研究は、支配機構の中へそれ自身組みこまれてしまう。それにたいしては、単にそういう状況があるという理論的洞察だけではなくて、その理論的洞察を生かして社会そのものをトータルに変革しなければいかんのだが、そういう学問は、ちょっと今のところはむつかしいというわけですね。

加藤　そうですね。マルクス主義は、（トミスムスがかつてそうであったように）社会現象を一つの全体として把握しようとする総合的な体系だった。それに変わる新しい体系はまだ出てきていない。今のところでは、かろうじて個別的な科学の間の協力関係が動き出すという程度のことでしょう。しかし、それは協力関係であって、総合ではない。総合的なところにいくのは、もっと先の問題になってくると思う。

別の言葉でいえば、マルクス主義が学問にたいして投げかけた問題は、大きな問題として今も投げかけられているということになる。その問題が別の形で解かれているわけではないのだから。それを今後どう解いていくかということ。

戦後学問の諸傾向

加藤　日本の中でも、そのための努力はなされてきたと思う。たとえば文学研究の例でいうと、まずマルクス主義者が文学史を社会的な全体の中に組みこみながら説明しようとしたわけですね。それだけでは片づかないということがあって、個別研究に進んだ。そこでいろいろな仕事が出てきている。最初の話にも出たように戦前のタブーがなくなったこと、社会の民主化と関係して、たくさんの写本が学者の手に入るようになったこと、それが写真版などの形で普及しはじめたことなどがあって、本文校訂の仕事も進んだ。

また、これは戦前からあったんですけれども、民俗学と文学研究との提携ということも、戦後盛んになった。

久野　柳田、折口の線ですね。

加藤　それから、戦後になって、言語学と古典解釈との結びつきも密接になった。大野さんの『万葉集』の注釈なんか、その例だと思いますけれども。

久野　家永三郎さんや大野晋さんがやった『日本書紀』の解読（『日本古典文学大系』岩波書店）がありますね。国語学者、歴史学者といった専門領域を異にする人の協力による『日本書紀』の解読が行なわれた。

加藤　それと、これも戦時中から始まっていたと思うんですけれども、戦後盛んになったのは思想史的な立場との結びつき。

久野　丸山真男君らの業績。

加藤　ですから、だいたい三つあるんじゃないですか。民俗学、言語学、それから思想史ですね。そういう学問が、文学研究と結びついてきている。これが新しい傾向でしょう。要するに、個別的な、今までばらばらに研究されてきた学問の領域が、結びつこうとする傾向は出ている。結びつくことで新しい問題を明らかにしていく、ということはあると思いますね。ただ、それが一つの体系としてまとまってくるのは、もう少し先の問題なんじゃないかということです。一方ではそれぞれの分野における知識の集積が急速に進んでいることと、他方では、領域の違ういろいろの専門家の協力で一つの問題を解こうという傾向が強くなってきた。それが傾向といえば傾向だな。

久野 それから、加藤さんのような学者が出て、学者の国際的な協力が行なわれる。これは二つあるわけですね。一つは、アメリカの財団みたいなものにバックされ、現実のイデオロギー的な問題に学者を動員して、その学者に支えてもらおうとする研究、これは、ブロック化といっていいと思うんだけれども。もう一つは、加藤さんやその他の人々の活動を通じて、戦前よりも実質的な国際的交流が開かれつつある、ということも、戦後の学問の特色に入ると思いますね。

（一九七〇年三月二十九日）

科学と芸術

湯川秀樹
加藤周一

芸術の「進歩」

湯川　芸術というものには進歩があるのかどうかということですが、例えば二十世紀になってからの芸術はどういうことになっているのか、まあサイエンスについては、私どももう少し的確なことがいえると思うんです。私は未来がきまってしまっているとは思いませんけれども、自然科学でいいますと、割合早く停滞期にはいってしまって、次の大きな飛躍はあまり期待できないという分野と、まだまだ先があるという分野との見わけはできる。それから社会科学、人文科学になりますと、私などには、さらにもっと先がありそうに見えるわけです。それが芸術となると、もともと進歩という概念をあてはめていいのかどうかさえわかりませんね。ところが最近ステントという分子生物学者の『進歩の終焉』という本を読みましたら、この人は、サイエンス、学問と芸術というものをパラレルの関係にあるかのような議論をしているんです。この本にこだわる必要はないんですけれども、芸術の進歩というのはどういうことか、私はあまり深く考えてみたことはないんですが、あなたのお考えはどうですか。

加藤　私は、芸術は発展するけれども、進歩しないという考えなんです。進歩ということばの意味にもよると思うんですけれども、進歩という以上、歴史に係わりますね。芸術がときとともにだんだん変わっていくということは確かなんですけれども、ただ変わるということと進歩ということを区別すると、進歩の一つの定義は、何か一つの究極的な目標があって、それにだんだん近づいていくということでしょう。目標に遠いところから近づいていくのを「進歩」とすれば、そういう特定の一つの目標を芸術についてみつけることは、困難だと思います。今までの芸術の歴史的な変化は、芸術のどういう究極の目標を仮定しても、それに近づいていく過程として説明することが困難でしょう。かりに人間性というものがあるとして、たとえばその人間性をなるべく広く、なるべくこまかく表現することが芸術の目標だとしてみましょう。今日までの芸術が、時代と共に、人間性をだんだん広く、だんだんこまかく表現するようになったとはいえないと思うんですね。

　それはたいへん抽象的ないい方ですが、もっと具体的には、一時代のある一つの文化圏のなかでは、芸術にとってかなり究極的な目標が与えられたこともあると思います。たとえば中世の西洋だと、カトリック的な神への讃歌ですね。それから奈良時代から平安時代までの芸術、ことに造形美術に関するかぎりでは、仏教美術で、ほとけの讃美です。目標はひじょうにはっきりしていた。それならば、ほとけの偉大さ、あるいは慈愛なら慈愛というものを、飛鳥の仏像よりも天平の仏像のほうがよりよく表現し、そして平安前期になると、弘仁仏はもっと細かくほとけの心を表現し、藤原時代には、もっとほとけの慈愛が深くあらわされたのかというと、それはそういえないと思うんです。ですから、たとえば一つの文化圏で、ある限られた時代のなかで、芸術の究極的目標というものが与えられていた場合でも、その時代のなかで起こった変化を究極目標にだんだんに歴史的に接近していく過程として説明することは、困難だと思う。仏教美術だけについて見ても、飛鳥からたとえば鎌倉までのあいだに、仏像彫刻あるいは仏教建築がその意味で「進歩」したとはいえないでしょう。

もう一つの「進歩」の定義は、目標を想定するというか、目的論的な立場じゃなくて、たとえば体系が複雑になるというようなことですね。表現手段がだんだん豊富になるとか、あるいはシステムが複雑になることが進歩だとかりにいうとすれば、それはまた進歩の別の定義だと思うんですけれども、そういうふうに定義しても、必ずしも芸術の歴史はそういうふうに進んできていない。たとえば仏像の場合、材料技術だけの点からいうと、天平までは次第に材料の種類がふえておりますね。飛鳥時代は金銅仏と木彫が多いですけれども、塑像とか乾漆は少ないわけです。ところが、塑像、乾漆というのは天平時代にたくさものというと、塑像技術、乾漆技術、ですから、少なくなる。平安時代に入ると、金銅仏もたいへん減るわけですから、藤原時代になると下がって、どっちかというと、は、そういう技術的な選択の範囲が拡大されることを進歩だというとすれば、そういう意味でも進歩がなかったと思います。

同じことは、ある程度までは中世西洋美術についてもいえるでしょう。文学、詩とか、そういうものについては、これはもっと複雑ですから、そこまで話をもっていっちゃうとむずかしくなるので、比較的単純というか、どこまでが技術で、どこまでが主題であるか、どこまでが追求する目的であるか、ということを、わりあい簡単に見わけることのできる美術史の例をとりますが、どうも私の考えでは、美術史において進歩を語ることは、あまり意味がないんじゃないかと思うんです。

湯川　私もだいたいそう思いますけれども、そのほかに、もう一つ、二十世紀、あるいはもうちょっとさかのぼってもいいかもしれないけれども、たとえば絵であっても、彫刻であっても、あるいは小説の類であっても、抽象化の傾向が著しく出るわけですね。これを進歩と見る人もあるんじゃないかという気がするんですね。物理とか数学では明らかに抽象化の傾向が見られる。そういうものとのアナロジーで考えてみることもできるでしょう。私自身は、数学も入れて物理についてさえも、抽象化が必ずしも進歩になるとは限らないと思いますけれども、しかし科学の歴史を見ますと、抽象化がひじょうに進んでいったことは確かです。科学では抽象化と一般化はいつも手を携えて進んでおりまして、たとえばニュートンまで来ますと、彼は相当抽象的な数学的な体系をつくることに成功したわけですね。ギリシアにもすでにそういう傾向があって、抽象化、一般化の方向を進歩と結びつけるという考え方が、わりに古くからあったんじゃないかと思うんですね。ことに十七世紀から十九世紀、とくに二十世紀に入りますと、科学者たちの間にそういう受取り方があって、さっきいったステントなどのように、芸術に関してもそれと似たような類推をしまして、それが進歩だとする見方が出てきてるんじゃないかと思うんです。私自身は、その点はよくわからないので、抽象芸術なるものを大きな進歩とは思えませんけれども、そういう点はいかがですか。サイエンスとの類推みたいなことは……

加藤　サイエンスの場合は、ちょっと違うだろうと私は思うんです。サイエンスの女王というか、根本的な学問については、それが物理学ということになりますけれども、抽象化が進めば進むほど、比較的少ない数の基本的な法則——法則といって悪ければむしろ命題によって、自然のより包括的な対象の叙述が可能になると思うんです。世界を叙述するための命題そのものが簡単になり、かつその数が少なくなり、それによって叙述される対象が広大になればなるほど、命題そのものは抽象化するということがある。それがまず一つと、それからもう一つは、そういうふうにして得られた比較的少数の抽象的かつ普遍的に妥当する命題のセットというか、組を使うことによって、自然をいよいよ自由にコントロールすることができるようになるわけですね。その二つの特徴が科学の抽象化にはあると思います。

ところが、芸術の場合には、その二つの特徴のどっちもないでしょう。まず第一に、たとえば一九五三年ごろかな、ピカソがたしかジャクリーヌという女の人を使ってポートレートをつくった。上半身の油絵です。それははじめはいわゆる具体的な絵をかきまして、それから少し抽象に進んで、もっと進んで、デフォルメがあって、まだジャクリーヌらしいんですね。それからもっと抽象化を進めると、たしかにそれは女の頭らしいけれども、ジャクリーヌだか誰だかもうわからないんですね。もっと抽象化すると、人間の頭かどうかさえわからない。一つのモデルについていろんな描き方をして、だんだん抽象化のレベルを上げていったものを展覧会に出したことがあるんです。これは彼らしい、こういうしかけでこういうことになるというところを見せたようなところがあるんですけれども、そういうふうにして抽象化のレベルがだんだん上がっていくと、それでより普遍的な対象がつかまるというんじゃないと思いますね。ジャクリーヌという特定の女であるかどうかわからなくなってしまったといいましたけれども、そうなったのは、画家がむだを省いて、そのモデルについていちばんあらわしたいところの肝心な点だけをあらわそうとしたからでしょう。抽象化が進むことで、絵画的命題が普遍的になるということじゃないと思うんですよ。そういうことが一つあると思うんです。

それから、だんだん少ない線にしぼっていくということ、これは表現手段の、表現に用いる要素の経済学みたいなものですね。そういうことはたしかにあると思う。それ自身がまた一種の美しさを生み出すわけで、そこには自然科学に似ている面もあると思います。しかし、そのためにより多くの対象がつかまるというんじゃないと思うんです。少なくともピカソが抽象化して、見物人にはそれが誰の顔だかわからなくても、ピカソは人間一般をあらわそうとしているんじゃなくて、特定の頭をあらわそうとしているんでしょう。ピカソの目的は、出発点から特定の人の頭をあらわすことであって、人間一般の頭をあらわすことではない、芸術では、抽象化によって扱う対象の範囲を拡大するということがない。その点が違うと思います。

それから第二には、そうすることで、もちろん芸術が自然にたいしてはたらきかけて、それを変えていく力が、増大するわけじゃないんですね。芸術は表現ですから、抽象化によって対象の支配能力が増大するわけじゃない。だから、その点でも全然違うと思うんです。

いちばん根本的な点は、学問のほうには、なるべく多くの対象、個別的なものを、一つの普遍的な命題で包括しよう、あらわそうという欲求がある。個別的な現象の共通点に注目する。共通点に注目するのは、科学者たちにとっては、それがおもしろいからそうするということもあると思うんですけれども、それだけでなくて、そうするから、対象にはたらきかけたときに対象を統御できるということもあるんですね。そうでしょう。湯川先生と私の心臓はもちろん違いますね。しかしその違いじゃなくて共通点に注目するから、心電図を読むことができる。STが下がれば、筋肉障害があるらしいということは、先生の場合でも私の場合でも同じであって、たとえば頭の性質とか能力とかの違いに関係ない。だから、比較的簡単な器械で心筋障害が発見できるし、心筋障害が発見できるからジギタリスを使えるし、ジギタリスを使えるから一応病気の処置ができる。そういうことがあるので、実際的な効用があるし、科学者自身にとっては美しいということもあって、科学者は抽象化し、普遍化する。

ところが芸術家は、逆に、私にだけしかわからない私自身の特殊性にこだわると思うんです。芸術家の側からいえば、その気持をあらわしたい。対象の側からいえば、芸術の対象の特殊性。肖像画はそのよい例だろうと思います。湯川先生がモデルならば、先生と他の人間との共通点ではなく、まさに先生が他の人間と違うところこそ、描きださなければならない。医者にとっては共通性が問題、画家にとっては、特殊性が問題です。

湯川　私はあなたの説明にまったく賛成なんですけれども、さきほどから申しておりますように抽象芸術が盛んになりまして、今のピカソの例は、ピカソ自身がそういうことをやってみたにすぎんかもしれませんし、ピカソ自身はどう思っているか知りませんけれども、もっと一般的に抽象画というジャンルをとりあげてみますと、これは極端までいきますと、人間がかかなくてもいい、たとえば機械にかかしてみるとかして、ひじょうにランダムな出鱈目な画をつくってみる。むしろ具体性、つまり何々らしいという感じを全部なくしちゃって、何ともわけのわからん、本当は偶然か偶然でないかわからんけれども、ポコッと何か変な画ができた。それはそれでいいじゃないか、むしろそういうところへいくんだというような主張、はっきりした主張じゃないにしても、そういう志向があったんじゃないか。何年か前に、私なども、うっかり展覧会を見に行きますと、全然わからないものばかり並んでいまして、私にはどういう価値があるのか見当がつかなかったですね。それぞれがひじょうに特殊だというわけでしょうが、特殊というのは、それがだれかの肖像画であって、その人の本質がひじょうによく出ているというのとは全く違いますね。しかし、私にはわけがわからんけれども、ある種の美しさがある、それがやはり進歩じゃないか。進歩という概念は、そんなところへもってきてはいかんのかもしれませんけれども、つまり人間の芸術活動、たとえば絵なら絵をかくという活動の歴史のなかで、写実的であった絵が、途中いろいろのことがあったが、結局ひじょうに抽象的なものになっていった。それで結果的には、そういうところへゆくのが一つの進む方向だったのだという判断がでてきた。少なくとも、なんとなくそう思う人がふえたわけですね。私はそれを進歩だとは思いませんけれども……

そこで、またサイエンスに話を戻しますと、サイエンスの本来的性格は、さきほどおっしゃったとおりなんですけれども、しかし、サイエンスを進めようとするプロセスのなかでの抽象化が急速に進行しますと、本来の目的である、より包括的な法則、あるいはより深いところにある原理の発見ということ、それが科学者の求めているところのものであるということは今でもあるわけですけれども、しかし、ある専門の中での研究が進んでいきますと、間違って踏みこんだのかどうかよくわからんけれども、ものすごく抽象化が進みまして、何をやっているのかよくわからなくなってしまう。かつては形而上学過剰であったのが、逆に形而上学が皆無になるという、逆の面白くない事態に追いこまれる。

たとえばニュートン段階であれば、専門家でなくても、その意味や価値が理解できる。そして、それを身近なものと感ずることができる。その後、相当抽象化されていったとはいえ、二十世紀のある時期までは、まだそういう感じが残っていた。つまり、哲学的な議論の対象となりえた。ところが、さらに抽象化が進みまして、そういう議論のしようもないということになってきた。これは果たして進歩かどうか、科学の場合にも問題になる。

芸術の場合とは程度がずっと違いますが、サイエンスの場合にも、そういう問題が出てきている。抽象化とは少し違うように見えますが、分析というプロセスにも、似たようなことがある。たとえば生物学の場合は、ひじょうに事ははっきりしておりまして、分子生物学というような学問では、生物体を構成してる物質をどこまでも細かく分析していく。たとえばＤＮＡという複雑な分子の構造を細かく調べる。そのためには、そういう分子にいろいろ手を加える。それはDNAのような遺伝を支配する物質をいじくることですね。それは科学の進歩そのもののように見えるけれども、そこからまた、ひじょうに深刻な問題、新しい疑惑が出てくるわけですね。さきほどの芸術の場合には、たとえばある人の肖像画をかくなら、その人の本質といえるものが出てこないといけない。日本人一般や人類一般をかいているわけじゃないです。サイエンスはそれとまったく違った話のようであるけれども、やはり、いろんな意味で人間を捨象しきれないということがあるわけです。しかし、少し話が飛んだようですので、この話はあとまわしにしましょう。

科学の「進歩」

加藤　科学の「進歩」という概念は、必ずしも人間的価値の実現とか、それ自身いいものであるとか、ないとかいうこととは別に、人間社会の進歩というようなこととは直接結びつけないで、定義できるのではないでしょうか。知識がだんだん増大して、より美しくより単純な形でその知識が叙述され、それによって自然をコントロールする力、あるいは社会科学なら社会をコントロールする力が増大するということ、これをかりに「進歩」というとすれば、その「進歩」ということは、今までもあったし、これからもあるでしょう。ただ、今までは、その進歩が自動的に人間にとっていいことであると考えられてきたけれども、今では科学の進歩が人間にとって悪いことかもしれないという問題につき当たっているということじゃないですか。ただ、進歩の概念そのものをそういうふうに定義すれば、進歩は止まりそうじゃなくて、どんどん行きそうじゃないですか。

湯川　その辺なんですが、近ごろいろんな人がいろんな問題提起をしておりまして、たとえば十九世紀的な考え方ですと、科学の進歩はつまり人間社会の進歩でもある。その区別は本来あるはずだったけれども、ほとんど区別がないと思ったのが近代の西欧社会でしょうね。ところが、二十世紀も後半になりますと、その関係がひじょうにおかしくなってきた。西洋たると日本たるとを問わず、科学の進歩といっても、やはり自然科学の進歩が主になっていて、それと人類とか人間社会というものの進歩とはどういう関係があるのか。少なくとも二十世紀前半までのほとんどの人は、科学の進歩と人間社会の進歩とは、だいたいとして並行している。そんなに食い違っていないと思ってきた。ところが、今やそれらが食い違ってきてるんだというくらいのステートメントなら、全く常識化している。ところが、むつかしいのは、科学の進歩は急に止まるわけではない。ほんとの進歩かどうかは別にして、いわゆる進歩なるものはなかなか止まらぬ、また止めるのがむつかしい。社会にたいする科学の影響力は圧倒的に強いということがありまして、ですから、別の基準で、人間個人、あるいは人間社会、あるいは人類全体についての価値体系みたいなものをかりにきめておきましても、そういうものは浮き上がっちゃって、科学の進歩に流されてしまうということが、ふり返ってみると、今までは、たしかにあった。そこで、これから先はそういうことがないようにしようと思っても、じっさいはたいへんなことだと思いますね。さきほどから芸術論について私がちょっとお聞きしたのは、芸術のように本質的にサイエンスと違うものでも、じっさい相当流されているんじゃないか。つまり抽象芸術なんかが盛んになるのは、芸術自身の必然性もあるけれども、やはり科学文明に流されるというと、ことばは悪いかもしれんけれども、そういうこともあるんじゃないですかね。

加藤 それは強いと思いますね。科学的な考え方が芸術家に強い影響を与えていると思いますね。科学的進歩の芸術への影響には、およそ三つぐらいあると思いますが、一つは、科学者の考え方が直接に影響する。もう一つは、科学的な考え方が大衆化されるというか、普及して、社会全体のなかに一種の大衆化された形での科学主義が成立して、それがその社会に生きている芸術家に影響する。それから三つ目は、科学者の考え出したことが技術とむすびついて、その技術がいろんな媒体をつくり出す。そのために社会も変わるし、芸術家の利用することのできる材料や表現手段も変わり、芸術がそのために影響を受けるということ。たとえば、音楽家の場合に、電子音楽というのは、あれは科学の影響というよりも、科学者の仕事がもとになって電子工学が発達して、ああいう機械ができるようになった。要するにピアノが出すよりもたくさんの音が自由に出せるということになったために、こんどは音楽家の手に渡って、音楽家が何かやってみたいということがあるような、そういう影響、それは三番目だと思います。

第一段の影響についていえば、たとえば一人の音楽家をとった場合に、音楽家自身、音楽にたいするアプローチというか、態度が、科学者のものの考え方に直接影響されているという面がある。それは方法的・分析的な考え方だと思うんですね。芸術制作の過程そのものに芸術家が意識的になり、分析的になって、その過程を方法化しようとする。分析的・方法的な形で芸術的な制作を考える傾向は、科学者の科学的なものの考え方の芸術家への直接の影響だと思うんですよ。

それから第二段の影響は、たとえば、音楽家が金属的な堅いキーキーいう音を出しますね。大衆化された科学といいますか、能率的によく動く新幹線とか、高速道路とか、そういうものの浸透した社会のなかでわれわれは生きている。ところが、モーツァルトは、十八世紀のいなかの貴族の別荘で弦楽合奏用の曲を書いていた。今ミュンヘンならミュンヘンの高速道路でスポーツカーですっ飛ばしているという状況のなかでは、音楽家自身がモーツァルトよりもキーキーいう音を使うようになるということがあると思うんです。

それから三番目は、南ドイツ放送局が電子音楽の機械をもっているので、それを使ってやろう、その機械を使えばキーキーいう音を出したければ出せるので、それを使って出すという。こういう三段階で芸術家のなかに科学が直接間接入ってくるんだと思いますね。

湯川　私は音楽はあまりよくわからんので、ただ理屈しかいえないんですけれども、西洋音楽は――東洋の音楽はそれほどでもありませんけれども――ひじょうに古い時代からサイエンスと密接な関係がありまして、たとえばピタゴラスというような人は、数理的な性格をもった科学、そういう意味での精密科学の原点に立っている人の一人ですね。その後からデモクリトスのような人も出てくるわけですが、ピタゴラスは弦の振動のような最も単純な楽器による音楽と数――といっても整数――との間の関係を発見したわけですね。ですから、音楽の原理的なものと、物理の原理的なものとは、そこで密着しておったといってもいいわけですね。それからいろいろに変わっていきますけれども、西洋音楽というのは、どこまでいっても数学や物理とわりあい近い関係にあった。第一、西洋の音譜を見ますと、あれは典型的なディジタル情報ですね。つまり、整数あるいは、もう少し広く代数的な数をあらわしているわけですね。連続的なアナログ情報ではない、ディジタル情報に従って演奏する。ハーモニーといったって、みなそうですわね。もちろん音の強さとか音色とかいう点になると、ディジタル情報で片づけられないでしょうが……。それにくらべて東洋の音楽は、もっと違うわけでしょう。ディジタル情報でない部分が多くて、個人差みたいなものが、大きくものをいうようですね。しかし、それだって、じつは程度の違いにすぎないのかもしれませんね。音譜に全然あらわせないのじゃなくて、近似の程度の問題だという見方もできましょう。

ですから、とにかく音楽というのは、芸術のなかでもさきほどの彫刻とか絵画とかいうものとずいぶん違っておりまして、たとえば肖像画というものを考えると、肖像画である以上は、誰か、人間というひじょうに複雑な、しかしユニークな対象がありまして、加藤さんなら加藤さんがおられて、そのエッセンスをいかに表現するかというわけですね。これは数に還元する、あるいは数に対応づけるのとは、ひじょうに違いますね。そういう違いがあって、音楽と絵画というのは性格が大きく違うわけだけれども、そして、民族によって事情は多少違うわけでしょうけれども、やはり音楽の方が科学文明との並行関係は、より強いのじゃないですか。

加藤　それはおっしゃるとおりです。

音楽・絵画

湯川　そこで、今の抽象化あるいは一般化の問題とか進歩の問題、科学とどこまで並行関係があるか、違うものであるかということは、たとえば音楽を考えるか絵画を考えるかで、だいぶ様子が違うでしょうね。

加藤　たしかにおっしゃるとおりで、音楽と絵画はその意味で両極端だと思いますね。建築は、造形美術のなかでは音楽に近いものがあると思うんですけれども、絵画でさえも科学とそれほど別なものだったとはかぎらないかもしれません。レオナルド・ダ・ヴィンチのノートを見ると、解剖学とか、城の設計とか、これは建築ですが、スケッチがたくさんかいてあるんです。それは人間の像でもそうですけれども、モデルの特殊性をあらわすという面もあるけれども、やはり人体の普遍性というものに注目していて、彼の人体研究、解剖学にたいする関心と絵画の関心との間が、微妙にからんでいるんじゃないかと思いますね。

湯川　なるほどね。

加藤　そういうことがあって、しかしその後だんだん離れてきたということになるでしょう。離れてきたのが大勢だろうとは思うんですけれども、しかし、ある意味で、人間の顔、たとえば『カルタ遊びをする男たち』の顔も、またたとえばサン・ヴィクトアールという山の景色も、松のあるプロヴァンスの風景も、そういうものを、セザンヌは面と線という要素的なものに還元しようとした。そして何が絵画にとって必要にして十分な基本的要素であるかということを追いつめていって、その基本的な要素の組合せとして風景を描こうとした。これは分析だと思うんですね。その意味ではやはり科学的な要素が入っていると思うんです。しかしセザンヌ自身は、それを科学的というふうには理解してなかったんじゃないかと思うんです。ですから、簡単にいうと、レオナルド・ダ・ヴィンチのスケッチの場合には、科学的な見方と、芸術的というか、画家としての見方が、彼自身の人格のなかで未分化で統一されていたんですね。それからセザンヌの場合には、人格のなかで統一されているんじゃなくて、十九世紀末の、今おっしゃったような科学の進歩すなわち人間の進歩であると考えていた時代、その時代の社会のなかで、暗々裡に科学的なものの見方の影響を受けているということになるでしょう。しかし彼自身は、そういうことを意識していなかった。

それをはっきり意識したのは、もう少し後になって、たとえばバウハウスだと思うんです。建築家と画家と両方が集まって仕事をしていた。グロピウスとかパウル・クレーとか、この人たちは、建築、室内装飾、家具のデザインから絵画まで、みんなやったわけですね。そして学校をつくって、いわゆるバウハウスの芸術教育をした。その教育の内容は、意識的に科学的、分析的、方法的です。たとえば「形」というものをほとんど幾何学的な要素に分解しようという傾向が強くあらわれていました。たとえば円とか、円錐形とか、要するに解析幾何学の簡単な二次方程式であらわせるような形、そういうものをデザインの中心に置いたと思うんです。それ以後、現代の芸術家で抽象的な傾向の人たち、そのなかのかなりの人々は、そういう意味で、バウハウスの流れを引いていると思うんです。

湯川　なるほど、それはよくわかりますね。というのは、西洋ではその伝統はずいぶん古くて、ギリシアはひじょうに幾何学的ですからね。東洋にはそういうものはひじょうに稀薄ですね。

加藤　東洋の伝統はちょっと違うだろうと思います。

湯川　そこでまた変な文明論みたいな、科学論みたいなことを申しますが、サイエンスというのは一体どこから生まれてきたかということを考えると、なかなか複雑で、だれも結論は出せないけれども、一つのひじょうに著しいことは、ユークリッドというような人が、ギリシアに現われたということですね。正確にいえば、ユークリッド一人のことじゃないですけれども、シンボリカルな意味でユークリッドという人が出て、紀元前三世紀には、すでにギリシアでは、ユークリッド幾何という、ああいう高度の体系に到達した。ほかの地域ではそういうことはなかった。それからあとも、ほかの地域ではなかなか自発的にそういうものは生みだせない。ユークリッド幾何が成立したということは、シンボリカルであるだけでなしに、やはり実質的な意味もありまして、西洋はずっとそれを受けて、今おっしゃったように、図形がいろいろある中で、直線とか、円とか、二次曲線とかいうものがエレメントとして選びだされる。芸術のなかでもエレメントとされていく。ほかの地域だって、無意識的にはそういう選び出しはしてるかもしれないけれども、その意識はもっと弱かったわけでしょうね。むしろ逆に、そういう簡単な方程式で書ける図形でないもののほうがかえって美しいとされる傾向があった。もちろん、どの地域でも対称性が最高度にあるのと、それが全く破れているのとの中間にあるパターンのどれかが選ばれるわけでしょうが、日本なんか、これはどういうわけでしょうか、少なくともある時期からあとは、対称性がうまいぐあいに破れてないといかんという美的感覚が強く出るわけですね。

中国よりもはるかに強く出る。

加藤　中国の建築は対称性を貫いていると思います。

湯川　インドだって、そういう意味での西洋からの距離を測ると、そう遠くない。日本はやはりひじょうに極端ですわね。しからば、日本は最も科学的でなかったかというと、そうもいえない。大昔はどうかわかりませんけれども、歴史時代になると、長期にわたって、いろんな形でサイエンスを採り入れてきているわけですね。江戸時代の中期くらいからは蘭学、明治になれば、全面的に西洋の科学を採り入れるというわけですけれども、しかしもっと前から、直接サイエンスという形じゃないけれども、造形美術という形で、採り入れられた。たとえば正倉院に残っているものを見ましても、対称性ということばだけではあらわせないかもしれないけれども、同じ文様を規則的にたくさん並べる。そういうものが相当早くから日本人に、いろいろな影響を与えているということが一つありますね。そういうわけで直接サイエンスではないかもしれないけれども、案外技術とか芸術とかの形で、とくに造形的な芸術というメディアを通って、西のほうのものがうんと入っている。

そこで私がはじめに申しましたテーゼに戻りますと、芸術の場合とは進歩という概念が当てはめにくいことは、加藤さんのおっしゃるとおりですが、もっと広い意味で科学と芸術との間の一種のパラレリズムみたいなものが、ふつう考えるよりも、もっとあったんじゃないかということです。別に進歩ということばは使わなくてもいいのでして……

科学と芸術の分化

加藤　それは私はこういうふうに考えています。科学は、人間の活動としては、要するに環境を理解したいという欲望に突き動かされた活動ですね。芸術には、根本的な動機が二つあると思うんですね。一つは、自分自身を表現したい。これは世界の理解と一応関係ないわけです。もう一つは、歴史的にみてもこの方がおそらくより大きい動機でしょうが、世界を理解したいということ。科学の発達していない原始的な社会では、芸術は世界を理解するための手段ですね。

そういう二つの動機があるために、あるときには、芸術と科学とは全く別の道を歩んでいるようにみえ、また別のときには平行した道を進んでいるようにみえるのではないでしょうか。近代の西洋社会では、同じ世界理解の動機が、芸術家の理解のしかたと、科学者の理解のしかたとに、鋭く別れて、対照的に、あらわれてきます。しかし芸術家と科学者の活動の根本には、世界を理解したいという同じ動機が生きているので、ある時代の、ある環境のなかでは、科学と芸術、たとえば画家がものを描くということと、科学者が自然・世界を観察するということは、たいへん近くなるのじゃないでしょうか。先生のおっしゃるような意味で、科学と芸術とは、ふつう考えているほど離れているのじゃなくて、近いものだというのは、そこに由来しているのじゃないですか。レオナルド・ダ・ヴィンチが城を攻めるための道具を設計するかと思うと、モナ・リザの絵をかいていたということは、われわれが普通考えるほど違ったことをやっていたわけではないのでしょう。だからこそ、彼の人格のなかで二つの活動を統一することが可能だった。むしろ少し誇張していいますと、科学と芸術というものは、はじめは未分化で、半科学即半芸術であった、それが次第に分化してくる。科学者の目的と芸術家の目的、科学者の使う方法と芸術家の使う方法とが鋭く分かれだしたのは、近代になってからじゃないでしょうか。

湯川　そうでしょうね。私もそうだと思います。

加藤　ですから、ピタゴラスは芸術家兼科学者、数学者ですね。

湯川　そういっていいでしょうね。

加藤　中世になりますと、一方には対位法の音楽があって、ある意味ではひじょうに数学的、しかしそれは芸術的表現でもある。他方には、極端に抽象的な造形、幾何学的な形を使う芸術表現がある。典型的なのは、シトー（Cîteaux）派の僧院だろうと思います。これはだいたいフランスの十二世紀ごろ、山にこもって僧院をつくったんですね。その僧院が幾つか残っているわけで、おもなものはプロヴァンスにありますが、それは見事なものです。とにかく石の建築の構造だけなんです。純粋に建築的で、装飾がない。バウハウス以前に、あれほど彫刻的・絵画的装飾のない純粋建築というものはなかったでしょう。宗教的な禁欲的な生活を送るというので、ああいう僧院をつくったらしい。

そこには、昔の設計図が残っていて、それをみると、幾何学的なんですね。それこそだいたい二次曲線の要素の組合わせで書いてある。高さと幅の割合なども、単純な整数比になっている。もちろん石の材料も生であって、表面に塗ったりしない。そういう幾何学的な構造である。その先からは価値観の問題になるかもしれないけれども、その幾何学的な建物が、同時に詩的なんですね。歌があるんだな。一種の魂の表現。あれは歌う幾何学です。魂の歌であって、同時に幾何学的な構造。そうなると、数学者の夢みたいな、数学者が美しいという意味での美しさに近いものだろうと思うんです。

シトー派の僧院をつくった中世は、同時にグレゴリアン讃歌と、対位法の時代でもあったわけで、そういう中世があったからこそ、レオナルドのスケッチも出てくる。レオナルドのスケッチがあるから、二十世紀のバウハウスも可能になる。そういう中世が成立したのは、結局ピタゴラスがあったからだということになるのでしょう。ずっと続いていると思いますね。音楽だけじゃなくて、一般に芸術と科学が西洋ではからんできたという面があると思います。だからある場合に数学的秩序が芸術に出てきても、不思議でないみたいで……

湯川　そうですね。そういうことと関連して、科学の進歩とは何を意味するかという設問でも、その場合の科学というのは、もっと広い解釈がありうるわけですけれども、最も狭く解釈するならば、数学、幾何学もふくめた数理とのつながりの密接な科学ということになりますね。たとえば生物学の場合、ダーウィンの進化論だって後になれば、数学と結びつけやすくなってくるし、メンデルの法則はもちろん最初から数学的ですし、現代の分子生物学にいたっては物理学と密着している。そういうのが進歩という、一種の固定観念であったわけですね。

加藤　それはそうです。

湯川　これにたいして生物学の中には、たとえば生態学のようなものもあるわけですけれども、生態学の発達も、もちろん進歩のうちだと私は思います。ただ、進歩という概念は、ギリシア以来いろいろ途中があって、近代の西洋を経て、二十世紀につながってくるようなそういう科学の発達のなかで見ますと、生態学的な学問は発達しにくかった。そういう学問はあっても、正統的なものではないという考え方、さらに極端にいえば、それはたとえば分子生物学のようなものに従属すべきものである、さしあたっては従属しなくても、ゆくゆくは、そうなるという考え方があった。現在はおそらく西洋の学者も、もはやそうは思ってないでしょうが、近ごろまでは、そういう考えがひじょうに強かった。今までの話のはじめに戻って考えますと、大筋として科学は抽象化の方向に進んだ。そして、それと同時に、さきほどもちょっと話が出ましたけれども、分析という方向に進んだ。だいたい分析するということは、もっと簡単なものを捜し出すということですね。やってみると実際は簡単にならんで、かえって複雑なことになる場合もあるけれども、意図としては、より簡単なものに分けてしまいたいわけですね。それが抽象化とからんで進行するわけですね。

そういう意味での科学の進歩というものには、そこに大いに問題とすべきことがある。つまり人間の営みとしての科学を進歩さしていくということには、いろんな意味での限界があるだろう。たとえば人間自身がいつかは地球上から消滅するだろうとか、人間の知的能力には原理的な限界があるだろうとか、逆に人間は存続するが、科学の探究する対象の本質的な部分がわかってしまうとかいう、いろいろな原理的な限界あるいは終着点が想定できるわけですが、もしも、そこまで到達するのは何万年という先の話であれば、ほとんど問題にならない。しかし、もしも数十年という近い未来の話ということになれば、大いに問題になるわけですね。最近になって、限界意識が、いろいろな方面で急に出てきた。それは比較的近い将来に限界がくるという危機意識としてですね。私はそういう限界意識を相当以前からもっていたわけですが、それは一つには今いった、いわゆる「科学の進歩」という一方的傾向に関しての限界意識、危機意識だったわけです。とくに自分の専門である基礎物理学の二十世紀後半になってからの主流的傾向に疑問と違和感を持ち続けてきた。その後、物理学以外の科学の分野にたいしても、そういう感じがするようになってきて、さらには芸術というような科学と違うはずのものであってさえも、なにか同じ流れに乗って流されてるのじゃないかとさえ感じるようになった。そこまで広げていいかどうか、大いに問題なわけですけれども……

加藤 芸術の一面を採り上げると、そういうわけだと思うんですよ。世の中のことを知りたい。そして科学が、世の中というか、環境を知るためには、最も有力で圧倒的な方法だということになってしまったために、今ではほかのことを考える人は少ないわけですけれども、昔はそうじゃなかったので、錬金術の時代には、錬金術と芸術のあいだは微妙にからんでいて、両方とも環境を理解したいという努力だった。

しかし一方では、これもずいぶん古くから、ことに東洋ではそうだったと思うんですけれども、もう一つの芸術の自己表現の面が強かったと思うんですね。中国では、絵画で気韻躍動ということがありますね。気韻躍動というのは、環境理解の標準じゃなくて、明らかに芸術家の内側から出てくるものでしょう。西洋人が気韻躍動的な、芸術家の内的魂・精神の表現として筆が動くんだという考え方に到達したのは、きわめて最近のことだと思うんですよ。二十世紀になってから、表現主義以来でしょう。西洋では、はじめから環境理解的側面が強かった。しかし、中国で気韻躍動ということをいいだしたのは、少なくとも文献上からは相当さかのぼって、もう唐の時代には出ていますね。六朝から出ている……

湯川 画を精神の表現とする考え方は、六朝の中ごろの宗炳くらいまでさかのぼるわけでしょうね。

加藤　六朝から出てくるということになると、これは古いものですね。西洋人の表現主義、最近の抽象的表現主義というものがありますけれども、そういうものは、われわれから見ると、中国人が六朝からやってきたことと原理的にはあまり違わない。これは科学じゃないと思うんです。

書家が中国の字を書く。そこに気韻躍動する、その人の人格があらわれる。それは人間の活動として、環境を理解して変えてゆこうという活動とは、全く別の種類の活動でしょう。

人間を環境にたいする面からみれば、環境は歴史的に与えられているものですから、そこに歴史があって、歴史があればまた進歩の概念も出てきて、芸術も、科学も、みんなそこにつながってくるんだと思います。人間を自己表現という面からみれば、人生一回限りですから、命短しということで、その短い命をどうやって生きていくのか。そこでそれをなかから充実させるにはどうしたらいいかというような問題が出て来るでしょう。環境を理解したいという動機も人間にとって根源的だけれども、人生の一回性に基づく願望、その人生の内的充実を求めようとする動機も根源的だと思うんです。その意味で、中国的な芸術は、科学や科学と密接にからんだ芸術によって満たされない人間の願望にかかわっているので、これはある時代にそういうことがはやっている、はやっていないの問題じゃなくて、もっと抜くべからざる根拠のあるものじゃないかと思うんです。

人間そのものが、歴史的環境と、それを超えようとする内的世界との交叉点に住んでいるわけで、あくまで内的世界だけの人間というものはない。必ず社会的・自然的環境のなかにあって、その社会的環境は歴史的に規定されていて、だから人間は歴史的存在である。したがって、芸術にしても、科学にしても、その歴史的存在としての人間を理解しようということになるでしょう。しかし一方からいえば、そういうことを取っぱらって、どうしても自分がこの場で生きているということの一回性・特殊性がある。そこでどんな環境とでもつきあって、なんとか生きてゆかなければならないということは、どんな町のおっさんでも、ソクラテスのような大哲学者でも、そのかぎりでは同じだと思うんです。そういうことがあって、中国人の気韻躍動主義が、絵画にしても、書にしても、成り立ったのだろうと思う。それを知的に洗練していけば荘子になるんじゃないでしょうか。先生が『図書』で、科学の立場と荘子の立場というものはバランスの問題だとおっしゃったということの意味は、そういう二つの次元の交わるところに人間存在があるということに帰するのじゃないでしょうか。

中国・アラビア・西洋

湯川　そうですね。なかなかむつかしい問題で、今おっしゃった自己表現ということですが、近代の西洋の科学にたいするアンチテーゼとなる思想としては、やはり荘子が一番適切で、しかも最も痛烈な議論を展開してますね。それは宗教ではない。もしも、いきなり宗教の方に行ってしまいますと、それだけが絶対になって、科学との対比のしようがなくなってしまうわけですね。荘子の場合は、すべてを相対化するという見方であり、科学と似ていますが、やはり科学と違う次元ですね。ですからそれぞれの次元をあわせて二次元としてみることもできる。つまり荘子の思想というのは、一方では何か絶対的な真とか道とかいうけれども、それが同時にすべてを相対化するものである。そういう構造になっている。それを現代の私たちから見ると、美事な科学、あるいは科学文明の批判ということになるわけですね。

そこで少し見方を変えますと、荘子自身がやはり、ひじょうに広い意味での科学者でもあったといえるわけです。たとえば、彼は西洋流の分析はしておらないわけですけれども、そのかわり、たとえば動物の行動などをひじょうによく観察しております。そこから、いろいろ重要な生態学的な概念を生みだしていることを、動物学者の宮地〔伝三郎〕さんが前から指摘しておられます。やや大げさないい方をすれば、荘子こそが動物生態学の開祖になるのではないか。そういう科学は、ギリシア以来の西洋流の科学の正統的なものとは違うが、やはり広い意味の科学の中に入れていいと思いますね。最近になって生態学が大いに見直されるようになってきたのは、先ほどの限界意識と関係があり、従ってまた荘子にもつながるわけですね。しかし何といっても荘子が後世にあたえた影響として特筆すべきは、それが中国の芸術論の出発点になってることですね。だいたい中国で高度に発達した芸術、とくに山水画はもちろんですが、福永光司さんも強調しておられるように、荘子の中には、すぐれた音楽論がある。その後、中国では音楽は絵画ほどは発達しなかった。その理由はいろいろ考えられますが、それはともかくとして、荘子には今いったような、ある種の科学の原形、芸術論の原形のほかに技術論につながるような議論もある。ところが、そこにないものの一つとして、数学、幾何学、つまりユークリッド的あるいはピタゴラス的な思考をあげることができます。しかし、そういうものが欠けているからといって、科学はないともいいきれないので、それがひじょうにむつかしいが、面白い問題だと私は思うのです。

中国の科学に関して、明らかなのは、ひじょうに重要だけれども、やや技術的と思われるような発明が古い時代に幾つかあったことですね。紙を発明したとか、火薬を発明したとか、磁石のようなものを早くから使っておったとかいうのが、典型的な例ですが、それらは西洋流の基礎科学的なものから見ると、評価がやや低くなる。しからば中国には広い意味での科学は発達してなかったかというと、これは議論の分かれるところでして、たとえばニーダム氏などは、中国の科学を歴史的にひじょうに高く評価していますね。私はそう簡単に彼の説に同調はできないんですけれども、そういう問題と、それから先ほどから話の出ている荘子というような人の評価とも無関係でないと思いますね。

そういう議論は、つまるところ価値基準をどこに置くかによって意見が違ってくるわけですから、ある程度、水かけ論的になる。ですから、それに深入りするのはやめますが、ただ、ここで一言だけふれておきたいのは、科学と技術と芸術とは全く無関係じゃないということです。たとえば、中国では陶器が恐ろしく発達したことは確かですね。芸術品としても、あるいは工芸品としても、何と見ようと、ものすごく発達していることは明らかですね。これは中国の技術とか、科学とかと無関係とはいえない。やはり離せない点がどこかにあるわけですね。といっても、そう簡単に私には結論が出せません。今のところは、自分の感じをいう程度ですけれども、その辺のところはどうでしょうか。あなたは中国にもいらっしゃったりしたけれども……

今までも何度か吉川幸次郎さんや桑原武夫さんなどから、こういう問題で、議論をふっかけられたりしたことがあります。私の方は、まだどうも十分なお答えができずにいるのですが、今までの通説らしきものは、おおよそ次のような説だろうと思います。さっきからの話とニュアンスは少し変わるんですけれども、西洋ではギリシアの伝統がありまして、もう一つそれにキリスト教が付け加わった。キリスト教というのは、私などの理解では、立法者としての神がある。物理学みたいな学問の基本は、何か普遍的な自然法則が存在することを信じ、それを発見することですね。だからニュートンは神さんのつくった法律を見つけだし、数学の言葉で成文化したといってもいいでしょうね。あるいは神さんの法律を読み取って書き写したといっていいわけですね。ニュートンの場合にはとくにそういう感じがする。もちろん同時にギリシアの伝統はずっとあるわけで、自然法則が数学的に表現されるというのは、まさにピタゴラス的でもあるわけですが……。そういう二本の柱の上に立ってるというのが通説で、私もそう思うんですけれども、中国にはそういうものがない。インドにしても、数学はあったかもしれないが、徹底した一神論はなくて、有神論はあっても、それはやはり汎神論的ですね。中国はもっと無神論に近いわけですね。荘子は造化とか造物者とかいう言葉を使いますが、それは擬人的に表現しただけですね。ところでギリシアの科学技術というのは一旦はアラビアへ行ってしまうわけですね。ところが、このアラビアは一神論ですね。モスレムというのはキリスト教以上に徹底した一神論ですね。ギリシアと一神論とがいっしょになれば、さっきいうた理屈でいけば、大いに科学が発達すべきはずであったけれども、そこまでは行かなかったのはなぜか、という論争を桑原さんがぼくに吹きかけてくるわけです。これにはぼくもすぐには、うまい返事ができないんですけれども、強いていえば、まあ結果論になりますが、西洋では実験、実証ということがもう一本の柱になる、というような苦しいいいわけでもするほかない。とにかく、アラビアというのはむつかしいですね。

加藤　そうですね。それから中国もむずかしいですね。

湯川　中国もむつかしいですが、中国の場合は、先ほど話に出たように、西洋流のサイエンスとは、やや違ったサイエンスがあって、それがどこまで進んだかが問題になる。その場合、価値観の問題があるから、簡単にいかんわけですね。アラビアの場合は、科学がひじょうに発達したとお思いになりますか。

加藤　ある一時まではあったでしょう。アラビア数学があって……

湯川　たしかに一時は相当のところまで進んでいたようですね。

科学と経験主義

加藤　こういうことはいかがでしょう。どうもたいへんあらっぽい議論になって恐縮なんですけれども、アラビアと中国と西洋とをながめて、どうして西洋で科学が発達したかですね。アラビアは数学的世界、あるいは合理主義の世界だと思うんですね。しかし、経験主義がなかった。

湯川　なるほど。

加藤　中国は数学はなくて、ここは問題だけれども、一応漢代以後の中国は数学はないと見て、経験主義的世界である。経験主義だから、技術はひじょうに豊富なものがある。

しかし科学（近代的な科学）は数学と経験主義のぶつかったときにできる。西洋の場合には、それがぶつかった、こういうメカニズムじゃないでしょうか。

キリスト教（一神教）とアリストテレスの結びついた西洋の中世は、二つのことを生み出したと思うんです。一つは、世界は神がつくったものだからだいじにして、よく理解しなければいけない、被造物（世界）をよく知れば知るほど、だんだん創造者（神）に近づいていくということ。そういうことがあって、世界で起こっていることはすべて究極的にはいいことであり、神のわざのあらわれであると、こうなるわけですね。世界で起こっている事象にたいする一種の尊敬は、経験主義の出発点になりえたのではないでしょうか。もう一つは、世界は神がつくったもので、そのデザインは理性的であり、数学的秩序であるという信念。それは証明されておりませんけれども、世界秩序は理性的であるということ。ニュートンはそれを信じていて、ニュートンより前にデカルトがありますけれども、その経験主義と合理主義とが、スコラ的統一の枠を破ってそれぞれ徹底し、正面からぶつかったときに一種の緊張関係が出てきた。合理的なことであるけれども、実験の結果と合わなかったり、実験してみるとこういうことがあるとわかるけれども、合理的な説明がつかなかったり。合理的・数学的な理論、それから実験や観察の結果、その戦いが、二つの対決が鋭くなり、創造的になったのは、殊に十七世紀からではないでしょうか。経験主義が強くなってきて、理論も進歩するし、経験主義は実験科学のほうに進みだした。

ところが、アラビアにはその「十七世紀」がなかった。なぜなかったかというと、数学があまり強いために、実験の必要がなかったからではないか。中国に「十七世紀」がなかったのは、経験があまり強いために数学が圧倒されちゃって、結果がどうあろうとこれが正しいとがんばるやつが少なかったからではないか。中国では結局経験がものをいう。どうでしょうか、大ざっぱですが……

湯川　まあそうでしょう。中国では経験主義的傾向は強かったが、数学を媒介とする合理主義が発展しなかった。だから実験による実証というところへ行かなかった、ということになりますね。私の知っているような中国学者のおっしゃることを伺いますと、朱子という人がありまして、朱子だけじゃないですけれども、そこに集大成された思想には、相当はっきりした一つの宇宙観がありまして、それだけ見ると西洋とよく似ているんですけれども、今おっしゃった経験主義というても、何か実験をやってチェックしていくというのと違うわけですね。それはまたなぜかと問いつめていきますと、わからないのは、アラビアではどうして経験主義が弱かったか、あるいは実験をやってみるということが出なかったかですね。中国の経験主義は、ひじょうに個別的な知識を重んじることでもある。それを数学的な法則と合わしてみるという点では、複雑といえばひじょうに複雑なんで、私は吉川さんからうかがったことですが、たとえば円周率は三でよろしい、もっと極端には、円周率は三であるべきである、というような考え方がずっと尾を引く。もちろんそれはおかしいわけですよね。少なくとも三よりは三・一四のほうがいいにきまっている。もう少し小数のケタをふやしたら、なおいいわけですが、しかし一方には三というような簡単な数に意味をつけようとする傾向がある。ギリシアにだってそういう思想はあったわけですけれども……。ところでまた、中国人というのは、ある意味では大昔から、ひじょうにリベラルだったですね。つまりあまり宗教的でないわけですね。宗教がないというわけじゃないけれども、超経験的なものを信じる傾向は少ない。そういう意味では早くから啓蒙されているわけですね。しかし、その反面において、たとえば数学と経験とののっぴきならんつき合わせをやらないということがある。つまり幾何学が重要視されないということですね。幾何学では、半径と円周の比は幾らになっているかというようなこと自体、ひじょうに重要なわけですね。ところが中国では昔、聖人が三といったということですむ。キリスト教にもそういう幾何学的精神があったかなかったか、はなはだあやしいんですが、ギリシアにはひじょうにあったわけですね。

ところが、こんどはアラビアですが、アラビアは私はよく知らんので困るのですけれども、回教のお寺、モスクというのはじつに美しいものであることは、写真を見ただけでも疑いようがない。とくに壁のあの幾何学的模様はなんともいえんきれいなものですし、建築としても最高に美しいようですね。これは神の御意にかなったこととして、均整のとれた建物、複雑だが高度の対称性のある幾何学的模様をつくり出した、というわけでしょうね。しからば自然科学もひじょうに発達するかというと、そうもならんというのは、今おっしゃったような点もあるのでしょうけれども、一つには、やはりユークリッドのような人が出現しなかった。アラビアはユークリッド幾何を受け入れはしたが、アラビア人自身は代数のほうが得意だったようですね。インドもそのようですね。中国は代数よりも算術ですます。算術はこまかくいくらでもやっている。天文も早くから発達しておりますからね。天文の方はひじょうに精密だけれども、そこでの計算は代数的ではない。むしろ算術的な方法がひじょうに高度に発達した。インド、アラビアというのは、代数は盛んだけれども、幾何はギリシアほど発達したということではなさそうですね。

そんなことをいってみても、話は堂々めぐりですけれども、やはり近代科学を発達さすための道具立てはギリシアがいちばんよくそろっておって、アルキメデスのような人までも出ているわけですね。そこからガリレオを生み出すことにもなるし、その前のレオナルド・ダ・ヴィンチにもつながっているわけですね。

そうすると、古代ギリシアの学問はどこから出てきたかということになりますね。すると結局は中東から近東にかけて、エジプトも含めて、あの辺の先進地帯の文化をギリシアはかき集めて、自分のところで集大成したということになるらしいですね。そういう先進地帯の中には、ヘブライも含まれている。するとヘレニズムとヘブライズムは全く違うものとはいえなくなる。そうなると、また話がややこしくなりますが、とにかくギリシアというのは条件がよくって、科学の発達のための道具立てをそろえることができた。中国人もなかなかえらかったし、インド人もえらかったけれども、道具立てをそろえることができなかった。ギリシアの学問は、その後あっちこっち伝わっていったが、結局ヨーロッパに舞い戻ってきたが、そのときには、さらにキリスト教がもう一つ加わっていた。

　そういう理屈でどうしても残るのは、さきほどのお話にもありましたけれども、アラビアですね。条件がわりあいいいんですね。数学なんかもインドからだいぶん入っているわけですね。算術とか代数とかいうと、たとえばゼロが入り用になってくるわけですけれども、それはインドから入ってくるんですね。それがアラビアへ入ってから、だいぶんおくれて西洋へ行くわけですね。そういう点から見ると、アラビアというのは相当条件がよくて、たしかに建築とか幾何学的な模様とかはじつに美事ですけれども、近代科学を生みだす方向へはいかないというのは……

加藤　ヨーロッパに固有の条件の一つは、政教分離という要因があったことじゃないでしょうか。ローマ教会と王権が分かれてしまって……

湯川　なるほど。それを一ぺんやらんといかんのでしょうな。

加藤　ローマ教会は事実上強大な権力で、ガリレオやジョルダノ・ブルーノもひどいめに会わされました。しかしそれでも、原理的には、王様とローマ法王とは二本建て……

湯川　そうですね。それはひじょうに重要なポイントですね。

加藤　中国でも、アラビアでも、原則として一本建て。カリフの思想的権威は、同時に政治的権威です。

湯川　そのもう一つ先をいいますと、ヨーロッパというのは、幾つもの民族、国がありまして、一つだけが簡単に全体を征服したりできないという、そこにやはり一種の相対主義、といったらいいすぎですけれども……

加藤　まあそういうわけです。

湯川　そういうものがあるところでないと、やはり近代的な思想というものは出にくくて、中国はひじょうに古い時代から啓蒙的な思想は出ているけれども、どっちかというと、全体が集まった大帝国的な歴史が長いわけですね。よそからいろいろ攻め込んできて、征服をされたりいろいろのことがあっても、やはり漢民族は文化的に圧倒的に優勢であって、いろんなものの対立のなかから必要な何かを生み出すという道具立ては、ちょっと足りなかったという感じがしますね。私のいうているサイエンスというのは、いちばん広い意味ではないんですけれども……

加藤　朱子学は、西洋の中世哲学の体系に近いものをつくったんですけれども、そういうものができたのは、やはり仏教のチャレンジがあったからでしょうね。

湯川　そうですね。明らかに仏教のチャレンジによるものですね。

加藤　だから、ほかの思想体系、イデオロギーとの対立というか、対決が必要であるし、それからまた経験主義が出てきて、伝統的に権威のある理論をチェックするということが起こり得るためには、思想的権威が圧倒的でない必要があるんじゃないでしょうか。ところが、中国が儒教になったのは漢代からでしょう。そして朱子学が出て、明朝からは朱子学が官学になりますから、地上的な権力と結びついていって、どうにもその権威を根本から問いなおすことはできない。もしかしたら『易経』なら『易経』、陰陽説なら陰陽説が、根本的にナンセンスであるかもしれない、といった中国人はないんじゃないですか。

湯川　そういえばそうですね。中国の哲学は、みな易の思想に結びついてるともいえますね。

加藤　ソルボンヌがあれほど強力で、あれほど人を焼き殺したりなんかしちゃったわけですけれども、それでもデカルトはタブラ・ラサ、白紙還元ということをいっているわけですから……

湯川　それはたしかにそうですね。

加藤　西洋ではデカルトが白紙還元できて、中国でもアラビアでも白紙還元が起こらなかった。それはなぜかというと、やはり西洋では政教分離があって……

湯川　中国では諸子百家の時代を除くと、もうそういうことはないようですね。アラビアはそれがなさすぎますね。いちばん徹底した政教一元論ですね。中国はもっとゆるやかだけれども、逆にその緊張関係が弱いですね。仏教との緊張関係が大いにあった時代もありますけれども、しかし、仏教にしても、それから儒教あるいは道教であっても、みなわりあいに寛容、トレラントですからね。ですから、思想的に決定的な対決をやらなくてもよい。三つの宗教が中国ではずっと栄枯盛衰をくり返していたけれども、宗教戦争まではいかんですんだわけですね。

加藤 そうです。むしろ三教一致です。

湯川 日本だってそうでしょう。神儒仏の三教一致のほうがしやすいわけで……

加藤 話が飛んじゃうけれども、江戸時代の儒者は三教一致が多いですね。三教一致でない人は例外ですよ。

湯川 この対談のはじめからの話に出てきたような意味での進歩という概念に従って、西洋が科学の先進国になったことを認めた上で、その理由を考えてみたわけですが、どうも、いろいろ議論してみても、なかなか納得のいく結論が出ませんね。どうもアラビアについては、とくに結果論みたいになってしまいますが、イスラムの征服力というのは圧倒的なものですね。キリスト教の場合は、ひじょうに強力であるけれども、教権と俗権、聖と俗といいますか、そういうものが対立関係をひき起こして、結局サイエンスは聖を押しのけていくわけですね。

加藤 だから、ジュネーヴのカルヴァンが敢えて起こったといったものでしょう。

湯川 そういうことでしょうね。一口に砂漠の思想といってしまってはいかんけれども、気候風土の影響が大いにあるでしょうね。

加藤　一つはこういうことがあるんじゃないですか。イスラムの宗教自身が抽象的合理的な性格をはじめからもっていて、仏教とかキリスト教に比べると、はるかに抽象的合理的な宗教であったために、合理的精神と衝突することが少ない。だから、戦いにくかったんじゃないでしょうか、はじめからイスラムのほうは合理的なんですから……。キリスト教だと偶像崇拝が入っておりますから、合理精神との絶えざる戦いがあるわけですけれども、イスラムのほうは、はじめから戦うものを先取りしていたようなところがある。

湯川　それとちょっとニュアンスが違いますけれども、仏教だって儒教だってわりあいトレラントであるだけでなしに、相当な合理性をそれぞれもっておりますが、そういう合理性があるために、かえってそれを押しのけて近代科学に行きにくいということもあったでしょうね。仏教などは、昔も今も科学否定をいう坊さんもありますけれども、むしろ科学なんかどうなっても、こっちはべつにピリッともせんというような態度の方が普通ですね。それで、ひじょうにトレラントにもなるわけですね。イスラムはあなたのいわれるように、それ自身として合理的であるが故に、別の合理的なものはなかなか入ってこれないということですかね。

加藤　ある意味では、社会民主主義の福祉国家があまり進んでしまうと、社会主義革命が起こりにくいのと、似たような事情でしょうか。

湯川　それに類することはありますね。

加藤　イデオロギーの面でそういう関係があるんじゃないですか。

湯川　イスラムの場合はそうなるかもしれん。ぼくはあまり『コーラン』を読んだことがないので、そういうことはよくわからんのですが、キリスト教の場合ですと、非合理的なものがどうしても残って、したがって、「非合理なるがゆえにわれ信ず」という言葉さえが出てくるわけでしょう。イスラムにはそういうことはあまりないのでしょうね。

加藤　イスラム世界の正統派に対立するのはペルシアの神秘主義じゃないですか。公認イデオロギーのほうが合理性を代表しちゃって、むしろ反対派が非合理性の権利回復を要求するという形で……

湯川　そうですか、なるほど。

加藤　だから、逆なんじゃないでしょうか。カトリック教会とそのなかの下から起こってくるいろんな運動と……

進歩史観と終末観

湯川　なるほど。それで話を現代に戻しまして、進歩史観と終末論的なものについて少し申しますと、終末観、つまり昔はひじょうにいい時代があった、中国の思想のなかにもそれはあるわけですね。昔は、堯とか舜とかいう偉い帝王がおって、いい時代であったと儒教ではいう。ニュアンスは少し違うが老子だって大昔が理想の時代ですね。孔子も老子も昔はよかったという。それはキリスト教にもあり、仏教にもありまして、仏教では、お釈迦さんの出てきたときがいちばんいいわけですね。それからだんだん末世になって、人類が滅亡するところまでいくかいかんかは別にして、とにかく過去のほうがよかった。したがって、未来に救いが来るかどうか別にして、穏やかにいうと、未来は悪くなるぞという考え方のほうが、昔はむしろ普通だった。ところが科学が発達してくると、こんどは進歩史観というか、限りなき前進みたいな考え方が十八世紀くらいから西洋では盛んになって、世界的にそういう考え方の影響力が広がっていったわけですね。科学文明が圧倒的になってくるにしたがって進歩史観も強くなってきた。ところが、それがまた逆転して、今や終末観のほうが勢いがよくなってきた。少なくとも単純な進歩史観がだんだんと衰えていっていることは確かで、人類は無条件に科学文明を進めることによって幸福になれるという考え方をする人は、ひじょうに減ってきているわけですね。しかし、終末観にもいろいろあるし、ひところの未来学では楽観論の方がむしろ多かった。まあ人さまざまですが、加藤さんはどういうぐあいにお考えになりますか。

加藤　進歩観は、日本ではあまり強く出たことがなくて、むしろ外国の影響があったということになると思うんですけれども、日本は別として、科学にたいする強い楽天主義は、あまり昔のことでなく、十九世紀後半から今世紀の初めにかけての西に出たと思うんですね。ところが、二十世紀の第一次大戦以後から急速にそういう十九世紀末的な歴史主義、ある意味ではマルクスもその線に入ると思いますけれども、手放しの進歩主義、だんだんよくなるからみんなでいっしょにがんばりましょうというやつ、これは少なくともヨーロッパの哲学思想の水準でははやらなくなった。ところが、そのとき、アメリカに科学的進歩の中心が移って、アメリカ人が手放しで「進歩」を讃えだしたので、またいくらでも行きそうな空気になった。その傾向は第二次大戦ごろがいちばん頂点でしょうけれども、それがヨーロッパにもアメリカから逆輸入されて、日本にも入ってきた。ところが、こんどはアメリカ自身がたいへん悲観的になった。

そういうふうに社会的・歴史的に見ると、科学の将来を信ずるといっても、だれが信ずるかという問題で、もし信ずるとすれば、はじめはヨーロッパ人が信じて、ヨーロッパ人が悲観的になった。こんどはアメリカ人が信じて、その次に信ずるとすれば、ソ連とか中国とか、そういうところで信ずるのかもしれませんが、しかし、ちょっと今のところ違うと思うのは、十九世紀末から今世紀はじめにかけての西ヨーロッパは、科学的進歩の代表者ですね。それ以後の代表者はアメリカで、今のソ連邦が代表者というのは、ちょっといいすぎだと思うんです。全体として広く見れば、まだアメリカのほうが進んでいるでしょう。その点はちょっと違うと思うので、今の状況は、いちばん先進的な国がだんだんに悲観的になるということだと思うんです。今アメリカが悲観的になっているわけで、わが国で科学的進歩主義は引き受けるというわけにはいかない。

そこで、私自身は、歴史については悲観的なんですが、ただ、さっきもちょっと申し上げたように、詩人としては、歴史の成りゆきによって、悲観も楽観もない。歴史はちょっと別の次元に置いて、私自身の一回限りの今日ただ今どうするかということになります。そっちの考え方ですね、それをかりに詩人的考え方というとすれば、これから先はだんだん詩人の世界になるんじゃないかという気もします。アメリカには、そういう傾向が、いくらかみえはじめているといえるのかもしれません。ヒッピーズと、ヒッピーズに同情する広範な層。『未来ショック』とか『緑色革命』とか、そういう一連のベストセラー。学問の水準、社会科学の水準、あるいは社会科学的ジャーナリズムの水準、それから知的に洗練されない段階ではヒッピーズまで、ずっと一つの流れとして出てきているんじゃないでしょうか。そういう時代が来るんじゃないかな。今までは科学が文化と社会の第一ヴァイオリンでしたね。そうじゃなくて、詩人・芸術家の第一ヴァイオリンの時代がくるんじゃないか。そうなったときに、もはやレオナルド・ダ・ヴィンチ的な、バウハウス的な芸術じゃなくて、むしろどっちかといえば抽象的表現主義にあらわれているような芸術が主流になるかもしれません。そうなると、中国、東洋が今までもっていた芸術的伝統がよみ返ってくる。一般に芸術の時代、一般に詩人の時代が来るのじゃなくて、むしろ少し誇張すると、東洋的な意味での芸術の時代に、西洋もまき込まれていくという気がするんですけれどもね。

湯川　近ごろアメリカあたりもだいぶんそういうことがあるようですけれども、日本でも表面的な現象として、ほんとの芸術であるかちょっとわからないんだけれども、たとえば書のようなものですね。書というのは、普通の書もあればぜ前衛書道みたいなものもありますけれども、ひっくるめて、あなたのおっしゃった典型的に自己表現的な性格が、いちばん純粋に出てきている場合でしょうね。書というのは実際に一字一字意味があることばだけれども、しかし、なにかそのまま絵のようなところがあって、それがすなわちなにか精神の内的なものを表現していて、そのものずばりに出ているものであって、日本人はほとんど無意識的にそういうものを見直す状況になっている。というのは、さきほどおっしゃったような進歩史観みたいなもの、あるいはその裏がえしとしての終末論とは次元が違うというか、コンプレメンタリーというか、とにかく別のもので、私は宗教的な人間でないので、とくにそう思うのかもしれないけれども、宗教へ戻るのではなくて、やはり芸術の方へ傾斜しますね。

その点はあなたと意見が一致しておりまして、サイエンスというのは、はじめにも申しましたように、わりあい早く進歩のとまるところと、当分まだまだ進歩するところとあると思うんです。自分のやっている物理なんていうのは、わりあい早く発達しましたから、先は短いと思っているんです。私などそれを専門にして長年やってきてるものには、だいぶん以前から、それは見えていることです。ところが、あえて正直にいう人は少ない。私も、自分がやってきて、あとの人に、もう先はあまり長くないぞというのはぐあいが悪いから、なるべくいわんようにして、穏やかな表現をとることにしておりますが、しかし、サイエンスのいろいろなブランチで早い遅いの違いは大いにありますけれども、限りなき前進などということは、とてもいえない。というのが正直な感想ですね。

さきほどのステントという人は、物理のことはあまりよく知らないようですけれども、分子生物学のほうで時代区分みたいなことをしておりまして、さきほどの書物の中の「分子遺伝学の興隆と衰退」という章を見ると、先ず古典的時代というのがあります。つまりダーウィン、メンデルの時代ですね。それからロマンティック時代というのがありまして、これは、遺伝の機構などをひじょうにくわしく調べていって、とんでもないことがみつかるかもしれないというので大いにハッスルする。先にどんな山があるか、まだ見えてないから、研究ということがひじょうにロマンティックな性格を持ちうるわけですね。その次がドグマの時代、ドグマというのは、ワトソン、クリックの二重螺旋がみつかって、DNAという分子のなかに、個体のその後の成長を規定するあらゆる命令が全部入っていると思ってよかろうということになる。つまり遺伝の基本原理みたいなものがみつかってしまう。それがドグマの時代ですね。それが確立すると、次はアカデミック時代に入る。アカデミックというのは、それぞれの問題について、ひじょうに精密なディテールの分析的研究をやるけれども、もはや全体をひっくり返すようなものはそこから出てこないだろう、そういうことでやっていくのがアカデミック。そうすると、残る問題は何かというと、まだ人間の意識というごつい問題がありますけれども、それは少し次元の違う問題で、たとえば遺伝学なら遺伝学に限ると、いくつかの段階を経てきて、結局アカデミックな時代に落ちつく。そこだけを見てますと、ストゥルム・ウント・ドランクが治まって、天下太平になっていくわけですね。ほかの学問の中にも過去にそれをやってきたのがある。物理ですと、ニュートンがあらわれてドグマの時代からアカデミックの時代へと一度移行した。つまり十七世紀というのは、ステント流にいえばドグマを発見しようとした時代で、ニュートンはそのドグマをみつけ出した。そうすると、十八世紀、十九世紀は、極端にいえばまあアカデミックな時代、二十世紀になりますと、もう一ぺん革命が起こった。しかし、ロマンティック時代からドグマの時代へ急速に移った。そして私の見るところでは、大多数の物理学者は少しアカデミックになりすぎている。先が短いといってる私の方が、むしろ物理学の研究はロマンティックでありうると、いまだに思ってる。これはわれながら、逆説的な状況だと思いますね。ステントは分子生物学者であって、分子生物学はわりあい若い学問、イキのいい学問のように見えるのに、彼はひじょうに先がないということを強調しているんです。私も気持の上でひじょうにわかることなんですけれども、そうすると何があるかというと、次元の違う問題とか、違う種類の科学とかいうことも考えられるけれども、それよりはやはり私自身も芸術だと思いますね。それは自分が本職の芸術家になるということには限らないのであって、あなたの表現を借りるなら、つまり人間というのは科学者的でありうるし、また詩人的でもありうるんですね。そして、これから先は詩人的に生きるほうがより幸福かもしれないと思うわけですね。

加藤　その世界観は荘子でしょう。

湯川　そうですね。たしかに荘子は、科学者的であるより多く詩人的ですね。

加藤　知的水準にもっていけば、世界観的背景は荘子ということになる。

湯川　私は若いときから荘子が好きなんですけれども、今でも結局、彼の思想に一番親近感を感じますね。

Ⅲ

諷刺文学とユートピヤ

渡辺一夫
加藤周一

人間への懐疑・絶望

加藤　渡辺先生が戦争の前から始められた十六世紀のフランス文学の研究、殊にエラスムスの『痴愚神礼讃』や、戦後に完成されたラブレーの翻訳は、フランスのみならずヨーロッパの諷刺文学の一つの頂点に係わっているので、まず第一にその意味でも、渡辺先生と諷刺文学との関係は深いと思います。

しかしそれだけではなくて、第二に、先生のお書きになった文章には、諷刺的な要素が多い。殊にまた江戸時代以来の伝統的な「落語」という形式を使って『思想』に連載された、現代の日本社会にたいする諷刺は、先生御自身は余技とお考えになっていらっしゃるかもしれませんが、私はひそかに戦後の日本文学の一つの成果だと思っています。

そこで今日は先生に来ていただいて、諷刺文学が一般にどういう社会的な条件、あるいは文化的な条件を背景として出てくるものか、お話を伺いたいと思うのです。

諷刺文学というときの「諷刺」という言葉は、——「諷諭」の語は昔からあるでしょうが、「諷刺」の方は、ラテン語の *Satura* 又は *Satyra* の翻訳だろうと思います。そうしてその言葉自身がラテン語から来ているように、諷刺文学が歴史的にいっていちばん盛んになったのは、ギリシアよりもどちらかといえばローマの時代じゃないかと思う。ことに共和制の初期の時代よりは、アウグストゥスの時代以後、あるいは「白銀時代」と文学史家のいう時代になってからでしょう。近代では、諷刺文学がフランスに栄えた。

フランス文学のなかで、諷刺的な文学にはどういうものがあるのか、どういう条件のもとで盛んになったかというようなことからでも、お話を始めていただければと思います。

渡辺　僕は諷刺文学について何もかも知っているわけじゃありません。もっとも、諷刺文学は、嫌いではありません。しかし、全く素人の趣味程度のことです。それに、今おっしゃったラブレーの翻訳にせよ、今まで誰もしてくださらなかったので、それをよいことにして、辛うじて横のものを縦にしただけのことなんです。十六世紀の文学だって、大したことは存じておりません。専門家の先生方から見れば、全く下手の横好き程度のことなのです。ですから加藤先生の出される質問にじゅうぶんにお答えできないことは、ほぼ確実のようです。

こっちから逆に質問を出して、教えてもらいます。いろいろな諷刺がありますね。いろいろな段階がありますね。ちょっと気にいらないといって、他人の悪口をいってみる場合にも諷刺的なものが生まれましょうし、国を憂えて現在の政治家の悪口をいう場合にも諷刺的なものが生まれますね。

これはわかり切ったことですけれども、人間がほんとうに幸福で、鼓腹撃壌の世の中だったら、諷刺する材料もおのずからなくなると思いますね。もちろん、いくらよい世のなかになっても、人間ってものが、そう変わらないとするならば、やはり諷刺は行なわれるかもしれませんね。隣に坐っているやつにちょっと変な癖がありすぎるという程度のことで、それを諷刺することはあると思いますよ。しかし、この程度の諷刺は、目下のところ問題にしないでよいことにいたしましょう。

ここで諷刺という場合は、例えば徳川時代の狂句や戯作を通じて考えられる諷刺の段階に達したものから出発することにいたしましょう。概括的に申しますと、作者なり、あるいはその作者の属している社会が、なにかたいへん重いものにのしかかられていて、作者も社会もピイピイいっているとき、そのピイピイいう音が、言葉になって出てきたときに諷刺や諷刺文学が生まれるように思います。これ以外に、生まれるものはいろいろ別にありますけれども、ね……

ちょっと話が方向転換するかもしれませんが、僕がこれから申し上げることを加藤先生に吟味していただきたいと思うのですが、いかがでしょうか?

加藤　さあ、どうぞ……

渡辺　このごろ僕は、普通の意味の諷刺文学作品を読み、もちろん快哉を叫んだり痛快になったりいたしますけれども、もっと別な、単なる安易な諷刺ではなくて、かなり手のこんだ諷刺や人間そのものにたいする絶望を秘めた諷刺のほうが、だんだん僕には気持がいいし、面白いし、説得力があるようになったような気がするのです。老人になった証拠かもしれません。というのは、単なる諷刺というものには、ある場合には、曳かれ者の小唄みたいなところがずいぶんありますからね。そして、そういう諷刺に痛快がる人間は、要するに同じ曳かれ者にすぎないし、何かみみっちいような感じがしてきてならないのです。ラブレーの痛快な大諷刺を読んでいる場合でも、ふとそんな気分になることがあるからです。もちろんラブレーには、単なる諷刺以外のもの、老人の僕の心を楽しませながら、ぐいぐい引っぱって行く、別な手のこんだ諷刺や何ともいえない悲しさをたたえた諷刺もあるのですが。

なぜそんなことを考えたかと申しますと、せんだって明治時代から日本でも知られているモンテスキューの一七二一年ごろの作品『レットル・ペルサンヌ』(『ペルシア人の手紙』)を学校*の教科書で使いましたが、昔読んだときと、ずいぶん違った印象を受けました。これも老人になったせいかもしれませんね。

この作品は、十八世紀のフランスでは、異国趣味（エクゾチスム）の対象にすぎなかったペルシア人を登場させて、パリを初めフランス全体に見られる様々な人々の生活、王様方や貴族や教会の人々だとかの諷刺をさせているので有名ですね。つまり、モンテスキューが気がついたフランス社会の様々なゆがみを、ペルシア人の口を借りて批判しているわけで、老獪なやり方と申せましょう。全体は、登場してくる二人のペルシア人が、故郷の妻や友人たちに書き送ったパリあるいはフランス見聞記に外ならないのです。百六十通の手紙から構成されている小説ですが、全体の筋は、じつに簡単で、とりたてていうこともなく、むしろ、一通一通の手紙が、それぞれ独立した諷刺文になっているので面白いのですね。こんなことを、――文学史の復習みたいなことを――加藤先生の前で話すのは、ちょっとばかりきまりが悪いのですが、この『ペルシア人の手紙』には、その後モンテスキューが世に送り出す大著『ローマ人の栄光と衰亡』〔『ローマ人盛衰原因論』〕とか『法の精神』とかが持っている批判精神・革新精神が諷刺の形で、既に現われてるように思われます。

しかし、モンテスキュー論を、ここでするわけではなし、あまり深入りすると、ぼろが出ますから、これくらいにして本題へ戻りましょうか？　ともかくも、この作品を読みますと、十八世紀という時代が、段々と大変動の坂をすべり出しているということが、先ずペルシア人が指摘する当時のフランス社会のゆがみや動脈硬化現象によく窺えます。そして、モンテスキューの軽妙な諷刺が、あるときは微笑をさそい、あるときは痛快な気持にしてくれることは、今でも変わりないのです。しかし、最近の印象は、前と少し変わってきたのです。それについてもう少ししゃべってもいいでしょうか?

加藤 どうぞ、おつづけになって下さい。

渡辺 では、申しますが、『ペルシア人の手紙』の第十番目の書簡から第十四番にいたる部分は、ちょっと全体と違った内容のものでした。古代人がエチオピア沿岸に住んでいると信じていたトログロディート人(穴居人)の話なのです。ごく簡単に話してみますと、こうなります。このトログロディート人という氏族が、初め「法」も「社会」もない生活をして、単に利己主義だけで生きている間は、悲惨事が続き、その結果滅亡しかけます。しかし、その次の段階になりますと、素朴な共和制となり、人々は、正しい個人主義に眼醒めて、ひいては社会連帯とか相互扶助とかいう考えを持つようになりますし、「社会理念」と「法」とによって生き、幸福で繁栄した国を作るようになります。ここいらを読みますと、モンテスキューのユートピヤ思想のようなものを感じました。

そして、その次が問題なのですが、その次の段階になりますと、人々は、自分たちの幸福繁栄をごく当たり前なものと感ずるようになったばかりか、自分たちが自ら考えて自分たちの生活を正しく美しく善くする努力を払うのが面倒になってくるのです。つまり、「法」というものを生かして使ったり、生きた「法」を考え出したりするよりも、誰か王様のような人から命令されて動くほうがはるかに楽だと思うようになるのです。そこで、何人かの代表が、それまでこの国の平安を刻苦して作りあげてきた人々の生き残りの老人に向かって、王様になってぜひ自分たちに命令してくれ、そのほうがどれだけ楽か判らないからと頼むのです。老人は、びっくりするとともに、大変悲しみ、自分はもう直き死ぬ以上、あの世で皆の先祖の方々に再び会うだろうが、皆がそういう情けない心根になったことを告げたら、どんなに憤慨もし悲歎にくれもするだろうと、泣きながら答えるのです。

これでトログロディート人の話は終わるのですし、全く尻切れとんぼの話なのですが、それでも、現在の僕には、この挿話は、『ペルシア人の手紙』の他の部分に見られる愉快なまた痛烈な諷刺よりも、もっと心に迫ってくるのです。人間が自分たちの幸福の為に苦心して作ったものをいつの間にか使いこなせなくなり、その奴隷になって、そこに幸福を求めようと望むようになったら、変なことになるということを教えてくれると思いましたし、ユートピヤを一応描いた後に、そのユートピヤが人間性の必然的な動向から破局へ進んでゆくことを、モンテスキューは描こうとしていたらしく感じられたからです。

そこで、諷刺というものとユートピヤというもの、――ユートピヤという言葉についても、時間の節約上詮議は棚上げにしましょう。本当は棚上げにしないほうがよいのですけれどもね。――この二つが楯の両面のようなものだということと、今お話した「トログロディート人の話」では、一旦ユートピヤが作られながらも、そのユートピヤに内在する危機――というよりも人間性にたいする根本的な懐疑や不安（モンテスキューの）から考えられる危機が、――徐々に現実化して、ユートピヤが生まれる前の、諷刺に値する愚かしい世界と相似の世界へ、再びユートピヤはなだれ落ちるということが、暗示されているように思うのです。その点が、老人になった僕には大変感銘が深かったのでして、単なる諷刺も面白いが、それ以上に、ユートピヤが――あるいは現在の世のなかが――新しい諷刺に大いに値するものになる可能性があることを感じさせてくれるような部分のほうが、もっと面白い。いや感銘が深いというわけです。

そしてその際、人間性にたいする懐疑というものが、悲しいライトモチーヴとしてあれば、更によいわけです。――少なくとも僕の趣味としてはね。――モンテスキューの場合は、ややそんなことにもなるのですが、何しろ尻切れとんぼで、作品としては、どうも完成したものとはいえませんね。

諷刺に値する未来世界の設定――中野好夫先生のお言葉を借りれば、「裏返しにされたユートピヤ」の設定という点では、サミュエル・バトラーの『エレフォン』や、少々飛びますが、ジョージ・オーウェルの『一九八四年』などは、モンテスキューと比べたら、はるかにまとまっているけれど、人間性にたいする懐疑というか諦観というか、人間にたいするあきらめみたいなものは、モンテスキューのほうから強く感じ取られました。モンテスキューのほうが説明的でなく暗示的であるせいかもしれません。

本来ユートピヤとは「あるべからざるところ」の義ですから、人間世界にはないのでしょう。ただ人間は、いつもユートピヤ的なものを求めていることも事実です。そして、人間世界では、ユートピヤめいたものができあがると、人間は必ずそれに飽きたり、それに不満を抱いたりして、もっと別なユートピヤめいたものを求めます。きりがないのです。そのきりのなさの一端に、モンテスキューは触れているように思いますがね。しかたのない人間性への諦観といってもよいでしょうか?……しかし、スウィフトの『ガリヴァー物語』の「馬の国」の話がありましたね、あれは僕が大変すきなのですが……

理想主義と知的距離感

加藤　『ガリヴァー物語』は、架空の国を描くことによって現代の社会を諷刺する文学の傑作ですね。そういうことは、たとえばアリストファネスの『鳥』や『イソップ物語』のように、古代からあって、それが『ガリヴァー物語』や、ラ・フォンテーヌの『寓話詩』を通って、『不思議な国のアリス』やバートランド・ラッセルの『著名な人々の悪夢』にまでつながってゆくような気がします。その間に天国と地獄という考えが入ってきて、未来の理想社会と怖るべき社会——じつはその二つをはっきり区別できないという考えもでてきたのではないでしょうか。はっきり区別できなければ、それがそのまま諷刺だろうと思います。

渡辺　……その諷刺とユートピヤとのことですが、もうちょっと傍道にそれてよいですか?

加藤　ええ、どうぞ。今日は先生の傍道の他に、本道はありません。

渡辺　僕は、ユートピヤといえば当然トマス・モアを、諷刺といえばエラスムスを思い出しますが、この二人の存在は象徴的だという感じがするのです。エラスムスの『痴愚神礼讃』が出たのは一五一一年で、トマス・モアの『ユートピヤ』は一五一六年ですね。二人は、親友だったと伝えられていますね。この二人を合わせると一人の人物、つまり、ヨーロッパの十六世紀の知的世界を代表する一人の人物になるというような感じがしてならないのです。二人とも異なった性格の人ですけれども、同じ精神的知識的な世界の双生児ともいえます。別に、お互いにしめし合わせたのではないにしても、おれはこっちのほうをやるから、お前はあっちのほうをやれというふうに仕事を分担しながら、時代の怪物に立ち向かったような感じがするわけなんです。ですから、諷刺というものを考えるならば、必ずユートピヤというものを考えざるをえなくなるのじゃないかと思うようになりました。

それから、ちょっと言葉が悪いけれども、諷刺文学の最高の、いちばん高められた作品というのは、単に今の政治が悪いとかなんとかいうことだけだったら、しようがないと思うのですよ。そうじゃなくて、ガタガタ地すべりしていった先のことを想像して書いて、僕たちをいましめ、かつ元気づける——元気づけるかどうかわからんけれども、人間性に絶望するなり、それを諦観するなりするようなところまで僕たちを曳き摺ってゆく、——そういうような作品になったほうがいいんじゃないかと思いますがね。これは少し乱暴かしらん？

加藤 今先生のおっしゃった例について、私は二つのことを考えます。第一には、諷刺文学の対象が、主として公的なものだということ。フランス人は、政治的な諷刺、宗教・道徳（風俗）の諷刺、文学上の諷刺、個人的な諷刺の四つを区別するようですが、そのうちの三つは、私憤でなくて、公憤の表現でしょう。

しかし、第二に、公的なことの諷刺批判でも、個別的な――ある一つの政策とか、ある一つの文学作品とかいうものを、批判するという場合もあるし、もっと普遍的な――社会のあり方というか、文化のあり方の全体を問題にするという場合もあると思います。「ユートピヤ」というのは、個別的な社会現象の理想的な状態じゃなくて、社会の全体の理想状態をいうわけでしょう。ユートピヤとからんでいる諷刺、――今ある状態がどんどん悪くなっていったら、どういう状態までいくかというのは、個々の政策にたいする諷刺に比較すると、社会の全体を相手どっているという点で、対象が違うということなんじゃないでしょうか。従ってそういう種類の諷刺が最高だということは、要するに諷刺が社会文化全体にたいする批判を含むときに、個別的なものにたいする批判にとどまっている場合よりも、高いものになるということになるのじゃないかと思うのです。それから……

渡辺　ちょっと待って下さいな。おっしゃることはよく判りますけれども、たとえばエラスムスの場合ですと、法王様だとか修道士だとか王様だとかを個別的に諷刺するでしょう。しかし、個別的にやることによって、教会制度だとか、あるいはその当時の宗教思想だとかいう、全体的なものにも当然触れていると思います。個別的ということと全体的ということと、そう無関係に分けるわけにもいかないんじゃないかという気もしますが……かりに僕が今勤めている学校の校長さんを諷刺した場合、その校長さんは鼻の頭にいぼができているというようなことばかりを諷刺したら個別的になりすぎて、程度の低い、興味の浅いものになりますけれども、その校長さんの教育方針を諷刺する場合には、個別的な諷刺の形を借りることはやむを得ぬとしても、日本の教育制度とか、それから国家の方針とかいう公共的全体的なものにも、触れてくると思いますけれども。

加藤　もちろんそうですね。もういちど『ガリヴァー』の例についてみれば、あの話にはモデルがあって、なんという具体的な政治家を批判しているのか、はっきりわかっている場合が多かったでしょう。けれども、今そういうことを知らないで読んでも、面白いということは、個別的なものの批判が、同時に普遍的なものの批判になっているということでしょう。しかしその個別的なものが、そのままそこでとどまっていて、社会全体にとって意味の薄いものもあると思う。

諷刺文学が文学としてすぐれているのは、社会の全体的な像としてユートピヤを描くか描かないかということより、暗々裡に「ユートピヤ」への《reference》を含むかどうかということでしょう。

渡辺 そうですね。少し安心しました。

加藤 ユートピヤは結局社会のあるべき姿ということで、価値の直接の表現ですね。価値の意識が鋭ければ、現実の批判も鋭くなるでしょう。その理想と現実とのくい違いにたいして、諷刺作家というものは敏感でなければいけない。あるいは、もし諷刺作家が出てくる社会的な条件があるとすれば、作家がそういうことに敏感になる状況ということじゃないでしょうか。

渡辺 そうですね。

加藤 それともう一つ、現実が理想からあまり離れているので、絶望するということもあるでしょうし、怒り心頭に発するということもあるでしょう。しかし諷刺が成りたつためには、そういう現実と理想とのくい違いにたいして、知的な距離感をもつ必要があるのじゃないでしょうか。

それで、おそらく諷刺文学がどういう形でも成り立つための、作者の側での条件は、まず第一に現実の鋭い観察家で、同時に理想主義者であり、現実と理想とのくい違いにたいして鋭く意識的でありながら、そこから知的距離を保つということでしょう。現実の批判や、現実への反抗が、すべて諷刺という形をとるとはかぎらない。

渡辺　それじゃ諷刺というものを考えるときに、ユートピヤというものを脇において考えるのが普通だということは、さしつかえないわけですね。

ラブレーとスウィフト

加藤　そうですね。ラブレーの場合でも、『テレームの僧院』の話のように理想的なものがはっきり出てくることがある。たとえはっきり出ていなくても、たえず理想的なものを意識しているということが、あったんじゃないでしょうか。

渡辺　それはあると思います。ただラブレーの年齢に従って、その理想的なものを意識したり表出したりする形は違いますけれども。

加藤　ラブレーという人はひどいことをいい、悪ふざけもするけれども、ふざけているだけじゃなくて、断乎とした理想主義者であり、その立場から見るから、現在の状態を笑うこともでき、思い切って攻撃することもできたということになるのでしょうか。

渡辺　それはそうですね。しかし、その点でラブレーはずいぶん誤解されていますね。ガルガンチュワとかパンタグリュエルとかいえば、大酒呑みとか大喰いとかしか考えないことが多いのですから。ラブレーの思想的な面は、これを異端視するカトリック教の普及した南欧（フランスも含めて）よりも、プロテスタンチスムの行き亙った北欧・イギリスでのほうが、誤解されていないというふうに説く学者もいますね。これはラブレーの宗教思想につながる面白い問題なのですが、あまり余談になりすぎますから……ラブレーの作品の前半は、諷刺がひじょうに生《なま》で、よくわかりますけれども、後半になると、韜晦的になってきますね。その間、当時の迫害のきびしさも考えねばなりませんが、やはり、ラブレー自身の精神的な変化（成長だか退歩だかは別として）によると思います。それだけに、後期の手のこんだ諷刺にたいして、こっちが鍵のようなものを持っていますと、一見ぼんやりした物語のなかにとても痛烈な諷刺があることが判るようになります。

ですから、はじめに申し上げたように、ラブレーの場合、前半の露骨な諷刺も面白いのですけれども、後半の奇怪な物語から諷刺を発見するほうが、今の僕には、ずっと面白くなってしまいました。つまり、老人になったせいかもしれないのですけれども。……ラブレーには一貫してユトピックなものが生きていましたし、スウィフトほど病的な鋭さはないにしても、人間性にたいする諦観のようなものが、ラブレーの場合、巻を追うて強くなってきていると思います。僕は、ラブレーにいかれているのかもしれません。

加藤　何らかの意味でユートピヤを意識しなければ、諷刺は成り立たないと思いますけれども、必ずしもユートピヤの妥当性にたいする確信をもっていなくても、あるいは、ユートピヤが見通すことのできる将来に期待されなくても、別の言葉でいえば、ユートピヤを考えながらその実際の可能性に絶望していても、諷刺になりますね。

渡辺　それはなります。

加藤　狭い意味でのユートピヤが、将来に期待される未来社会であるとすれば、ユートピヤへの望みを捨てても、諷刺文学は成りたつ。だから要点は、未来の理想社会を考えたくなるような動機が、作者のなかにあるということなんじゃないかな。ユートピヤに向かおうとする精神の方向づけにあるのじゃないでしょうか。

理想社会の実現が、現実から見てとうていだめそうだと思っているときに、諷刺の文学は、苦い味というのかな、痛烈な感じになるので、スウィフトの場合が、そうではないでしょうか。

渡辺　ええ、前にも申しました通り、ことに終わりのほうが、いいです。病的すぎるところも感じますが……

加藤　ええ、いい社会を一度考えて、とてもだめだと思って、そうしてそのことがあそこにかえってきたのでしょう。

渡辺　僕はそういうような作品のほうが好きなんです。つまり、絶望めいたところ、苦味のある諷刺作品のほうがね。というのは、スウィフトの場合ですと、はじめに、よりよい社会というようなことを考えたかもしれないけれども、人間というものをスウィフトが考えて、これはとてもこういうやつらにまかせておいたら、どうせ、どうにもなりっこないという絶望感があるわけですね。だからあんな苦くなっちゃったわけでしょう。さっき加藤先生もおっしゃったけれども、どうせだめだというふうに考えて、それでも作りえた諷刺作品というのは、僕は好きですね。

しかし、それなら、ほんとうは書かないほうがいいだろうと思うけれども。じゃ、日本人でしたら、筆を折って何も書きませんね、きっと。

加藤 その点について、ラブレーはどうでしょうか。

渡辺 もちろんそういうところもありますね、とくに物語の後半のほうに。つまり、フランス国内でしたら、彼の理想は決して遂げられないというと大げさだけれども、受け入れられないということは、明らかに判ってしまったらしいのです。本を書くごとに発禁になったり、それに近い処分を受けましたからね、彼の場合は。

ユマニストとフィロゾーフ

加藤 社会の価値の体系そのものを批判するということは、社会がそのままいっても、うまいぐあいにはいかないだろうということですね。与えられた社会のなかで、このままいけば将来うまくいくだろうという意味の楽天主義からは、諷刺文学は出てこないだろうと思います。現在の延長がそのままいつかユートピヤになるだろうという考え方からすれば、諷刺文学は成りたたないのかもしれない。そういう意味でのユートピヤに絶望していないと、諷刺にはならないんじゃないかと思う。

渡辺　そうですね。楽天主義だけでしたら、現在もユートピヤになり得るのですから、真のユートピヤ（ウー・トポス）なんてことも考える必要もないのですし、従って、諷刺などということもなくなるわけですね。

加藤　今はやっている——はやっているということでもないけれども、その社会がもっている支配的なユートピヤ・イメージというものをそのまま受け入れていれば、諷刺文学にはならないので……

渡辺　それはもう絶対なりませんね。証券会社か不動産会社の広告に出てくるだけでしてね。

加藤　一般にいって、ある一つの社会が持っている信念、将来にたいする楽天主義、支配的な価値の体系、——そういうものがゆさぶられている時期に、あるいはゆさぶられはじめようとするときに、諷刺文学が出やすいんじゃないでしょうか。

渡辺　それはもちろんそうですね。

加藤　そういう意味で、ラブレーとフランスの十六世紀を説明してもいいでしょうか。

渡辺　それはそういえると思います。それはそういう彼らの理想が実現に近くなったか近くならないか、それは別としましてね。

と申しますのは、十六世紀のユマニストたちは、抹殺せねばならぬものをはっきり認めて、これを批判し諷刺して、一応の実をあげましたし、それがルネッサンスの最良の部分にすらなると思いますが、彼らがバトンを渡した相手は、恐らく彼らの理想通りのものでなかったようにも思います。絶対王権の時代が、彼らの遺産を待っていたからです。これは、かなり深刻なことですが、しかし、ともかくもラブレーもその一員であったユマニストたちは、それはそれなりに役割を果たしているように思います。

加藤　ええ。それから十八世紀に……

渡辺　フィロゾーフたちなどが、次の役割を果たすわけですね。

加藤　革命の前の人たち。やはりアンシャン・レジームの価値の全体に懐疑をもち出したということが、諷刺文学を生みだしたということですね。

渡辺　まるでサルトル先生のお話みたいになっちゃったけれども……

編集部　先生の最初にあげられたオーウェルですね、これは、いわば逆ユートピヤと呼ばれる、ひじょうにネガティブな形で啓示された未来像だったわけですね。

渡辺　ええ、中野好夫先生の「裏返しのユートピヤ」ですね。ですからあれは本格的なユートピヤ文学といえるかどうかわかりませんけれども、僕の作った範疇では、ユートピヤ文学に入れちゃうんですよ。そしてああいう性質の作品のほうが、僕は単なるユートピヤよりも、少なくとも現在日本では効果があるというのは変だけれども、なにかよいものを生むことになるとは思うのですよ。ただ機械文明が発達すると、ボタンを一つ押すとこうなるから幸福だなんていう、そういうユートピヤではしようがありませんでね。逆のユートピヤのほうが意味があるように思うのですよ。

江戸期までの日本文学

渡辺　徳川時代の、たとえば僕の好きな式亭三馬なんか、『浮世風呂』とか『浮世床』は、僕はたいへん好きなんですけれども、読むたびごとに、おかしくなって、なんていいものだろうと思って、なでさするほどなんですけれどもね、読んだあと、やはり、さっきいわれた個別的な諷刺というような場合が多く、なにか物足りないような感じがこのごろますます強くなりました。といって、三馬のファンであることには変わりありませんが。だから、日本の場合、ああいう程度の諷刺はとてもたくさんあるわけですが、あれ以上のものが、何か少ないように思いますがね、どうなんでしょうか？

僕はよく知らないけれども、少なくとも現在の文学者のどなたかに書いていただきたいと思うような、材料や対象は、たくさん日本にあるにも拘わらず、書いて下さる方が案外少ないように思うのですがね。わが新帝国国民は現在をユートピヤと考えて、何も考えないせいでしょうかしら。需要もないと供給もないわけですが、需要がないんでしょうね。

加藤　ローマでは白銀時代、帝政後期、フランスでは十六世紀・十八世紀に、諷刺文学がさかんになったという考え方からすれば、日本でも、大きな社会的転換の前触れになっている時期を、考えなければいけないと思うのです。第一には、奈良時代はあまり昔なので、別として、平安前期が問題だと思います。『宇津保物語』の一部、たとえば貴宮求婚譚のなかに鋭い社会諷刺があると思います。それは『宇津保』の全体じゃないんですね。ほんの一部であるということが、また特徴的じゃないかと思うのです。それから『堤中納言物語』、これは時代がむずかしく、平安前期ではないかもしれませんけれども、あのなかの一部には比較的古いものも入っているでしょう。そこにあの「虫めづる姫君」のような諷刺的要素がある。また『古今集』のなかに、これこそ江戸時代の諷刺よりももっと個別的だと思うのですけれど、誹諧歌がありますね。こういう要素は、藤原時代には消えてゆきます。

その次に、諷刺的な要素が、文学にあらわれる時期は、鎌倉から室町時代にかけてでしょう。文化の転換期ですね。

渡辺 量は必ずしも多くないけれども。

加藤 平安前期の諷刺文学の量が必ずしも多くないということには、おそらく資料の大部分が失われているということも考慮しなければならない。これは室町以後の場合と条件が違う点だと思うんです。室町以後では、なによりも狂言でしょう。狂言と、俳諧連歌。極端な場合には『犬筑波集』みたいなものまであらわれる。江戸時代には、狂歌・落語というふうにひきつがれてきて、末期には三馬の、今先生のおっしゃったようなところまでいく。これは一連の同じ精神の表現じゃないかと思うんです。鋭い観察と、敏捷で実際的な精神。じつにねらいがはっきりしているけれども、しかし読んだあとでもの足りない気がするのは、社会の価値の体系の全体を問題にするのではなくて、その場かぎりできまる勝負のような傾向があるからでしょう。そういうことは、狂言についてさえも、いえると思います。その意味での例外は、安藤昌益の『自然真営道』のなかの「法世物語」ですね。アリストファネスに似ていますが、安藤昌益はたしかにアリストファネスを知らなかったに違いないから、ほんとうに独創的な諷刺文学だと思います。そこには明らかに徳川社会の全体にたいする批判がある。しかし安藤昌益は、例外です。社会の価値の全体を問題にするような条件は、ある程度までは平安前期にあり、それから鎌倉以後室町時代にはあった。江戸末期にもあった。しかし江戸時代の全体を通じてはなかったということでしょうか。その理屈でいくと、安藤昌益の例外を説明するのがむずかしいわけですけれども、こじつけていえば、安藤昌益という人は、江戸時代のはじめに入ってきた朱子学が、だいたい分解しつくしたところ、つまり徂徠学以後の時代に生きていたわけですし、そしてまさに蘭学がおころうとする前の時代に生きていた。蘭学と本居宣長が、徹底的に朱子学的儒教の世界をゆさぶりだす一つ前の時代です。ある程度までは、支配的なイデオロギーの支配力がゆるみ、しかも新しくイデオロギーがおこる前の時代に、鋭い諷刺文学があらわれたという意味で、E・H・ノーマンさんも指摘したように、モンテスキューと比較できないこともない。そういえるんじゃないでしょうか。

しかし総じて日本では諷刺文学が多くなかったという理由については、こういうことも考えられると思います。昔は別として、江戸以後明治も含めて、日本の文学の概念のなかには、文学が公的な問題を取り扱わないという暗黙の理解が含まれていたように思います。ところが諷刺文学の面白さには、知的な要素が強く、しかもその関心の対象が主として公的なものである。とすれば、伝統的に抒情的な日本文学、抒情が私的な領域に展開される文学的世界で、諷刺文学の栄ええなかったのは当然でしょう。公的な問題を知的に扱うことそれ自身が、文学になるという文学概念が、あんまり発達してなかったんじゃないでしょうか。

渡辺 そういう文学概念の発達を阻止するようなものが、社会全体にあるためかもしれませんね。

加藤 それもありますでしょうね。その点でもご意見を伺いたいと思って……私が不思議に思うのは、シナではそうでもないんですね。これほどシナ文学の影響をうけているのに、日本ではどうしてそういうことになったのか。

渡辺 つまり日本の政治家がひじょうにおつむがいいからじゃないですか。もっとも、それ自体が諷刺文学の対象になりますがね、きっと。

加藤　そういうことかな。中国のことを勉強した人は漢学者になって、漢学者は文学者じゃないという意味のこともあったんでしょうか、それなら新井白石のような人が、何かやりそうなものだけれども、新井白石は諷刺文学は書いてないんじゃないかな。荻生徂徠にしても諷刺的ではないですね。ただし徂徠の場合には、徂徠詩集のなかには鋭いものがございますね。シニカルな、サーカスティックなものがございますね。

渡辺　なににたいして？

加藤　それはだいたい文学者というものの世間的な観念にたいしてですね。それから自分自身にたいしても……人情がこまやかで美しいというんじゃなくて、しんみりするというのとは全く反対の、冷たく切れ味のいい詩がございますね。しかしそれは諷刺文学とはいえないと思うし、徂徠の詩集のなかでもわずかなものでしょう。どうしても安藤昌益だけが、途方もない例外だったということになるのでしょう。

渡辺　なるほどね。安藤昌益は、ノーマンさんが発見されたということはいえないまでも、今までなぜ日本で問題にならなかったんですか？　安藤昌益のことは、僕の学生時代には、ほとんど聞いたことはなかったし……

加藤　安藤昌益の名前は、前から知られていたわけですけれども、ほんとうにその独創性が評価されたのは、ノーマンさん以来だと思いますね。

渡辺　つまり受け入れる日本人側に問題がなければしようがないですからね。日本では安藤昌益のような人で、さっきもちょっと申しましたが、何かいってもしようがないと思って、筆を折り、黙って市井に埋もれた人の数が案外多いかもしれませんね。また物足りない感じのするといった徳川時代の戯作者たちもあるいはその同類だったかもしれませんね。

加藤 たしかに江戸時代の文献で、安藤昌益に触れているものは、ほとんどないと思いますね。同じ時代にもう一人別の、富永仲基という、この人にはいくらか触れていますが。しかしそれにしても、その触れ方が、内藤湖南先生があらわれて、とにかく偉い学者であったというまでは、まったくほとんど完全な無視ですね。宣長の評価だけが例外です。要するに徳川時代の、十八世紀の、もっとも独創的な思想家は、二人ともほとんど完全に無視されてきたんじゃないでしょうか、ごく最近までは。

絶望の仕方の違い

渡辺 こういうことはお考えにならないですか。大事なことだから、前の話に戻りますけれども、つまり人間に絶望するということは、ヨーロッパ人はたいへん多いと思いますね、いろんな形で。ところが日本人だって絶望する人はいるんだけれども、絶望しますとものを書いたりしなくなるんじゃないかと思うんですよ。禅の影響か仏教の影響か知らないけれども、そういうことはないでしょうか。

加藤　でも人間に絶望しないのが、日本人じゃないでしょうか。

渡辺　しない人のほうがひじょうに多くて、たまたまする人がいるとすれば、そういう人は今まで筆をとっていても、筆を折っちゃうとか、ほんとうのまったく市井の人になって暮らしちゃうから、だれも知らないということになるんですよ。僕はいたと思うんですよ。いると思うんですよ。

加藤　たとえば……

渡辺　埋もれた人々のことですから、誰というわけにはゆきませんが、なんかそんな気がするんです。そして、日本で、諷刺文学というものが大成しない一つの理由がそこにもあるのじゃないかしらんとも思うんですよ。

加藤　それはおそらく絶望の構造によるのでしょう。絶望して筆を折るか、絶望をあらわすか。それはただ文学概念の違いということだけではなくて、はじめの絶望の内容そのものが違うからでしょう。というのは、さっきの問題に返りますけれども、西洋人の場合には、絶望が私的で個別的な経験の範囲だけで起こらないで、同時に普遍的なものとつながって起こるのではないでしょうか。そのために表現ということに直接つながるんじゃないでしょうか。絶望それ自体が、希望と同じだけの重みで表現を要求するんじゃないでしょうか。もちろん書かない人もあるけれども、希望をもっていても、その希望を書かない人もあるわけです。どうしても表現にいかない絶望というのは、普遍性に媒介されない全く個人的な体験としてのみ起こるんじゃないでしょうか。

渡辺 日本人の場合はね。

加藤 そのときに書かなければならぬ理由がないわけですね。

渡辺 その程度の人は、町を歩いていてもずいぶんいる筈ですよ。もうちょっと公的な全体的な問題に触れている人もたくさんいると思うんですよ。しかもそういう人たちは黙っちゃうんですよ、いろんな理由から。つまり黙らざるを得ないようにされてしまうところもあるわけですよ。村八分にされたりしますからね。

加藤 それはそうだな。そういえば日本の文学には暗い考えってないですね。西洋人があらわしたような暗い考えというのは。

渡辺 そういうことを書いちゃいけないことになっているんですよ。やっぱり世道人心を毒しますからね。

編集部 ものにいってしまう、たとえば文学としての表現をやめて骨董やなにかにいってしまうということもありますね。

渡辺 そういうふうにふっといっちゃいますね。人間がいやになったから石をなでているとか、馬をかうとか、そうしていれば忠良なる臣民として通りますからね。害はないから。これは幸福なことかもしれませんね。諷刺文学など生まれる余地のない世界がユートピヤなんですからね。ただ、生まれる余地が十分あるのに生まれない世界は、それ自体諷刺されるべき世界になるかもしれないけれども。これは余談だけれども、僕はもしサルトル先生にお目にかかれる機会があったら、こういうことをサルトル先生にお訊ねしたかったですね。サルトル先生のおっしゃることは、いちいちごもっともでしたけれどもね。先生に、日本の社会の特殊構造を判っていただけますかな?

鷗外・荷風・龍之介

編集部　日本の近代のなかでの諷刺文学については、どうお考えになりますか。

渡辺　僕にはわかりませんが。諷刺的なものは沢山ありましょう。夏目漱石の『坊っちゃん』だって、諷刺文学といえば諷刺文学ですけれども、あれだってやはり諷刺文学という物差しをきめたら、そんなに高いところにおかれない。その意味では。読んでいてたいへん面白いけれども。もっとも、さっき加藤先生がいわれた、公けのものに若干触れていることは触れていますね。『吾輩は猫である』だってそうだけれども。あれでもやっぱり明治時代も諷刺文学という点だけ見たら、指折りのもののなかに入るんじゃないでしょうかね。鷗外の作品になにかありますか。

加藤　あると思います。

渡辺　とくに歴史ものですか。

加藤　いえ、たとえば幸徳事件のあとで書いた『沈黙の塔』。『沈黙の塔』は、幸徳事件を踏まえて、日本の社会のあり方、言論弾圧にたいする抗議ですね。

渡辺　あの程度が限度で、大勢は「沈黙の塔」に入っちまうことになるわけですかしら……。

編集部　もうちょっとあとになると、多少出てくるのではないでしょうか。

加藤　たとえば芥川龍之介の『河童』ですね、そういうものがあるということ。それから永井荷風です。

編集部　荷風の場合の諷刺というのは、どういうものですか。

渡辺　『新帰朝者日記』とか『おかめ笹』のなかにあるように思いますけれどもね。日本の文明批評という意味で。

加藤　そして最後の『濹東綺譚』。「川向うの女」は、おのずから良家の子女にたいする諷刺でしょう。

渡辺　それはそうですね。つまりあんな形で、『濹東綺譚』のような形でもって回らなければならなかったんですかね、荷風先生は。もっと諷刺しようと思ったら、ずけずけいえなかったんでしょうか、——もっともずけずけいえば文学にならないかもしれないが、——いってもしようがないという……

加藤　ということでしょう。半分はあきらめになって、沈黙に近づいているんでしょう。しかし私は、荷風の場合でさえもそう思うけれども、はっきりいわなかったということは、ほとんど、はっきり考えなかったということと同じだと思います。いえないことを、はっきり考えるのは、じつにむずかしいでしょう。

渡辺　しかし日本には考えても書けないということもきっとあると思いますよ。

加藤　でも書けなければ、口で友だちにいうでしょう。荷風は、友だちともあんまり付き合っていませんでしたでしょう。おそらくだれにもいわなかった、一人で座っていて、話しもせず、書きもせず、要するに考えを言葉にしないで、しかもこまかく考えるということはむずかしい。

渡辺　それは駄目になりますね、生理的にね。それはそうです。おかしいから笑うのではなく、笑うからおかしいというわけですからね。

加藤　社会批判の態度は、一貫してはっきりしていました。しかしその批判が、どこまでそれ自身を精密にしながら、徹底していったのか、それはちょっと疑いがありますな。

渡辺　ですから荷風先生の場合でも、さっきあなたがおっしゃったように、骨董いじりとか、石をなでたりなんかするのと、同じとはいいませんけれども、同じ方向へいっているような気がするんですよ。

加藤　大いにそうでしょうね。紙とか、硯とか、凝ったあまり、一種のフェティスィズムまでゆきますね。もちろんフェティスィズムも、そこに徹底すれば、それは破るべからざる一つの立場だろうと思うけれども。

渡辺　加藤先生は最近、日本の昔の物語なんか使って、いろいろ書いておられますね。あれはどういうおつもりで……

加藤　昔の話を使う理由ですか。

渡辺　僕は二つ三つ拝見して、なぜふつうの現在の日本のことをお書きにならないのか……なんかに仮託するというお気持がおありになるのか？

加藤　今の世の中を背景にして、宙に考えた人物をつくり出して小説を書いてもいいのかもしれませんが、実際に生きていた人物で、その人について少ししか知られていないので、その人のことを想像すると、たいへん同情がもてるということなんです。私は、荷風にも興味があったんですけれども、今でもありますけれども、ある一つの生き方に徹底した人に同情するのです。情勢が変わると変わるというのでなくて、みずから選んだ生き方に徹底して、いくところまでいっているということですね。お前さんはほかの生き方をしたほうがよかったろうと、はたからはいえない。そういう程度に徹底している人が、昔だって少なかったけれども、今でも少ないんじゃないかと思うんです。そういう人のことを空想するのが面白いということになるんでしょうね。

渡辺　読者があういう作品を拝見して、主人公が加藤先生の理想像であるというふうにとってもいいですか。

加藤　いやそうじゃなくて、ああいうふうに生きた人々の生き方は、どれも、みんな等価的なものだという考えです。これよりもあれのほうがいいということはいえないと思うんです。つまりどっちのほうがほんとうだとか、どっちのほうがいいんだとかという普遍的な理屈はない。理屈にはなりませんから、小説みたいにして、それでお話を書いています。

渡辺　もっと書いてください、同じようなものを。僕は楽しみにしています。

加藤　まだ政治家を書いてない、宗教の人、神様とか仏様という信心の人のことも、いつか書けたら、書きたいと思っています。

渡辺　僕はマルセル・シュオッブの『ヴィ・イマジネール』のことを思い出しますよ。もっとたくさん書かれるとああいうふうになりますね。『ヴィ・イマジネール』は短編集だけれども、加藤さんの場合は大作シリーズになる。

加藤　どうして日本の昔の人を選んで、西洋人を選ばないかという理由の一つは、表面的には、言葉の問題もあるわけです。日本人のほうが語りやすいという。

渡辺　それからいろんなこまごましたことを調べるにしても、日本人のほうが調べやすいでしょう。

加藤　そうなんです。それから言葉があるんですね。日本語で書くときに、日本の材料のほうがいいですね。出来不出来は別としても、ああいうものは、文学の仲間には入れてもらえませんね。伝統的には。

渡辺　ええ、伝統的には、ね。しかし、諷刺文学でないと文学ではないなどとは考えていませんが、諷刺文学に仲間入りをさせない文学は、貧しい文学だという気もしますね。

＊　この対談が行なわれた一九六六年、私は立教大学に勤務していた。（渡辺一夫）

絶対主義と闘う相対主義

笠原芳光
加藤周一

キリスト教へのプラトニック・ラヴ

笠原　加藤さんは医学を専攻されて、そして文学、芸術、思想、政治などありとあらゆる問題についてのひじょうに優れた評論家でいらっしゃるんですけれども、今まで発表してこられた多くの発言の中でやや分量が少ないというように思うのは、やはり宗教の問題じゃないかという感じがいたします。と申しましても仏教に関しては、とくに鎌倉仏教の問題についてはたくさんのお書きになったものもあるし、あるいは戦後、シモーヌ・ヴェイユを日本で最初に紹介されたり、あるいはカール・バルトの戦争中のレジスタンスについて発表されたり、それから「余は如何にして基督信徒とならざりしか」というエッセイをお書きになったのを拝見したこともあるんですけれど、そういう形で発言はしていらっしゃるわけですが、今日は主に現代日本の状況の中でキリスト教をどのように見るか、キリスト教ははたして意味があるのかないのか、それにたいする評価と批判といったあたりをうかがいたいと思います。それで、はじめに現代の問題としてキリスト教についていちばんおっしゃりたいことはなにかというところから……

加藤 最初に感じることは、まあこれはごくありふれたことなんですが、キリスト教国の人たちと話しているとき、必ずしもむこうが信者であるとか、教会に直接関係している人、そういう人じゃなくても、文化や歴史の問題で、キリスト教国の人はキリスト教を中心というか、大きな要素として考えるわけですね。したがって日本に来ると日本はキリスト教国ではないから、自分たちの文化圏、自分たちの歴史、自分たちの社会で、キリスト教およびキリスト教会の演じている役割りを日本ではなにが演じているかというふうに考えるわけですね。あるいはひとりの人の精神の中でも、自分たちの中でキリスト教と闘っている、あるいはキリスト教を擁護している。日本人はいったいなにと闘って、なにを擁護しているのかと思うわけですね。そういう見方をするときに、根本的な問題は、西洋社会でキリスト教の演じてきた役割りに対応するものがこちら側にはないということだと思うんです。神道ではむろんないし、仏教というと違うし……

笠原 天皇制でもないし……

加藤 そこがまあ一つの出発点で、つまり西洋人のキリスト教に、あるいはキリスト教会に該当するものは、今の日本社会にはない。たぶん昔の日本社会にもなかったらしい。

そこで、日本の一部の人のキリスト教にたいする態度ですね、わたしが強く感じるのは少し誇張していうとね、一種のプラトニック・ラヴだと思うんです。教会は遠いでしょう。今でもキリスト教というのは外国の宗教です、日本ではね。ですからキリスト教というとまあいちばん先に聖書ですね、聖書を別にすれば、聖アウグスチヌスとかね、聖フランシスとか、そういうことになっちゃうんですね。

笠原　人物になるわけですか。

加藤　偉い人物ですね。すごく偉い人だけがキリスト教のイメージを代表しているわけですよ。だからプラトニックなんですよ。極度に知的です。ところが西洋に住んでいると、子供のときからいろいろ迷惑した経験もあるわけでしょう、現実に。なんともいえないバカな牧師とか、神父さんとかいるわけでしょう。一方には聖アウグスチヌスもあるけれども、もっと身近でね、肉体的な実際の迷惑やなんかもはいってるわけね。だからプラトニック・ラヴにはならないんだな。

笠原　肉体を知ってるわけですね。

加藤　ええ、そういう違いがあるような気がしますね。要するに知識が豊富で、本を通じて西洋史に演じたキリスト教の役割りを知っているから。偉い人がそこにどんどん登場してきますから。何事がおわしますかは知らねども、それを崇拝するという面はあると思う。

そして、そのような仕方で反応している主体はなにかといいますと、これは神道的、といっても神道の本体がはっきりしませんからひじょうにむずかしいと思いますが、仏教渡来以前から続いているある種の世界観ですね。そして、根本的にそれを仏教も変えず儒教も変えず、キリスト教も変えずマルキシズムも変えずということなんですね。その根本にあるものは変わらないんですね。ひじょうに持続的なものです。その内容はなにかというとね、精神的に超越的なものとの関係にはいらないということ。社会的な構造の面でいえば、個人とその人が属する諸集団との関係では、集団の考え方が強い型だと思うんです。それから、時間との関係でいえば、「今」ですね。

笠原　いま?

加藤　ええ、初めがあって終わりがあって、完結的な時間という終末論的な時間でなくてね、もっと長く、いつからともなく始まって無限に続いている直線的時間であって、そういう時間の構造の中では、つまり時間的歴史的発展の全体の中で「今」が位置づけられるんじゃなくて、位置づけられようがないんですよ。初めも終わりもないんですから、「今」というのはどこにもっていったっていいわけなんですね。結局、今の連続であって、一種の現在主義です。

そこでキリスト教が超越性を要求しても日本人はそこになかなかいたらないと思うんですよ。もしそれを日本人が受け入れたら、それはひじょうな精神革命なんですけれどもね。

ただしそういうことが不可能ではないわけなんだな。鎌倉仏教なんかそうです。鎌倉仏教の場合には仏教超越的な面がはいったと思うんです。あのときだけですよ、日本歴史で。

笠原　わたしの場合、幸か不幸か青年時代に求めてキリスト教にはいって、絶対的なるものと格闘してですね、そのうちに疑惑を感じ出しまして、そのなかではむしろ日本人がキリスト教において変えられるということだけじゃなくて、われわれのほうからキリスト教を変えようということが、出てきている面があると思うんです。それはやはり、キリスト教を主体的に受けとるということなんですけれど、それを主体的に受けとった者にとっては、こんどは逆に、絶対者との関係というものを、むこうからの一方的なものだけじゃなく、こちらからもやはりそれと関係していこうというのです。キリスト教によって変えられるだけじゃなくて、キリスト教も変えることができるんじゃないか、そういう他者と自己との相互の関係というのが宗教の根本じゃないかと思うんです。だから、宗教を受け入れるという入信とか、回心とかいうそういう形だけがキリスト教にたいする関心じゃなくてむしろキリスト教にたいする批判であるとか、あるいは懐疑であるとかあるいは背教・棄教そういったものも、キリスト教にたいするまじめな態度だろうと。今まではどうもキリスト教によっていかに自己が変えられるか、キリスト教がいかに日本に土着するかという、キリスト教を主体においた考え方が強かったわけですけれど。

そうすると今までの超越的なものですね、プラトニックだけではなくて、ひじょうに土俗的なものや身体的なものを含めたそういうものもあるキリスト教は、はたして正しいんだろうかと、そしてまた、さかのぼっていけばキリスト教というのは、やはりこれはイエスをキリストにしたところから始まっているわけですけれど、はたしてイエスはキリスト、神の子といわれるようなものであるのかどうか、つまりその超越的なものをイエスがそのまま受けとって、そしてそれをキリストなり、キリスト教として広めていったんではないのではないか、そういうことをしたのはイエス以後の教団ではないかという疑問ですね。これは最近の聖書に関する歴史的な研究などから、むしろキリスト教の根本を問い直すという形で出ている。絶対者との格闘というものを、絶対者ははたして正しいのかという主体的な自覚によって、キリスト教を問い直していこうというのがプロテスタントの中に生まれているし、それはある意味で世界的な傾向じゃないでしょうか。これは歴史的にみれば、わたしは日本人は鎌倉仏教のときだけ、絶対者と格闘したのじゃなくて、今こそ違った視点で絶対者と格闘する、キリスト教と格闘するということが出ているんじゃないかと思うんですけれども。

加藤　あの、それは人間化ということですね。

笠原　まあそうですね。ことばでいえば人間化なんですけれど、しかし、その人間化というのはたとえば、十九世紀にあらわれたような、神と人間を対比しましてね、イエスは神じゃなくて人間だというそういうのではなくて、今や人間というのは、ものすごく、こうトータルな問題であり、ラディカルな問題だと思うんです。つまり人間の問題の中に、神の問題や社会の問題や、今までの人間の問題それらがすべて含まれているような形で人間というものが問題になってきているんです。つまり神が人間を作った、神は人間を支配する、人間は神に服従すべきだというような、神と人間の対立じゃなくて、人間の問題の中に神の問題がある。またヒューマニズムということが、十九世紀までのヒューマニズム、そういう近代ヒューマニズムではないものになってきている。人間の問題というものが全体的かつ根源的な問題となってきている、そういう意味で人間化だと思うんですね。

加藤 だけど人間がね、だんだんこわれてきたんでしょう。

笠原 ええ、それはありますね。

加藤 それは、基本的な経験の問題だと思う。実存的な問題でしょう。経験のね。そういうところにだんだんだんはいってきているんだと思いますね。

世界観としての宗教の終焉

笠原 つまり客観的な問題じゃなくて。

加藤 今のキリスト教にたいしては、十九世紀から三つの強敵があらわれたと思うんです。第一の強敵は、教会の表向きの教義にたいしてのダーウィニズムの対立ということで、つまり自然科学的な世界像と、キリスト教の教義の中にある世界像というものとの対立であったと思うんですね。ところがそういうものは人間の生き方やなんかとはあんまり密接にかかわってくるとは限らないんで、それで人間の主体の問題とはならないで、むしろ自然神学的な面での対立ですね。二番目の大きな強敵は比較宗教学的な知識が増大してくると、今まで一つの単一なものとして考えられたキリスト教が、実際には、たくさんの要素から成り立っているということで。キリスト教が代表していると考えられていたいろんな価値とか考え方とかというものが、キリスト教だけのものではなくてもっと単純な形ですけれど、いろんな宗教にも含まれているんですね。そういう意味での相対化ですね。フランスに生まれた人はカトリックになって、インドに生まれた人はヒンズー教になるというのは、選択の問題じゃなくて、偶然の問題になっちゃう。ところがごく最近ね、また自然科学が出てきたんだと思うんですね。分子生物学は物理学での量子力学に匹敵するような、いちばん根本的なところが生物に関してもわかっちゃったということでしょう。そこからいくと、物質と人間は違うとか、人間精神は物理的な方法ではわからないとかいっていられなくなったということですよ。そういうことが起こりますとね、それが宗教的世界観に最後のとどめをさすということになっちゃうんじゃないかと思うんですよ。そうするとね、宗教はひとりびとりの人間の信念の問題になってくるわけです。ところが信念の根拠というのが、その人の人生のなかにあるんですね、結局それは、究極的には根源的経験から出発するんです。それで、その根源的経験というのは与えられるものですから、選択の余地はないんです。

笠原　そうすると宗教はどうなりますか。

加藤　もちろん宗教は根源的経験のほうにいくわけで、ですから最後のことばはクレド・クイア・アブスルドゥム……

笠原　不合理なるゆえに我信ず。

加藤　それしかないと。

笠原　しかしそのことは、今日、自然科学が発達してきても、やはりむかしからいわれてきた、知識と経験は違うということとは変わりないのではないでしょうか。

加藤　それは変わってないですよ。ただ……

笠原　知識がひじょうに精密になっただけというか……

加藤　いや精密になっただけではなくて、今まではどの宗教でもですね、根源的経験から出発して、そして知識を媒体としながら、すべての知識を統合して一つの世界観をつくるという傾向があったわけですよ。だから、ぼくのいっていることはね、宗教的世界観の放棄ということになるんです。

笠原　なるほどね、宗教というのは世界観ではないということですね。

加藤　ええ、だから相手を説得することはなくなる。

笠原　伝道ということもなくなる。そして自分ひとりの信念の問題になってしまう、と、こういうことですか。

加藤　たとえばキェルケゴール。

笠原　主体性の問題とか、実存の問題。

加藤　だから、実存的宗教にしかならない。

笠原　われわれは現代に、あるいは将来にも宗教というものがあるとすれば、だいたい今おっしゃった実存的宗教のようなものだろうと、むしろそういうところから出発したのが現代だろうと思うんです。

加藤　しかしね、それではいろんな困ることが起こるんですね。たとえば、今までの宗教はみんな道徳を含んでいるわけでしょう。ところがね、わたしは信じないという人が出てくると、信じないのももっともだ、なるほどそれでもよかろうということになると、信念から出発した道徳規範もね、相手には通用しないということになるんですね。だから道徳のほうも放棄しなくてはならないということになるんです。ところが道徳は、まあいろいろな理解の仕方があると思いますが、一つの理解は人間と人間との関係を調整する規則でしょう。だから相手に通じないと困る。宗教的信念を基礎にしてある道徳を作る。たとえば盗んじゃいけない、姦淫すべからずとか、魚食べちゃいけないとか、いろんなのがあるわけでしょう、宗教によって。それをそのコミューニティの全体、社会の全体に普及させれば、道徳として寄与するわけですね。別の人が別の信念もってるからといって同じコミューニティの中でね、それを認めちゃうとですね、その人には今いった道徳は通じないわけですね。わたしは魚食べても良いと思いますという人が出てきても、食べちゃいけないという理由はないわけです。ところが社会は成員のみんなに共通する規則がなければやってゆけないでしょう。そこで道徳の基礎をね、どこに求めるのかという問題が出てくるんです。それが大変困ったことではないですか。ドストエフスキーがいったように、「神が死ねばなんでも許される」と、象徴的にいったわけでしょうけれど、そういってたんでは困るんですね。なんでも許されてたんでは社会は成り立ちませんからね。

笠原　わたしもひじょうにむずかしい問題だと思いますけれどね。

加藤　そうでしょう。今までのすべての社会は宗教を基礎としていた。キリスト教社会だって、今通用している道徳の大部分は、歴史的には宗教的信念から発生したものでしょうね。そこのところをどうしたものであろうかということが、現代の問題になってくるんじゃないですか。

わたし自身ね、この問題については実際的に、ある約束、極端にいえばどういう約束でもいい、しかし、ある約束、規則がなきゃいけないというふうに考えている。そのいちばん簡単なのが、たとえば交通規則ですね。

笠原　交通規則？（笑）

加藤　あれは、右だって左だっていいんですから。神がないからね。絶対的に決められません。わたしは、左でも右でもどっちでもよいという建て前に立ちます。しかしどっちかに決める必要があると考えるわけです。たとえ絶対的根拠がなくても、ある規則は作れるでしょう。しかしそれだけじゃ困る問題がおきますね。そういう場合は、わたしは困りっぱなしなんです。つまりそれをこう解決しなきゃいかんということはいえない、それはそれでしようがないと思うんです。そこで、森鷗外は、同じような相対主義者なんですがね、便宜上とりあげる規則ね、現行の規則でよろしいという。ぼくは、そんなことはないと思うんですよ。

笠原　変えようということですね。

加藤　変えたっていいんでね、別の規則に。

笠原　相対主義といっても現状維持じゃないってわけでしょう。

加藤　ええ、相対主義からは、現状維持がよろしいという理屈は出てきません。現状破壊だって同じ権利があると思うんですね。そこでどっちにするかというときは、これはわたし自身の根源的経験に根ざすしかしょうがないんです。ただしそれは他人に通用しないということを自覚しているわけですから、だから他人にたいするある種の寛大さが、そこから出てくるだろうと思うんです。けれど、どの人が経験することでもね、いちばん深い人間の信念というものが、そんなにたくさんあるわけじゃないと思う。われわれの経験のもっとも深いところが人によって、まったく隔絶していてね、コミュニケーションもなりたたない。そういうことは、理論上はありうるけれど、実際にはそうでない場合が多いんじゃないかと思うんですね。そういう期待があるわけです。

笠原 わたしは道徳の問題については、こう思うんです。たとえば親鸞は、それまでの仏教の戒律であった妻帯を禁ずるとか、肉食を禁ずるというようなことを全部破壊して、そして既成の道徳と闘う形で、しかも「善人なをもて往生をとぐ、いはんや悪人をや」という、つまり悪のモラルっていいますか、そういうところまで追いつめる形で「信」というものを浮かび上がらせている。ですから新しい道徳を作るというより、それより先に既成の道徳と闘う形で、その根源になっている信仰の問題を明確にしているということがあると思うんです。

加藤 ええ、しかしその既成の道徳というのが、さっき申し上げたように信念に基づいていて、それでことに……

笠原 客観化されているわけですね。

加藤 そうです。そしてことに日本の場合には、一方では集団が強制力をもって集団そのものが絶対化される。そのいちばん大きなものが国家ですね。それが客観的な真実として自己主張する。つい数年前、文部省が理想的な人間というのを考えた。文部省は相対主義ではないようですね。理想的な人間なんていうことをね、役人がしゃべりだすという心理状態。そこになんの根拠があるんでしょうか。

笠原　ああ、例の「期待される人間像」ですね。

加藤　他の人間にたいして、勝手な期待をね。どこのミーチャンハーチャンだって文部大臣と同じだけの権利があるわけでしょう、別のことを期待するね。だから既存の道徳と闘うということはですね、ぼくは相対主義の立場から、どんな道徳も普遍妥当性を主張できないんじゃないかと考え、非相対主義的な主張と闘うことになりますね。たとえば文部大臣が誰にとってもこれが正しいはずなのだ、といえば、そのことに反対するわけです。しかしぼくにはぼく自身の信念を他人に強制する権利は全然ない。だから相手の信念も尊重するということにどうしてもなってしまうんです。それは一種の平等主義にもなる。それで結局価値というものを相対化していきますとね、われわれの生きている社会には、価値の階層があるでしょう、いろんな偉大とされているもの、国家とか、国旗とかそういうものがあるでしょう。そして、小さな花はあまり価値のないものにみなされている。しかし相対的な立場に徹底していけば、日本の国家を愛してね、それを自分の生活の中心にするということは、自分の庭先の花にたいする愛情をね、その生活の中心におくということと、どっちでもよろしいということになるでしょう。それでそれを同じ水準に並べれば、そのこと自身が今の社会では革新的なことになるでしょう。ヒッピーがペンタゴンの前に花をもって行くのはアメリカの歴史の中でいえば革新的なことなんです。ペンタゴンの栄華の極みさえも一輪の野の花にしかずですよ。

絶対主義と闘う相対主義

笠原　あのう、わたしはですね、相対主義者というより、絶対と闘う相対主義というか、まあ主義までいかないですけれどね、やっぱり絶対と闘う必要がある。絶対があるかないか、これはひじょうに大きな問題で、あるとすればまた闘うことに意味があるだろうし、また絶対とはなにかと考えることにも意味があるだろうし、そういう意味では相対的だ、だから絶対主義と闘う相対主義でありたいと思うんです。かつて、仏教といわず、カトリックといわず、プロテスタントといわず、あらゆる宗教は国家と結びついてきた。そして今日、日本においては強大な宗教はないようだけれども、宗教が国家と結びつきあるいは国家自体が宗教のような役割りをはたしていることにおいて、国家はわれわれが闘う最大の相手であるというふうに思うわけです。

それでそういうことを洞察している人は、わりあい古くからいるわけで、たとえばバクーニンなんかは『神と国家』の中で教会と国家とは兄弟分であるということで、教会の本質を見ぬいておりますし、プルードンも教会と国家と資本とは同じく批判さるべき三つの「聖なるもの」だといっています。それともう一つはいわゆる管理社会ですね、一億の人間に背番号をつけてコンピューターによって管理するというような形での国家、そういう二つの面で国家というものは、われわれにとっては闘うべき相手だろうし、その意味では天皇制の問題なんかも出てくると思うんです。いずれにしても国家と宗教という問題は、これはかつての時代にはなかったほどに大きな問題になってきている。そして両者の類似性というものを洞察するというのが、今日の宗教者であれ宗教者でないにしろ、大問題であるというふうに思うんですけれどね。

今、キリスト教界では靖国神社国家護持法案に反対する運動がさかんですが、わたしが批判的なのは国家神道に反対するのはよいが、キリスト教も国家キリスト教ではないかという自己批判がない点です。制度キリスト教はすべて本質的に国家キリスト教だという自覚がなくて、護教的立場から靖国法案に反対するのでは、キリスト教対神道の宗教戦争にすぎないですよ。

加藤 まあ、国家と宗教の癒着現象ですね。ただこういうことはいえますね、西洋の歴史では国家と教会の癒着というものがまずあって、これは目に見える形、表向きの癒着、実質的癒着ですね、あとでそれは一応表向きは分かれる。

笠原 たてまえは政教分離ということになりますね。

加藤 それにもかかわらず実質的には、支配層の中に教会がはいっていく。そのとおりですが、他方では政教分離が生きてる面もある。たとえば、アメリカでは政府が国民の生活に干渉する領域と、教会が干渉する領域と、ある程度分業になっているところがあるんですね。ところが日本ではキリスト教はもちろん、お寺もあまり干渉しない。したがって政府がね、アメリカだったら教会がやるところまでひきうけちゃう。政府と教会の重大な違いは、いくら圧力が強いといっても、教会が行使するのは社会的圧力で、暴力じゃないですね。ところが政府は暴力をもっている。

笠原　分業のほうがいいというわけですね、それだけ国家を教会が相対化しているわけですね。

加藤　警察のやたらに介入するのはあれはまずいものなんだな、暴力による強制でしょう。もちろん暴力をコントロールするには暴力が必要でしょう。しかし皇居前で男女がどんな格好して寝ようと暴力じゃないんです。だから警察の出る場じゃないと思う。映画の検閲とかなんとかそういうことは教会でやる。それをデモクラティックな方法でね、独断におちいらないようにする必要があると思うんですよ。

笠原　だけど、制度宗教は全部なくさなきゃならない、決してなくならないだろうとは思いますけれど、理想としてはなくさなきゃならない。そして宗教的な精神というか、宗教性とかそういうものは、芸術であるとか、あるいは文化諸現象の中に生かされてこなくちゃならないと思うんです。現代においては、芸術というものは、これはある意味では宗教の代用をしているのではないかと、ある意味で宗教がやりえないことを芸術がやりつつあるのではないかという気がするんです。その意味で、芸術というのはひじょうに大事なものになりつつあるんじゃないかというふうに思うんですが。

加藤　そうですね、芸術は人間の全体性をね、その人格の全体性を守るというか、維持するための最後の根拠だと思うんです。

笠原　芸術の定義というのは、その場合なんでしょう。

加藤　芸術はね、芸術家その人の経験の特殊性を通じて世界の全体を、ある意味で理解するというか、とらえようとするところの、絶望的な計画ですよ。なぜ絶望的かというと、その全体をつかまえることはできないからです。しかし全体をつかまえようとする方向をもっているわけ。で、その方向がなければね、それは基礎である個人の経験の特殊性の中にとどまっちゃうわけです。それは外在化されないし、そこからはコミュニケーションの可能性も出てこない。しかし全体をとらえようとするために、全体はとらえられないけれど、それは人間にとって根源的な要求であるから、その方向においてコミュニケーションの可能性もあらわれる。科学はそうじゃない。経験の特殊性を放棄していきなり世界に関しての普遍的な知識を求める。そしてそれは無限に増大しますよ、しかし全体には到達しない。ところがわれわれは生きていく上ではたえず全体を必要とします。たとえばヴィエトナム戦争の全体の情報を全部集めることはできなくても、だから全体を把握することが不可能で、絶望的であっても、しかしヴィエトナム戦争全体にたいして態度を決定しなくちゃならない。黙ってれば容認することになっちゃうんだから。たとえそれが絶望的であっても、われわれが生きていくということは、現象の全体にたいする態度決定を不断にしているわけでしょう。

笠原　それは絶望的な形で救われるってことですね。

加藤　それもだけれど、追いつめられる以上に、追いつめられてですよ。

笠原　今までですね、宗教というのはまさに超越性ということを一枚看板にしてきたと思うんですね。しかし宗教が超越性ということばであらわしてきた概念を今や全体性、根源性の問題としてあらわさなければならない時代が来ているんじゃないか。宗教が、なんらかの文化現象の中に生きて、そしてみずからを滅ぼすことによって他に奉仕する、そういう精神、一種のパラドックスですね、そこに宗教の価値があるだろうと思うんです。

西欧と日本

J＝P・サルトル
白井浩司
加藤周一

白井　サルトルさんは九月十八日（一九六六年）に日本にお着きになりましたから、すでに二週間あまりを日本で過ごされたことになります。ところで、その間に一番印象に残ったことといいますとなんでしょうか？

サルトル　それは異国情緒がほとんど感じられなかったということです。つまり旅行者が普通外国と結ぶあの関係、彼にはその国が理解できないまま、帰国して、その国の神秘性を語ったりするそんな関係が私には成立する余地がなかったということです。じつをいえば日本を訪ねる以前からそんな予感がしないわけでもありませんでした。といいますのは、人文書院と慶応大学とからお招きをいただいたときに、日本の知識人の、また日本の知識人についてのかなりの量の雑誌論文を読んで、それら知識人の方々の問題の多くがわれわれフランスの知識人の問題と同一であることを了解していたからです。日本に来てすぐにはっきりしたことは、けっきょくのところ理解可能な、共通した事象しか存在していないこと、日本人の精神がフランス人のエスプリに似て諧謔を好むなどというようなことはすべて虚像でしかないこと、フランス人と同じように生活が苦しく、厳しい国、あるものはフランスと同様な、他のものはフランスと異なった経済上、社会上の問題が山積している国にいるのだという意識、そしてすべてこうした問題を顔を合わせた知識人と終局のところこの世界は一つであり、唯一なものであるという認識から生まれる相互理解の雰囲気のなかで語りあえるということです。

白井　つまり、知識人のあいだでは相互のコミュニケーションが可能であるとお考えなのですね。

サルトル　ええ、それも即座にね。それで異国情緒、外部世界のことですが、最初の日には面白いと思ったこともあります。たとえば漢字で書かれた看板なんかです。しかし正直のところ、そうしたものはすべて消え失せてしまい、今は日本にいて少しの違和感も感じません。

加藤　それは日本人の旅行者についても同じことがいえると思います。第二次大戦前ヨーロッパの国々、たとえばフランスを訪れた日本の旅行者の大部分はヨーロッパと日本との類似よりは、その差異にうたれました。ところが戦後ヨーロッパで一番われわれの目につくことといえば、ヨーロッパと日本との問題の類似性、親近性ということです。

サルトル　その通りです。

加藤　それでそれは日本で進展した工業化、とくに一九五五年以来のそれに負うところが大きいと思うのです。

サルトル　私もそう思います。

加藤　青少年問題、都市人口の膨張など、多くの共通した問題があります。

サルトル　もちろんそうした問題は共通しています。産業成長社会にともなう必然的な問題ですから、したがって普遍的で、社会体制にすら無関係に見出される問題です。というのはソ連にも類似の問題が生じているのですから。

白井　ところで、サルトルさんは京都の自然や庭園などに接せられましたが、日本の風景、またご試食なさった日本料理などについてご感想をお聞かせ下さいませんか?

サルトル　ええ、もちろんその話をするのにやぶさかではありませんが、ただその代り、あなたがたには私の疑問に答えて欲しいのです。というのは私がこれから述べることは一エトランジェとしての印象にしかすぎませんから、あなたがたにそれを説明して欲しいわけです。それでは、料理のことから、話を始めましょう。

日本で外国人旅行者が一番奇異に思う料理はもちろん刺身です。フランスにはレヴィ＝ストロースという有名な社会学者がいて、生物《なまもの》と焼物について著書を著わしていますが、そのなかで彼は生物を未開状態、まったくの未開状態、つまり人間がまだ動物に似ていて、獲物を生のまま食べている時代として、また焼物を文化現象として捉えています。ですからこの日本という素晴らしい文化の伝統をもち、また工業化も進んだ社会における生物の存在はこの社会学者を大変まごつかせるのではないかと思うのです。というのは日本においては生物は一つの文化現象なのですから。日本人がおそらく自然との関係を持続するために選択した一つの手段として生物を保存していることは明白です。換言すれば茶の湯の儀式があるように、日本には生物の儀式があるといえます。それと同時に生物と呼ばれている物体、つまり刺身のことですが、それが、われわれがまったく文化的次元にいることを判然とさせるような様式で食膳に供されます。

そして自然とのこの奇妙な関係、つまりできるかぎり赤裸なものとして求められていると同時にまたできるかぎり文化的なものにしようと工夫がこらされているそんな関係を、建築と自然との関係においてもまた私は見たのです。私は深い感動を覚えました。正直なところ、いわゆる美に感動するということは一生のうちでもそうたびたび襲ってくる体験ではありません。一般的にいって、われわれヨーロッパ人はそうした美体験をもつためにイタリアに行きます。事実、私がイタリアに行ったときも、そうした体験をしました。しかし日本でもじつに久しぶりにこの美意識を自覚したのです。つまり自分が美的に純粋なオブジェのなかにいるということです。美とはもちろん厳しさです。素材のことをいっているのではありません。日本の家の素材はみごとな木材ですけれども、したがって美とは素材でもないし、その加工でもない。それは関係なのです。建築においては、それは種々の面のあいだの関係に還元されます。日本の家屋に感動したのは、それがまったく住み心地悪いけれども、とにかく美しいという事実です。そしてそれが美しいのは、それが自然のなかに融けこんでいるからでしょう。われわれにとって日本の家とはわれわれの家の対照物です。おそらく日本はヨーロッパにくらべて気候が温暖であることがその大きな因子であると思いますが。

白井　つまり、日本では四季がはっきりしているということですね。

サルトル　ええ、そうです。ところがフランスには、あるアフリカ人のいうところによると、緑の冬と白い冬と二つの季節しかない。そして緑の冬は白い冬よりなお耐えがたい。というのは白い冬は暖房で暖かいが、緑の冬にはそれがないので寒いからというのです。したがってわれわれの家は塊で、それは自然にまったく相対するものとして建てられており、自然から截然としています。それにギリシアのようにヨーロッパの最南に位する地方でも、また北部地方でも、同じような理由から、自然には人間の世界がなく、もしかりにそうしたものが存在しているとしても、それは未開の世界です。つまり個人は森林のなかを孤立して散歩するのです。そこには共同体の要素はなく、建築的要素すらさしてみあたりません。ところが日本では人間がなにをおいてもまず自己を滅却して、自然をいたるところに浸透させようとしているような印象を受けます。家は閉ざされていなくって、面の組織ですしね。

白井　ということは、われわれは自然を征服するのに独得な方法をもっているという意味ですね。

サルトル　ええ、日本人は自然に融けこんでいるような印象をあたえますが、じつはそれを支配しているんですね。とても印象的だったのは、京都の庭園についての昨日のお話です。たしか借景とかいいましたね？　驚嘆すべきことです。庭園の建築的造型に実際のところ野生の事物を導入し、同時に飼い馴らしてしまう。したがってわれわれは二つの異なった印象を受けるのです。

加藤　ええ、サルトルさんは日本の文化の特質を視覚的にきわめて正しく観察なさったと思います。自然についての、つまり生の自然がそのままの形で文化に統合されているということですが、それは日本料理や日本建築ばかりではなく、日本文学、とくに詩についてもいえると思います。日本文学史にも、複雑で人工的な技法を重視する流派がおりおり発生しましたが、しかしこうした流派の詩は日本では普遍化されることがありませんでした。日本の詩の主流はいつでも自然なものが最良の詩であるという考え方です。

サルトル　そうですね。

加藤　それで、こうした考え方は詩ばかりではなく、建築や絵画の底流をなしているものですから、日本人の一般的美感といってさしつかえないと思います。それどころかこの自然らしさという概念は、道徳の領域にも及んで、「自発性《スポンタネイテ》」の強調という形をとってあらわれています。ヨーロッパでは、道徳的価値は日常生活、感覚性を超越した権威によって上からあたえられている。日本ではそれが直接的で、自発性という形をとります。つまりこの自然らしさという考えが日本文化、日本文明の全体を特徴づけていると思うのです。

サルトル　それではおうかがいしますが、その自然らしさが日本人のもう一つの面であるところの極端な礼儀正しさ、つまり自然さの拒絶とどう両立するのですか？　日本人にくらべるとわれわれ西洋人が粗暴なことが日本に来てみてよくわかりました。それほど日本人は礼儀正しいのです。たとえばお辞儀ですが、握手にくらべるとはるかに礼儀正しくって、上品なものです。フランス人も十八世紀までは握手する代りにお辞儀をしていました。それに話をするさいに相手を傷つけまいとするあの細心さ、こうしたものはむしろ自然さと矛盾するのではありませんか。

加藤　まさにその通り、まったく外的な道徳律と、まったく内的な道徳価値とのあいだに、一種の乖離が成立しているわけなのです。この自発性（自然らしさ）なるものは、外的道徳律の内在化された価値ではない。すなわちまったく主観的価値にしかすぎない心の自然さと、外的価値にとどまる道徳律とが、並立しているということです。しかしこの並立と乖離はどうしても必要なものです。なぜなら自然さだけが強調されると、行為の客観的規律が存在しないことになりますから。そして社会には規律が必要なことはいうまでもありません。

サルトル　この場合、むしろ逆に内的価値が自然さであればあるほど、外的な礼儀作法が必要であるといえませんか。なぜなら自然さは、「つまらない」とか、「おれは帰る」とか、「お前は馬鹿だ」とか直接的な反応を呈することがありますから、それを規制する必要が生じるわけです。それに私はそうした自然さを申し分のない礼儀正しさともども垣見たような気がします。たとえば、たいへん礼儀正しい日本人のわれわれの友人が食事のさい一種独得な率直さで、「お腹が空いたわ」といったことがあります。フランス人だってそういうときがあります。しかしそれは率直さからではありません。フランス人がどういうふうにいうか実演できないのが残念ですが、もしわれわれの友人のような調子でいったとしたら、なにか引っかかるものが出てくるでしょう。でもそうしたことは心の直接の声として聞こえた方がはるかに魅力的ではありませんか？　そこで私は終局のところ人生の完全な認識と一種の無邪気さとの結合といっていいような関係の存在に気づいたのです。なぜなら礼儀作法とは必然的に防御、自己と他人にたいする防御ですからね。

加藤　したがって道徳の次元における日本の問題とはまったく外在的な礼儀作法とまったく主観的な自然さとの一種の乖離だと思います。換言すると、主観的、内在的世界と、客観的、外在的世界とのあいだに、いかにして橋をかけるかということが問題です。日本文化がかつてこの二つの世界を関連づけることに成功したとは思えません。ところがヨーロッパではそういう関係が、主観的世界による外在的規律の内在化という事実によって、成立しているように思えます。

サルトル しかしそれは少なくともフランス人にとっては自然さの破壊を意味していま す。その内在化が行なわれた十八世紀以来フランス人は自然さを完全に失ってしまったといっていいでしょう。たとえばイタリア人においては、イタリア人なんかには内在化による二つの世界の幸福な結合が見られますが、礼儀作法と自然さとが混合して、加藤さんがいわれたような一種の関係を形造っています。しかしフランスでは自然さは消え失せてしまいました。そうしたものはもう存在していません。たとえばスタンダールがあれほどイタリア人を愛し、フランス人を忌み嫌ったのもこのためです。つまりフランス人においては礼儀作法の内在化が自然さを殺す結果になったのです。それは演技というプロセスをへなければけっして姿を顕わすことはありません。つまり私が人前で「お腹が空いた」といったとしても、それはすでに考えられたうえでの、頭を一たん通過した言葉であって、胃から直接発せられた空腹のたんなる合図ではないのです。だからたしかにそれはとても冷やかなもののはずです。

ところで、今度は私の方から一つ質問をさせていただきましょう。外国人旅行者が経験することですが、旅行地で当然彼はその国の伝統と対峙します。その伝統とは国宝とか博物館などによって集約されているのですが、そこで彼はいろいろのことを理解しようとします。たとえば日本では能や歌舞伎を見たり、日本の代表的建築や御所や離宮などを参観したりします。こんなふうにして過去を吸収するわけです。しかしそのときにはもうこの過去を現在と関連づける時間がありません。つまりここが私のききたいところなのですが、例を能にとると、それが現在の日本人においてどんな位置を占めているのか、どんな観客層をもっているのか？　おふたりからご説明のあった伝統的価値とその総体、自然さの価値とか礼儀作法とかが一般大衆にとってどんな意味をもっているのか？　いいかえると、それが私の最大の関心事なのですが、あなたがたのご案内のおかげで、日本文化の伝統のある面に触れた今、それをいわば日本の現在の総体に組み入れたいのです。たとえば私は能を見て、とても感心しました。そこでそれを話題にしていただいても結構ですが、その場合には一体誰が能を見に行くのか、今日それがどんな比重を占めているのか教えていただきたいのです。

加藤　能はその誕生以来今日まで終始一貫貴族的演劇でした。したがって大衆の大部分はそれに関心を示したことがありません。日本人の多くは一生のうちに能を見ることも、聞くこともないでしょう。一般的にいって日本の伝統芸術には、二つの流れがあります。演劇の場合も例外ではありません。たとえば能は位《くらい》の高い芸術として、上流階級によって生み出され、育成され、維持されてきたもので、したがって社会のごく限られた階層の人たちに愛好されているにすぎない。それに反して大衆に同化されている伝統芸術も少なくない。たとえば俗曲がそうですし、瀬戸物がそのいい例でしょう。瀬戸物には高価で精巧なものがある一方、日用品の茶碗類にかなり美しいものがあります。これなどは大衆に深く浸透した芸術的伝統といえます。このように芸術的伝統は二元的なのです。

ところで話を能に戻しますと、先ほども申しましたように、能は終始特権階級のものでしたが、その事態は今も変わっていません。それに反してたとえば歌舞伎ですが、歌舞伎は江戸時代に一度都市のある階層、とりわけここ大阪の町人階級、つまり封建制下のブルジョア階級ですが、その町人のあいだにかなりの人気を博していました。ところが明治以後近代の日本になると、その歌舞伎ですら次第に金持階級のための芸術になってしまったのです。歌舞伎座は現在ブルジョアの社交場で、労働者階級そして勤労者階級の大部分からは完全に断絶されています。

サルトル　フランスの演劇界にも類似の問題があります。演劇がブルジョアジーの私物であることは疑う余地もありません。勤労者とりわけ労働者はパリ市外に住んでいますから、交通の不便も手伝って、実際のところ劇場に行くことがありません。

加藤　歌舞伎座はパリのオペラ座みたいなものです。正装して行かなくてはなりませんし、特別興行とか桟敷とかいうこともありますし……

サルトル　ええ、それでは私の理解したところによると、日本にはきわめて貴族的な能と、ある種のブルジョアがパリのオペラ座のような雰囲気のなかで鑑賞する歌舞伎と、それに幾人かの現代劇作家とが存在する。しかしそれらが綜合されて一つの演劇世界を形成してはいないし、また演劇が隆盛なわけでもないということですね。これは意外なことです。きっと映画にくわれているんでしょうね。それにしても奇妙な事実です。要するに西洋式というのはあたりませんが、つまりフランスで行なわれているような演劇は日本では成功もしないし、あまり興味を惹かないのですね。

私としては能が貴族的演劇にしかすぎないのを残念に思います。なぜなら能は演劇の精髄であるように思えるからです。つまりなにかが起ころうとしている、ここなのです、私が能に感動したのは。演劇の世界ではなにかが起こりそうだという予感と同時に事件をできるかぎり遠い未来におく必要があります。なぜなら劇の興味とは大団円そのものではなくって、そのクライマックスを待ちに待っている観客が味わう緊張だからです。この意味で私は劇の真髄は能であると思いました。あの長い橋懸りとそれからカーン、カーン、カーンという鼓の音、クライマックスまでのゆるやかな運び、そして結末の速いテンポの音楽。それは私にとってある意味で劇の真髄であり、劇の美そのものなのです。というのは観客があまり大団円にばかり興味を惹かれることになると、それは情緒的なものに堕してしまう、つまり映画を見ているのと変わりないことになります。しかしそれかといってクライマックスにたいしてまったく興味がもてなくては、今度は観客は退屈してしまいます。

クライマックスそのものに、その内容には関係なく、関心を抱けるのが私の考えでは能というものです。そのことを私は強く感じました。

白井 能をギリシア悲劇と比較しているクローデルの一文を読んだことがありますが、これについてはどうお考えですか？

サルトル どんな比較をしようがその人の自由であると思います。ただこの場合それがどんな点で能やギリシア悲劇の解明になるのか疑問は残りますけれど。

まずギリシア悲劇は民衆劇でした。それは屋外の巨大な劇場で上演されましたから、観客は演技を鑑賞するわけにはいかなかったのです。したがって仮面は能面と同じ役目をもっていません。なぜなら能面にとって本質的なことは、面は動作によって始めて意味をもつということです。これはじっさい見てみないとわかりづらいことですが、ところがギリシア劇の仮面はメガホンのようなものでした。それに他方能はきわめて貴族的な芸術だそうですから、この点でも民衆芸術であるギリシア劇となんらの類似点もありません。たしかに合唱隊の問題があります。しかしワキがいわゆる合唱隊にあたるとは思えません。もっともワキは観客とシテ、幽霊とのあいだの仲介者ではありますけれども。したがってニーチェ的解釈にしたがえば、ワキは合唱隊にあたるといえるかもしれません。ただしその場合でも、ワキは慰め役であり、ギリシアの合唱隊は鼓舞役であるという相違は残ります。したがって私の考えでは比較は次の一点を除いては意味がないように思えます。つまりギリシア悲劇にも能と同じようにクライマックスに至るまで鮮やかな緊迫感が持続しているということです。

加藤　私は能における沈黙、緊張についての今のご意見を面白いと思います。人が待ちに待って、その期待が頂点に達したときに、なにかが起こるというわけですね。そのことは駆使されている表現手段が最少であるということになると思います。暗々裡に、しかしできるかぎり多くを表現すること、つまり最少の手段による最大の表現ということです。さきほど日本美の根本原理として自然さということが話題になりましたが、日本美の主要な第二原理として、沈黙つまり暗示的表現の重要性ということがあげられると思います。

サルトル　つまり私がさきほどいった厳しさということですね。それが日本の美的表現として私を感動させたのです。能にしろ、たとえば桂離宮にしろ、あるいは多くの寺院にしろ、そこに私がいつも見たのは空間や時間における厳密な関係の印判としての純粋な峻厳さということです。たとえば私がもっとも好きになったものの一つに当然のことながら、京都の龍安寺の石庭があります。これは禅庭ですからそこには美以外の多くの意味があるのでしょう。それはとにかく私がその庭をとても好きになったのは、結局のところそれが正確にはいくつかは知りませんが、十四か十五の石によって形成された空間での緊張関係だからなのです。したがって手段としては最少ですね、十数個の石と箒の跡を留めた砂利と、それだけですから。ところがたったそれだけの材料から可能なかぎりの、気に入るだけの空間のあらゆる関係が構成できるのです。たとえば砂利を石のハーモニーとみなしてもいいし、逆に石を砂利の条件として、また一つ一つの石を他の石の条件としても考えられるという具合です。つまりそれは想像力にあたえられた自由な飛翔の機会なのです。そしてそのために驚くほど僅少な手段しか使用されていない、この点が日本芸術と材料を重視しすぎるヨーロッパ芸術とを大きく分かっているのでしょう。たとえば、ヨーロッパの美しい絵画について——もっともこういったからといって日本画と比較してヨーロッパ絵画を蔑視しようという意図はありませんし、第一そうした意図の言葉は外交辞令でしかないものです——ただいえることは往々にして画家が色彩の美しさに溺れてしまっていることと、素材がとくに大事にされ、前面に押し出されていることでしょう。ところがそれに反して日本画では、たとえば狩野派ですが、もっとも具合が悪いことにあなたがたのご説明によるとその画は少々色あせているそうですが、しかし現在見られるような状態ではそこでもやはり最少の素材しか使われていません。

加藤　しかし狩野派というのは比較的多くの色彩や金粉などを使って華美な画を描いていた流派なのです。背景を金塗りにしたりしましてね。しかし他の流派、とりわけ十四世紀以来普及した水墨画はまったくの単彩画で、それに線もそれほど複雑ではありません。この分野ではかなり単純なタッチの画がむしろ愛玩されたのです。こうした水墨画はたとえば能舞台における沈黙の重要性とか、建築のある種の単純な線、サルトルさんの用語によると関係ということになりますが、つまり日本建築において材料そのものではなく、その材料がつくりだす関係の美などと緊密に結びついていると思います。

サルトル　それで、もちろん貴族的起源をもつすべてこれらの芸術が、加藤さんのご意見によるとある意味で隔離されているといえそうですが、生命を保ち続けられるのでしょうか？　こんな心配をするのも、中国で京劇が消滅したのを知っているからです。しかし京劇が上演されなくなったのも、じつは人びとがそれをもう見に行かなくなったからです。つまり演劇改革のためのいくつかの国家的政策がありましたが、問題はその政策が生まれたゆえんではありませんか？　私が中国に行ったときに、すでに中国の青年たちは京劇にまったく関心を失っていました。こんなわけではるかに華美な、はるかに色彩に富んだ、はるかに強烈なあの美しい様式、あのひじょうに美しい表現様式が消えてしまったのです。しかしそれが滅びたのは関心が薄れた結果です。それで能も国家の政令によることはないとしても、民衆の決定的無関心によって消滅の危険にさらされていると考えられますか？

加藤　それはどちらとも断定できないと思います。なぜなら沈黙を重視し、暗示的といえるほどごく限られた表現手段しか用いない日本の美的伝統は、結局のところ大衆のなかにも脈うっているからです。それは日常生活のなかで、部屋とか生け花とか家財道具とかの嗜好のうちにあらわれます。ところが他方能とか水墨画とか極度に洗練された芸術形式は、大衆のなかではまったく死に絶えています。おそらく最初から大衆とこれら芸術とのあいだには大した関係はなかったのでしょう。いずれにしろ、とりわけ今日の大衆はこれらの芸術から完全にそっぽを向いています。

サルトル　ということは、ある意味で大衆がその伝統に別な息吹きをあたえているといえますね。たとえば日本映画はフランス人にはとてもテンポがおそくみえます。そしてこのテンポのおそさで日本映画はフランス人に受けているようなところがあります。フランスやアメリカ映画のテンポはとても早い。こんなところからみると、日本映画にはわれわれが話題にしている緊張感を彷彿とさせるようなもの、一種の沈黙と場合によってはひじょうに強い緊迫感とがあります。

加藤　その通りだとは思いますが、それはおそらく日本の伝統芸術とは無関係ではないでしょうか。というのはインド映画のテンポもまたおそいですから。

サルトル　ああ、なるほど。

加藤　インド映画のテンポは日本映画よりもっとおそいようです。映画のリズムはその国の工業化にともなって生まれる都会的センスの有無によるのでしょう。したがってこれはまったく別な問題だと思います。

サルトル　しかし、日本は工業化がひじょうに進んだ国ではないのですか？

加藤　ええ、しかしごく最近まで農村では工業化の影響がそれほどみられませんでした。農村の生活様式、心理、風習は旧来のままでした。それが影響力を及ぼしはじめて、農村の生活様式、したがって心理を根本的に変えてしまったのは、十五年ほど前からだといえると思います。しかし戦前にはまったく影響はみられませんでした。こんなわけで日本映画のテンポは国民の心情を反映していたのです。

白井　文学に話を転じたいと思いますが、サルトルさんは日本に来られる前に、日本の文学作品をだいぶお読みになられたそうですが？

サルトル　手に入るものはみんな読みました。ご存知のように翻訳のむずかしさがありますので、いってみれば私は、ローランの武勲詩とコルネーユの悲劇二篇とフランソワーズ・サガンとを読んだだけでフランスにやって来た日本人旅行者のようなものでしょう。まあ、日本文学にかんしての私の知識はだいたいそんなところです。しかしながらかなりの量の本は読みました。ただ二つの条件に制約されてはいますけれど。第一はアングロ・サクソン系の選択です。なぜなら、一番多く翻訳を出しているのは彼らですから。それにこのアングロ・サクソン系の選択にかぶさってフランス人の選択があります。というのは翻訳者の欠如から英語からフランス語に重訳されることが多いからです。こんなわけで作品の日本的雰囲気、作者の味わいをかもし出す要素がだんだん稀薄になったのはやむをえないでしょう。しかしそれはともかくとして、フランス語と英語とイタリア語とに翻訳されたものを組み合わせてかなり読むことができた作家がいます。谷崎氏です。谷崎氏についてはかなりよく知っているつもりですが。

白井　谷崎のどんな小説がフランス語に翻訳されているのですか？

サルトル　フランス語には《*Confession Impudique*》（『みだらな告白』）という題で氏の晩年の作品『鍵』が最初に訳されました。それから《*Les Quatre Sœurs*》（『四人姉妹』＝『細雪』）。原題は知りませんが、フランス人には得がたい本です。というのは日本人の生活にたいする申し分のない入門書だからです。そこで見つからないものはありません。それは批評的レアリスム、あるいは社会的レアリスムという意味でのレアリスムではありません。フランス人にとってはそれはなによりもまずすぐれた旅行案内書なのです。たとえば東京で台風にあったとき、『細雪』の東京の長女の家のくだりで描かれたのと同じような懸念、家が吹っ飛びはしないかというような同じ恐れをわれわれの友人のうちにも認められたような具合です。

ところで私には奇異に思われることが一つあります。それはなにかといいますと日本の小説家の心情で、私にはそれがよく摑めないのです。たとえば谷崎氏には性的な面、性的な固定観念がありますが、同時に『細雪』のようにそれとは性格をまったく異にした作品があります。それが私にとっては氏の個性の魅力ですが、それにしても『細雪』と『鍵』とを関連づけることが私にはできません。それにまたさらに種類の違う作品があります。たとえば私がイタリア語で読んだ『少将滋幹の母』がそうで、これは『源氏物語』時代を扱った歴史小説というか、やや『源氏』のパロディの趣が感じられるものですが、イタリア語で読むと残酷な恋が生彩をもって描かれています。こうしてみると谷崎氏はきわめて豊かな個性の持主という印象が強いのです。それに氏のうちには西洋主義と日本の伝統とが明確な形で相克しているような気がするのですが、私の思い違いでしょうか?

加藤　いや、お説の通りでしょう。谷崎氏は戦争中に『細雪』を書きました。戦前にはかなり典型的なものであった家庭生活を記録するためですが、それは氏がこうした生活が消えつつあり、滅びつつあると考えたからです。

サルトル　滅びる——たしかに、そういえば崩壊していく家族の話ですね。

加藤　ところが現在からみるとそうした世界は滅亡しなかった。したがって『細雪』のなかに日本人の心情が色濃く描かれているという結果になったのです。これは戦争によってもたらされた社会上の変化にもかかわらず、日本人の心情が不変であることのめだった証拠だと思われます。

白井　谷崎は戦時に『細雪』を書くことによって消極的な方法ではありますが時代に抵抗を試みたとは考えられませんか?

サルトル　あの作品には過去を再現しようという一種の試みが感ぜられるのですが……。作者はたとえば幸子にたいしてはまったく客観的ですが、日本的な雪子を愛情をこめて描いていますね。ある意味で生活には不器用な女ですけれども、作者は気高い女だとか、一種独得な優美さがあるとか繰り返し書いています。

加藤　『細雪』は谷崎氏の『失われた時を求めて』です。

サルトル　ええ、その通りです。しかし面白い本ですね。私はこの作品をクレタ島で読みましたが、そのときは一日中島のなかを散歩していて、つまり『細雪』とはまったく異質な世界に身をおきながら、休息時に谷崎を読んだのですが、面白くって、われを忘れるほどでした。そしておそらくこの作品のお蔭で異国情緒がこんなにも早く薄れたのでしょう。なぜならこの作品の登場人物たちは結局のところ典型的、伝統的日本人ですが、それにもかかわらずあらゆる面で彼らが理解できる。そして彼らもすべての点でわれわれを理解できるはずだからです。こんなわけでこの作品は日本旅行への最良の入門書だと思います。もちろん谷崎氏以外の作家も読みました。たとえば三島氏とか太宰とかの作品です。三島氏の『宴のあと』なんかが日本人を理解するのに有用な本でしょう。政治世界を扱ったものですが、かなり興味深く読みました。

加藤　これまであげられた作品はどれも中産階級、上流階級を題材としたものばかりですね？

サルトル　当然そうですね。

加藤　『細雪』は上流社会の物語といっていいでしょう。しかし他方日本文学には小市民、中産階級の人たち、労働者の生活さえ描いた作品があります。これはまた別の世界です。

サルトル　そしてそういった作品は翻訳されることがない。

加藤　ありませんね。

サルトル　まあ、理解できないことではありませんね。上流階級の物語が翻訳される。それはその方が人目を惹くことが多いからです。他の作品が翻訳されるにはかなり待たなくてはなりません。それで私の日本文学にたいする理解は偏頗なわけですね。

加藤　しかし普通上流階級の人たちは現在の状況、彼らの実生活に満足しきっていますから、文学の世界でその生活を再創造する必要を感じないでしょう。ただし例外的な場合には、たとえば戦時中には、谷崎がそういう生活が失われてしまうと信じて、それを小説に記録したのです。

サルトル　そうです。

加藤　太宰の場合は、戦後凋落した上流家庭の出身ですが、実家ととくに上流階級からある意味で追放された作者自身の落魄が創作の動機になっていると思います。

サルトル　それにもう一つ見逃せないことは戦争がもたらした社会変動、すみやかに旧に復したとはいえ、価値観の変化、動揺でしょう。

加藤　ある意味で日本の上流階級の現代文学はすべて失われた時の探索です。

サルトル　ええ、私もそう思います。

白井　ところで東京で丹下〔健三〕の教会をごらんになって、その美しさに感動されたそうですが。

サルトル　ええ、そうです。現代建築の傑作の一つだと思いました。

白井　じつは私はまだ見ていないのです。

サルトル　ごらんになっていない？　東京の方の多くがそうおっしゃるんですが、おかしなことです。とてもおかしなことです。事実それはとても、とても美しいものです。というのはそれは日本の伝統的建築の簡素さ、つまり家の内部の直線と日本の屋根がもっているあのすばらしい曲線との結合からできていて、それが私には思いがけない効果を生んでいるからです。ご存知のようにヨーロッパの建築はすべて機能的です。美が有効性、有益性のうちにのみ、したがって主として直線のうちに求められます。もちろん丹下氏の教会も機能的です。ひじょうに純粋で、ひじょうに簡素ですから。しかし曲線の導入がなにかバロック的なものを付加する結果になっています。私が感動したのは、いってみれば、このバロックと機能主義との綜合なのです。たとえば教会内部に見られる曲線、この教会で一番美しいところは入口に立って祭壇をながめたときですが、上に向かってのびていく曲線はすべて機能的価値をもっています。視線を超越者、天に向かって惹きつけることが目的だからです。したがって、ゴシック建築におけるようなものはなにもありません。そこには即自的なものはなにもないのです。有効性を度外視して存在価値を誇っている美は一つもありません。しかしそれにもかかわらずわれわれの現代建築にはみられないなにかが導入されているのです。似たような感動をブラジルのニーマイアーの作品から受けたことがあります。ニーマイアーのいくつかの作品と丹下氏の教会とが私が見た現代建築のなかではもっとも美しいものです。もっとも教会ばかりではなく、オリンピック・プールにも大変感心しましたが、私個人の嗜好としては教会の方を好みます。

加藤　私には、丹下の教会ばかりでなく、彼の建築一般が大変興味深いのですが、そのわけはそれが国際的な建築的言語による日本的なものの表現だからです。

サルトル　まったくその通りです。

加藤　まず日本の建築家は現代技術、国際的で独自性のない現代建築の言語を習得することから始めました。このいわば徒弟時代の後、第二次大戦後に自己表現、日本的な、真に独自なものの表現に成功したのです。これが丹下氏ばかりではなく、建築界一般において顕著な事実であろうと思います。建築は日本で一番進んでいる芸術です。音楽はさほどでもありません。つづいて同じくらい進んでいるのが絵画でしょうか。しかし文学は別です。国語の問題がありますから。もっとも現代の技術を多く取り入れた作品もあるのですが、独創性を喪失して、日本文学固有のものを失っています。真の日本文学は在来の形式をたもっている作品のうちに見出されます。したがって技術の現代性と内容の独自性とのあいだに一種の乖離ができてしまっているのです。しかし建築は進んでいると思います。

サルトル　おっしゃる通りだと思いますが、私が気がついたことは、要するに普遍的建築というようなものがあって、それが高度産業化とマッチしたわれわれの時代の建築であり、したがってそれは機能主義的である。そしてそれは世界いたるところで見られる。ところが日本で意外だったのは、この領域で日本人が必要なものだけを採用して、日本的特殊性に適用していることです。そこが私にとってとくに興味深かったのです。というのはフランスにも美しい現代建築がありますが、それらはスウェーデンやイタリアやアメリカのものと大差ありません。似たり寄ったりです。ところが日本では建築が生きている。日本とそれからブラジルです。この二カ国では真の建築がみられます。しかし丹下氏と同じ道を進んでいる建築家が他にも大勢いるのですか？

加藤 ええ、大勢います。たとえば芦原〔義信〕などは同じ傾向の建築家です。この建築家は日本の様式、日本の伝統的要素を意識的には採用せず、丹下の方法、つまり国際的、機能主義的方法で建築していますが、この機能主義を通してある種の日本的感性がのぞかれるのです。しかし日本建築の伝統的諸要素、たとえば屋根の曲線とか壁の表面の区分とか、窓のあけ方とかを取り入れることによって、日本的現代建築を意識的に生み出そうとしている建築家もいます。そうしたなかで丹下と芦原とは、もちろん両者には相違がありますが、大体において同じ傾向を示していると思います。

サルトル 日本で印象的なことの一つは、多くの日本人の生活が苦しく、大衆の生活はひじょうにきびしいはずなのに、街で出会う顔の多くには微笑をたたえた陽気さが漂っていることです。フランスでは生活は同じくらいにきびしい、いや、ある点では日本より楽なのに、群衆は疲れきって、陰気です。そしてじつはそうあってしかるべきでしょう。なぜなら一日中働いても、大した稼ぎにもならず、疲れきって家路をたどる人たちの、それは当然の姿だからです。ところがこの私には親しい雰囲気がここには見あたらず、ある種の明るさが見られる、これは私の幻覚でしょうか?

白井　そんなことはありません。

サルトル　実在するのですね?

加藤　その通りです。実在しています。

サルトル　それでこの現象をどう解釈なさるのですか?　生活が楽なわけではないのですから。

加藤　私の考えでは、もっとも簡単な説明は、生活がきびしい、したがってこの生活のきびしさを中和するある手段を案出せざるをえないという事実に求められると思います。それは心理的技術、生活上の技術であって、未来を忘却することによって、一瞬の快楽を手に入れ、享受するための知恵なのです。生活が苦しいから、計画をもって明日を築くことがきわめてむずかしい。明日が見通せないので、今日にもっぱらかかずらうことになる。

サルトル　現在にね。

加藤　これはとても伝統的態度だと思います。数世紀以来、日本には、現在にたいする執着の傾向がいつも明瞭に見られるのです。

サルトル　わかりました。加藤さんがおっしゃっていることは私には大変興味がありま す。そしてこの対談が私が冒頭で申したことの証明になっていると思います。すなわちエキゾティシズムは存在しない、自国の特殊性を明確に自覚した知識人たちは相互に語りあい、理解しあうことができる。そしてこうした接触を数多くすることがわれわれ全知識人の義務であると考えます。なぜならそれが、その特殊性をもったそれぞれの国を交流不能ときめつける危険のある国家的個別主義にたいしての、また人間なんて結局どこでも同じさという主張から、帝国主義と密着した一つの文化世界を創造しようという承認しがたい即席の普遍化にたいしての戦いに、もっとも有効な手段だからです。われわれ全員が試みなくてはならないことは、どんな点でわれわれの国が相違し、また類似しているかを見極めること、それも神秘性などではなく、歴史的、経済的、社会的差異を媒介としてであり、したがって完全に了解可能であることを説明するということでしょう。

白井　それでは、この座談会へのご出席を感謝いたしまして、お開きにしたいと存じます。

サルトル　こちらこそ、いろいろとお教えいただいてありがとうございました。

東西文明の接触と相克

西嶋定生
加藤周一

イデオロギー外交の終焉

編集部　ニクソン大統領が今北京を訪問中です。社会主義国家の元首、あるいはＡＡ諸国の元首が北京を訪れて中国首脳と会うことは今まで珍しくありませんが、お互いにある期間、不倶戴天の敵とさえ考えられてきた米中間で、しかも、アメリカのほうから国交関係のない北京に元首が出かけることが実現しました。これは冷たい戦争を基礎としたアメリカの世界戦略に、大きな転換期が訪れたことを意味します。

そこで東洋史をご専攻の西嶋先生、それからヨーロッパに長くおられて、さらにまた最近中国を訪れられた加藤先生に、グローバルな見方で、この問題を論じていただきたい。今度のニクソン訪中をどう受けとめられたか、そのへんからお話を始めていただければ……

加藤　まず米中がお互いに敵であったのに、急に接近し始めたという一般の受取り方ですが、これは第二次大戦後のアメリカの外交政策が、冷戦によるイデオロギー的性格をひじょうに強く持っていたことからきているのだと思います。第二次世界大戦中のルーズヴェルト、トルーマン大統領のころから、もっとさかのぼれば第一次大戦中のウィルソン時代から、アメリカの対外政策はイデオロギー的要素が濃厚になっている。ことに、戦後の世界はアメリカが圧倒的に強力だったから、ヨーロッパの権力政治の伝統は影が薄れ、「冷たい戦争」というイデオロギー的外交政策のみが前面に押出されることになった。今度のニクソン訪中はアメリカの側からすれば、イデオロギー先行型から、権力政治的な対外政策に変わったことを意味するのではないでしょうか。

つまり、イデオロギー的対立という側面から見た場合にのみ、両者が敵というのであって、そのほかに米中間に敵であるべき理由はない。あるとすればせいぜい台湾問題ぐらいだが、それとても、もともとイデオロギー的対外政策の所産であって、本来あそこに古いヨーロッパふうな意味でいうアメリカの地域的野心があるわけじゃない。またラテンアメリカやカナダの場合と違って、台湾にアメリカの経済的利益が大きくかかっているわけでもない。第一、国境が接していないし、経済の構造もその発展段階も違っているから、利益の激しい衝突もない。ですから、イデオロギー的な観点を変えて、両国の外交関係、国際関係を権力政治的な立場から見れば、中国とアメリカとはけんかする理由はほとんどないでしょう。

一方、中国にとって十九世紀最大の強敵は、阿片戦争以来は英国で、それからあとは日本でしょう。朝鮮戦争を除けば、アメリカと中国は戦ってない。

日本がニクソン訪中で大きな衝撃を受けたのは、アメリカ流の冷たい戦争のイデオロギーに乗っていた面が強いからです。そうでなければ、反応がもう少し静かなはずですよ。日本はあまりにもアメリカのいうことを真に受けすぎたという感じですね。これが韓国とか、南ヴィエトナム政府になると、また日本と事情が違う。これは乗っている、いないの問題ではなくて、その存在自体が冷たい戦争の産物ですからね。だから、冷たい戦争がゆるんだ日には、その政権の存在する基礎が崩れてしまう。

西嶋　今のお話ではニクソン訪中が、アメリカ自身やヨーロッパでよりも、日本でむしろ意外性をもって受け取られているとのことですが、その日本の受取り方には二つあると私は思います。一つは、あたまから米中両国をお互いに全く異質な存在であると規定して、だからたいへんだという議論。もう一つは、その起こり得べからざる異質な者同士の接触が現実に起こったにもかかわらず、そのなかに日本は組みこまれていないということ、つまりアメリカは、いわば日本の頭越しにことを進めているという受けとめ方。今まで、われわれ日本人は、もっとアメリカにかかわり合いが深いと思っていたのに、ニクソン訪中による歴史的な転回から日本は除外されてしまった。これではわれわれは歴史の流れから疎外されていくのではないか、という危惧ですね。

加藤　片方は革命を呼号し、他方は保守的で自由主義を信奉するように、その依拠するイデオロギーそのものが異なっている。ところが、その半面では、両国はともに利益の対立が少なかった。その両面を見ないで、イデオロギーの対立だけを考えるから、米中両国は接触しそうもないと決めこんでしまう。しっぺ返しを加えられるという懸念がない限り、アメリカは当然、日本を抜きにして頭越しをやりますよ。日本は、ただもう悲しんで泣くだけですからね。報復としてアメリカをつねるとかぶつとかする手段がない。日本がアメリカに経済的制裁を加えるったって、そんなことできる実力はない。それどころか、アメリカが機嫌を悪くするんじゃないかと心配している。かりに日本が強い立場にあったら、頭越し外交をしたら、繊維で日本に手痛い目にあうだろうと、必ず日本に事前の相談をもちかけたでしょう。

また、もし日本が中国ともっと早く接触していたら、あるいは北朝鮮とか北ヴィエトナムとかと交渉を進めていたら、アメリカは決して頭越しをやらなかったでしょう。というのは、その場合、ヘタに頭越しをしたら、日本がその日中交渉をどうもっていくか、アメリカにわからないですからね。

第二次大戦後のアメリカの対アジア政策は、同盟国をつくって中国に対抗することだった。そのいちばん大事な同盟国が日本で、日米安保条約を中心に、中国を封じ込めるという政策をとった。おそらくアメリカのアジア政策は、今後、時に応じては中国と接し、時に応じて日本と接する、その両方を使い分けながら、対処していくように変わっていくと思いますね。

西嶋　異質なものがなぜ接触し得るか、それから頭越しのために自分が疎外されはしないかという疑問、疑惑にとりつかれているわけですね。そこに日本人の歴史に対処する特徴があらわれているのではないでしょうか。つまり、第一には相異なるイデオロギーがなぜ接触し得るかということが、すぐには理解できない問題であるということです。これは日本人が外在的なイデオロギーにたいして心情的な信奉性をもっているためで、そのことは逆の面からいえば、案外、自分には自律的なイデオロギーがないことによるのではないでしょうか。

第二の頭越しの問題についていえば、日本人は、真の意味でのパワー・ポリティックスとかマキャベリズムについて、身をもって味わった歴史的経験がない。だから、今起こっていることを頭越しとしか理解できない。

加藤　イデオロギーとは、要するに共産主義のことですね。その共産主義が、この十年ぐらいのあいだに、著しく変わった。一枚岩でなくなって、いろいろな共産主義が出てきた。結局、社会主義的な考えのうちの一つが共産主義であり、その型はさまざまです。社会主義思想やイデオロギーにたいする受取り方についていえば、とにかくニューディールの時代、一九三〇年代のスペイン戦争のころ、アメリカの知識人が左翼化し、さらに少なからぬ人びとがスペインで戦った。また対ファシズム戦争で、アメリカはソ連と組んでいる。

中国共産党の長征時代、あるいは延安時代に、毛沢東らの首脳と接触して、中国革命について書き、世界に紹介したのは、このほど亡くなったエドガー・スノーはじめ、アメリカのジャーナリストがじつに多い。ストロング女史もそうだし、ジャック・ベルデンもね。ですから、ホワイトハウスはべつだけれども、アメリカ社会は社会主義思想と無縁ではなかったし、とりわけ三〇年代からいろいろな関係をもった。

日本では、マルクスのイデオロギーが戦争前からあることはあった。しかし、それは大学の中だけで、日本政府は警察を使って社会主義思想にたいして弾圧に弾圧を重ねてきた。その結果、第二次大戦後まで共産主義どころか社会民主主義の伝統さえもなきにひとしい国柄だったわけですね。英国でいえば、フェビアン協会、スカンジナヴィア諸国だと社会民主主義の伝統、それからドイツのSPD（社会民主党）……そういうものが、日本には根づかなかった。ニューディールさえもなかった。

戦後の日本政府が、極度にイデオロギー的になった一つの理由は、まさに、治安維持法の国際社会への適用です。治安維持法を制定して国民を取り締まる政府、社会主義者を罪人視することに慣れてきた政府が、その目で外国を見れば共産主義ほどこわいものはない。

なるほど、アメリカでもマッカーシー旋風が吹き荒れた時代もあった。けれども、そんな時代ばかりではない。アメリカにはもっと自由な時代もあった。社会主義者は「意見の違う人」であっても、決して罪人ではなかった。

欧米と日本、その対中国観の差

西嶋　日本とアメリカの相違が、そのまま中国問題についての受取り方の相違になってしまっているわけですね。この相違は、やはりアメリカないしは西洋が中国にたいして抱いていた見方と、日本が過去数千年にわたって密接な関係を持ってきた中国にたいして抱く見方との違いにつながる問題があるのではないでしょうか。その場合、そもそもヨーロッパないしはアメリカにとって、あるいは西洋文明にとって、中国とはいったい何であったか、それから、日本にとって、中国とは何であったのかということが、問題になってくると思います。

ヨーロッパにとって、中国の発見、中国との出会いとは、そんなに古い歴史があるわけではなく、マルコ・ポーロなどの初期の知識をべつにすれば、せいぜい三百年ぐらいのことです。中国についての知識が大量にヨーロッパにもたらされた第一段階は、十六世紀末から十七世紀にかけて、中国に渡来したイエズス会の宣教師によるものであり、その第二段階は阿片戦争以後の接触によってもたらされたものです。これらによってヨーロッパでは中国をどう理解していたかということが問題になりますね。

これにたいして日本と中国とのつながりは、日本民族の形成、ないしは日本の国家形成以来からの長い背景をもっている。それが、現在の問題にどうからんでくるか。あるいはそういう問題をどう評価したらいいかということが問題になります。そこで加藤先生にお聞きしたいのは、かつて、あるいは現在、ヨーロッパから見た中国像はどういうものだと考えられているのでしょうか。

加藤 西欧人から見れば、十六世紀から十七世紀までは、ヨーロッパ以外に文明はなかった。大昔はエジプトとかギリシアに文明があったけれども、少なくとも現在はヨーロッパのほかに文明はないというのが、西欧的な考え方ですね。アメリカはそこからただ派生したものにすぎません。あちらで中学校程度の歴史教科書を見ると、くわしくエジプトのことを書いている。それからギリシア、ローマになって、さらに時代が下って中世にはいり、それからフランスとかドイツのことがいろいろ出てくる。そういうふうに人類が発展してきたようにヨーロッパ人は思って、あとは野蛮人がまわりにうろうろしているというだけ(笑)。

中国がヨーロッパ人にとってひじょうに大きな意味があるのは、他の世界で中国人だけが野蛮人じゃない例外なんですね。このヨーロッパ人の意識では、中国は文明の水準における他者です。つまり、the other という考えですよ。それも others と複数ではなく、定冠詞の他者です。つまり、ヨーロッパと同じように、そこには独自の思想があり、組織された政治体制があり、中央政府があり、そこに文学、音楽、芝居、法律があって、学校も軍隊もある。ヨーロッパ人の持っているものすべてが、また中国では別にあり、ただ、その内容ややりかただけが違う。それだけに中国の発見は、ヨーロッパにとって大きかったと思います。

西嶋　その場合、ヨーロッパの中国観は、過去三百年間決して同一ではない。そのときどきに変わっていきます。これについてオックスフォード大学のドーソン氏が『変貌する中国』（*The Chinese Chameleon*）〔『ヨーロッパの中国文明観』〕と題した本を書いていますが、これはヨーロッパ人から見た中国人のイメージが絶えず変化しているが、なぜ変化するかということを考えてみたら、変化しているのは自分たちであって、相手の中国ではなかったのだ——というふうに述べています。やはり世界唯一の文明であったヨーロッパにたいして、別個の文明が中国大陸にあることを発見した。しかも、それはすばらしい文明であると、イエズス会の宣教師たちが報告書を送っています。

　しかも、それはちょうどヨーロッパの絶対主義時代に当たっていたから、中国における専制君主体制の国家組織が、模範とすべき秩序として受け取られた。そのため政治体制の知識のみならず、中国の文物にたいする興味がこの段階においてフランスを中心としてヨーロッパにひじょうな勢いで広がっていく。ところが、十八世紀になると、中国にたいする価値転換がヨーロッパに生まれてくる。これはモンテスキュー以後ともいえますが、中国は決してそんなにすばらしいものではなくて、近代市民社会を形成したヨーロッパにとっては、まったく異質の世界であり、近代精神が存在しない世界であり、かえってヨーロッパにおける近代市民社会の自己認識のために対置されるべき存在であるという認識が生まれてくるのです。このような価値認識の転換から、ヨーロッパにおける近代的な中国観が生まれてくるのであり、それからヘーゲルの世界史の理論が生まれ、さらにマルクスの社会構成の諸類型の継起的な展開についての理論が生まれてくるわけです。

このようなヨーロッパにおける中国観においては、その最初の絶対主義時代の中国観をふくめて、中国の実体をいかに理解するかということが究極の目的とされているのではなくて、ヨーロッパ自身をいかに認識するか、あるいはヨーロッパはいかにあらねばならぬかという問題を考える場合に、その素材として中国が対象化されたものであるということがあるわけです。

ところが、日本の中国の理解の仕方は、これと違います。日本にとって、中国とは新しく発見された世界でもなければ、自分自身を認識するために対置されたものでもない。日本の歴史にとっては、中国は密接不可分の存在であり、それなくしては、われわれの歴史の展開が別のものになってしまうという意味をもってきた存在です。つまり日本にとっての中国の歴史的位置は、ヨーロッパにとっての中国の位置とひじょうに違うわけです。だから、中国を同じく認識対象とする場合でも、ヨーロッパと日本とでは大きな違いが出てくるわけだと思います。

加藤　今おっしゃったとおり、ヨーロッパにとって中国は十九世紀以降、反面教師になったということが一つあります。しかし、そのこととからんで、十九世紀は植民地帝国主義の時代ですから、中国は潜在的植民地、要するに侵略の対象になった。阿片戦争のときの英国の外務大臣が、このように演説しています。つまり、中国は阿片を焼きはらったりしてけしからんから、中国を征伐することは文明の拡大であるというのです。植民地主義は文化を野蛮国にもたらすものだというヨーロッパ中心主義の考え方ですね。中国を征服すると同時に、ヨーロッパの恩恵を授けるという見方です。

最初は中国をヨーロッパ以外の大きな文明だと見ていたのに、その後、植民地主義とからんで、やはり文明を持ち込む対象にすぎぬということになったわけです。しかし前の考え方が完全に死んでしまったのではなくて、底にはもとの考え方も残っている。

だからフランスが一九六四年に中国を承認したとき、当時のドゴール大統領は演説で「世界で最も古い二つの文明の接近」という言葉を使っている。つまり、中国とフランスをさしているのですね。それは結局、ヨーロッパと中国ということでしょう。

日本と中国は千年以上も密接な関係があったが、その関係は一方交通にすぎませんでした。日本の影響が中国に及んだことはほとんどなくて、中国の影響だけを一方的にこうむっている。明治以後の西洋と日本の関係、これまた似ています。ヨーロッパはもう一つの文明を発見したけれども、日本はもう一つの文明に発見されてしまった(笑)。

ところが、明治以後、日本の態度はヨーロッパとひじょうによく似てくる。十九世紀のヨーロッパ人の侵略、植民地化を真似するようになり、結局は日中戦争まで進んでしまう。中国＝チャンコロという軽蔑した見方は、古い中国崇拝が底にあって、その上にかぶさって出てきたものです。ヨーロッパ植民地主義の場合、もう一つの文明という見方の上に、阿片戦争的な中国観が乗ってきた。日本の場合はすべて先生だった中国にたいする崇拝の念が底流にあり、その上に満蒙生命線という軍部の考えが乗っかった。

西嶋　たしかに日本の中国観は、明治維新を境に変わってくる。だが、それは長い歴史を通じてコミットしていた中国文明にたいして、みずから新しい独創的な文明、ないしは世界観をつくりあげることによって対中国観を変えたのではない。その場合、やはりヨーロッパで生まれた世界観や近代国家論を受け入れて、それを中国に適用していく。このように、日本の場合は主体性がないところに、大きな問題がひそんでいると思いますね。

加藤　大きく見るとそのとおりですが、日本独自の立場からの中国批判が、まったくなかったわけではない。江戸時代の比較的初期、十七世紀の山鹿素行のころからではないでしょうか、中国批判の書『中朝事実』が出てきます。そのよりどころは神道です。神道をよりどころとして、「中国恐れるに足らず、日本のほうが偉い」というわけですね。

石田梅巌の心学は、江戸時代の一般庶民にかなり普及したものですが、梅巌の考えにもやはり神道を高く見るところがありますね。梅巌は儒者ですけれども、儒仏は神道の助けであると主張しているところもある。だから日本独自のイデオロギーから中国を批判するのは、江戸時代では儒教に対抗することですね。このように神道的立場からの儒教批判、中国批判が出てきています。

もう一つは、具体的な国家独立の意識があって、中国に対処するやりかた。独立国として外国にたいする態度で中国に接する。ただし、イデオロギー的には、全面降伏に近い状態です。その代表は新井白石だと思う。

このように十七世紀にすでに神道イデオロギーで中国に対抗する見方が生まれ、それが一方では梅巌的な形で一般大衆の中に浸透する。他方では白石のように政府レベルの外交交渉で、自国の独立を主張する。しかし、神道は儒教に比べれば弱いもので、受身の姿勢です。それから、国学になると、本居宣長が大がかりにキャンペーンしたように、神道を基盤にして儒教すなわち中国イデオロギーを批判する。それはやや無理をしてがんばる式のところもありましたが……

明治以後の中国批判は、日本のイデオロギーからではなくて、西洋のイデオロギーを借りたものです。しかし、一九三〇年代になって、日本が西洋と対立するようになると、自前のイデオロギーが必要となって、超国家主義が鼓吹され、神道が再び批判の武器としてひっぱり出され、江戸時代の繰り返しとなる。この神道の持ち出しかたも、われわれが体験したとおり、事実を歪曲し、無理にがんばったものですね。

西嶋　神道イデオロギーという形で、何か独自のものを出さなければならない背景には、やはり江戸時代の中国文化への傾倒があります。一方で中国批判が芽ばえながらも、日本の歴史を通じて中国文化に最も傾倒したのは、やはり江戸時代ではないかと思います。今までの日本文学史を見ると、俳句と浄瑠璃がクローズアップされていますが、知識人の学問や知識人の文学は、そういう俳句とか浄瑠璃とかでなくて、逆に儒学であり、詩文の世界でした。ところが江戸時代は、中国との正式な国交が断絶した時期ですね。中国の存在が日本の政治にとって切り離すべからざる実体的なものではなくて、文化の問題になってしまう。そこに中国文化への傾倒が一面では高まりながらも、やはり明治以後は中国崇拝から蔑視へ切替わる可能性の発端があったのではないか、という問題がありますね。

根本は西洋型の中国文明

加藤　日本と中国とは同文同種だという考えがありますね。この言葉はたいへん誤解を招く——日本の発明だろうと思うけれども（笑）。同文同種といったって、文字を中国から輸入したのだから、文字は同じに決まっています。中国に行くと、看板やスローガンの字が読めるので印象がたいへん強い。同じことはロンドンに行くと、郵便箱を赤く塗ってある。「ははあ、同じ郵便箱だ」と、親近感がわきます（笑）。当たり前のことです。日本がイギリスの郵便制度を輸入したんだから。だから同文同種という言葉には、本来それ以上の意味がない。中国語は日本語と同じ系統の言語じゃない。文字を輸入したという以上の意味は、あまりありませんね。

西嶋　中国語と日本語は、ボキャブラリーも、発音も違い、言語体系から見ればまったく別物ですね。漢字は固有な中国語を表現する手段としてつくられたものです。それがどうして中国語とまったく異質の日本語に用いられるようになったのか。古代中国に文字という便利なものがあり、昔の日本にはそれがなかったというようなことではすまされない問題がある。文字は取り入れようとしたって、そう簡単には異民族に取り入れられるものではない。にもかかわらず、どうして中国から日本に伝来してきたのか。そういうことを考えないで、同文同種という概念ばかりが振りまわされる。

日本人が文字に接触したのは、弥生時代に大陸から伝来した鏡の銘文を見たときが最初でしょう。そのときはまだ、これを文字としては認識していなかったでしょうが……。そのうちに漢字というものをただの模様ではなく、文字として認識しなければならなくなります。古代日本が国家を形成する過程において、否応なしに中国と日本とのあいだに国交関係が樹立される。国交を結ぶことは、使節が大陸へ渡るだけではなくて、向うから文書《もんじょ》が来る。この文字を理解できなければ、外交関係は成立しない。それに、こちらから使節が行く場合に、向うのしきたりによって、やはり公文書を持って行かなければならない。
そういう政治的な要求に基づいて、日本の古代国家は文字を取り入れざるを得なくなった。したがって、その場合に漢字を輸入したのは、万葉仮名をつくろうという目的ではなくて、中国語そのものの摂取でした。そういう形で、文字が日本に入ってくる。そのあと、万葉仮名、のちには平仮名、片仮名ができますが、同文同種の最初の関係は、そういうものです。
そうとすれば、文化の輸入とは、先進的なところから低いところへ流れていくというような自然現象としてだけ理解すべきではなくて、政治的な関係を背景に持っていなければならない。これは仏教思想や律令の場合、あるいは儒教の場合でも、その都度その都度の政治的な状況に関して、同じことがいえると思う。

加藤 要するに、国際関係のゲームを相手方のルールに従ってやらなければならないということですね。

西嶋 その相手方のルールに従って国際関係に日本が巻き込まれていくこと自体が、日本にとって中国とは何であったかということの歴史上の問題になってくると思います。

加藤 だから、漢字の輸入は明治以後でいえば、条約改正のための鹿鳴館です。今おっしゃったように、文字だけではなくて、中国の制度、それからイデオロギー、それからもろもろの技術、概念の輸入ですね。それがまずあって、日本の中に定着したから、そこからまた日本の独特の文化が長いあいだかかって生まれてきた。ですから、そう簡単に、どこまでが中国の影響で、どこまでが日本本来のものであるかと、もはやいいにくいほど、長いあいだに、輸入された要素が日本化されている。

しかし、それにもかかわらず、今、中国に行ってみて、日本の中の中国の影響を受けなかった部分、それと中国の影響を昔受けて、それが日本の中でだんだん変わってきた、その日本化の特徴、その二つの点を、本来の中国文化と比較すると、ずいぶん違うということを感じます。

卑近なところからいえば、第一に町の形が違う。華北の黄河の流域は、黄土地帯で荒蕪の地でしょう。そして気候が激しい。夏暑くて、冬寒い乾燥地帯です。そういうところに中国の人たちが町をつくるときには、激しい自然にたいして闘いながら、人間的な秩序を町の形で実現する。つまり、都市計画の実現が町になります。日本の場合は、大都市は中国を手本にしてつくりますから、平安京みたいに中国式になるけれども、本来、日本の町はそういう形じゃなくて、比較的温和な気候のなかで、自然発生的にだんだん人家が多くなって、その結果、町になっていく。

したがって、都市計画はない。町の形の中に人間精神の秩序が、自然とするどく拮抗しながら実現されていることはない。むしろ人間のすみかが、自然の中にとけこむ形をとる。その典型が茶室です。中国建築は北京の故宮に原形があり、幾何学的な構造を持っていて、北京の民家もその応用みたいなものです。ですから、中国建築の中心は、本来故宮にあらわれていると思います。

そういう建築にたいする考え方、都市にたいする考え方が違うことは、生活空間にたいする考え方が違うことでしょう。空間にたいする考え方の違いは、時間にたいする考え方の違いにもあらわれている。茶室は風のまにまに季節とともに移り変わり、壊れたらまた建て直すでしょう。中国では、壊れたら建て直すんじゃなくて、壊れないようにつくるのが理想ですから、時間的な季節の変化にたいしても、中国人は闘い、日本人は従うという形をとりますね。

それから、『詩経』の昔から『唐詩選』まで、中国の詩は人間中心です。人事をうたっている。そして、恋も出てくる。死も出てくる。人生哲学みたいな、人生は短いとか、死んでどこへ行くのかということも。それから政治問題も出てくる。ところが『万葉集』には政治問題は全然ない。社会的な問題もない。対象はおもに自然で、人事はだいたい恋に限られている。いくらか挽歌はありますが、万葉のなかでは比重が小さい。そういうわけで、古典的な詩集を比較しても、中国のほうがいかに人間中心主義であって、日本はいかに自然の中に人がとけこんでいく主義であるか、その相違は明らかです。簡単ないい方をすれば、故宮対茶室、それから『唐詩選』対『万葉集』。そこへゆくと西洋は明らかに中国型です。

ですから、日本文化と中国文化と西洋文化という三つをとって考えると、文明の概念は根本的なところでは、中国型とヨーロッパ型とはきわめて似ていて、日本人が特殊なのではないでしょうか。

西嶋 中国と日本には、異質なものがありながら、それを異質だとして理解する前に、はじめから同文同種という形で思いこんでしまっている。それは日本が中国にのめり込んでいるといいますか、日本文化にたいする徹底した批判精神がないことも原因だろうと思います。ですから、漢字とか儒教とか制度が輸入されても、もともと異質なところに入ってきたものを、日本ではその異質性に着目せずに、それを同質的なものと思いこんで受けとめてしまっている。これは対中国文化だけの問題じゃなくて、西洋文化にたいしてもあるんじゃないでしょうか。

加藤 日本人も中国人も長いあいだヨーロッパから離れて暮らしていた。十九世紀になってから、ヨーロッパ帝国主義の圧倒的な軍事力に対面したとき、その背景にあり、それを生み出すところのヨーロッパ的技術、科学に接触したときに、中国と日本との態度は違っていた。中国側はタカをくっていたようなところがある。日本はひじょうに早く気がついて、黒船以来勉強して西洋文明を取り入れ、近代化に成功した。だから、明治初期の文献を見ると、中国人は自分は偉いと思っているからだめである、という具合に、日本人の中国批判は、中国側の西洋文明にたいする反応の遅さを衝いている。なぜそうなったかを考えると、文明の根本的な構造、文明の概念が、西洋と中国とでは似ていて、日本だけが特殊だったということと関連していると思います。

根本的な点で、日本人の考える文化と西洋人の考える文化とが違うから、西洋文化を取り入れると、日本の場合には、相補う相互補完の形になる。べつな言葉でいえば、西洋的なものを取り入れることにより、日本古来のものを犠牲にする必要がない。それは中国対日本の関係でも同じだったと思います。

西洋文化と中国文化と日本文化とどこが本質的に似て、どこが似ていないかという問題は、近代になってから、西洋文化と接触したときの中国と日本との態度の違いが、説明するのに役立つでしょう。もし中国が西洋のものを取り入れるとなったら、革命になってしまう。旧来のものをひっくり返して、新しい文物を強引に入れなければならない。だから日本のように、おだやかに、のどかに、たのしく近代化することはできない。近代化する以上、ものすごい闘争になって、今まであったものをぶちこわして、新しい形をつくらなければならない。簡単にいえば、それが文化大革命です。日本は、文化大革命なしに近代化できるけれども、中国は文化大革命がなければ、近代化できない。

西嶋　日本の場合は、律令制を取り入れるときでも、あるいは十九世紀以後、ヨーロッパ文明を取り入れるときでも、そういう矛盾の自覚はなかった。中国文化を取り入れるときは、中国という単一無二の他の文明が相手でした。十九世紀に西洋文明を取り入れるときも、単一無二の西洋文明が対象だった。ところが現代のような状態になりますと、国際関係自体が多極化している。だから、アメリカ、中国、ソ連、一体どこをどうしたらいいか、すぐにはわからない。今までのように、簡単に「じゃあ、いただきましょう」ということにならなくなって、はじめて途方にくれるような問題が起こってくるのではないでしょうか。

加藤 文明をひじょうに大きなシステムと考えれば、日本は中国文明の一部ですね。ただ日本文化というものがあり、それは、相手の持ってないようなところで、極度に洗練されている。

西嶋 われわれが誇り高く思うような日本文化の独自性は、だいたいにおいて、情の世界ですね。

加藤 情と感覚ですね。

西嶋 ところが中国文化は、感覚と情だけじゃなくて、理の世界がある。理の世界を強く自覚し、それを意識して、それを押し出してくる。これは中国文明だけじゃなくて、ヨーロッパ文明もそうです。理の文化と情の文化は、衝突しっこないわけなんです。だから、理の文化と理の文化は、ぶつかれば、ほんとうに血みどろな、どちらが勝つか負けるかという問題にならざるを得ない。情と理とはもともと次元が違うので、理を借りるときは簡単に借りてきてしまう。情のほうからいえば、融通無碍に取り入れてしまう。しかし、理が取り入れられて、そこで理として定着するかというと、やはりそうはならない。理は情の世界の中ではやはり足場のない浮遊物のようなもので、なかなか定着しない。日本と中国との関係、あるいは日本の中国文明の取り入れ方は、そういう性格として理解できる面があるのでしょう。

確かに十九世紀までは、日本文化は中国文明の一つの領域として位置づけられるだけでした。しかし、なぜヨーロッパ文明へと価値転換することが可能であったかというと、やはり日本では理の文化が定着し得なかった、あるいは本来的に、日本文化は理の文化とは異質なものがあったからこそ、そういう転換を可能ならしめたのではないかと考えられないでしょうか。

加藤　それが私の相互補完的だという意味です。理という言葉ですが、理論的な理は定着しないが、実践的な理はある。いくら日本人といえども、まさか情だけでは、ほんとうは暮らせない。外国と比べれば、日本のは、情と感覚にすぐれた文化ですけれども、江戸時代の官僚制度とか、技術とか裁判とかの全体は、やはり実践的理性であった。その実践的理性とは、超越的なものじゃなくて、一種のプラグマチズム、経験的な合理主義です。超越的理性は、もともと日本にはない。中国には、本来それがあります。

「和魂漢才」と「中体西用」の違い

西嶋　日本で「和魂漢才」といいますね。これは平安時代からの言葉ですが、それと同じような意味のことを、中国では「中体西用」といいます。中国を本体として、西洋は用いるものである。これは阿片戦争以後、上から自己改革をやろうという過程で出てくる言葉です。両者は、一見似ているようで、じつはひじょうに違う。体というのは、魂に比べて、たいそう強い意味をこめている。

加藤　体は、外在化された文明の秩序でしょうね。

西嶋　中国の本質といいますか、本体といいますか、これなくしては中国が存在しなくなるというものですね。

加藤　魂とは完全に内的なものでしょう。心持の問題、心ですね。しかし、中国がこれなくしては存在し得ないというものは、心持の問題ではなくて、文明の秩序の問題なんだな。

西嶋　その秩序がただ外形的なものだけじゃなくて、その秩序を統括するところの理念に基づいている。たとえば、儒教には「先王の道」という考えがある。ですから、体とは一つの超越的な価値を持つ理念として設定されているのですね。ところが、日本に儒教が輸入されたときに、先王の道は、あまり問題にされない。そういう意味での究極的な理をどう理解し、どう考えているかというところに、日本と中国の相違がある。

加藤　先王の道とは、儒者の心の外にあるものでしょう。儒者の心持がどうであろうと、先王の道は存在する。たとえ人が知らなくても、先王の道はある。それは歴史的な客観性です。だから、中国人が体というとき、つまり文明の本質を語るとき、それは理念の外在化されたものでしょう。ところが、魂は外在的ではない。心持が清ければ、それでいいのです。心持が濁れば濁ったで、なお悪い。しかし、その心の外にあるものは何なのか。外の秩序は本体ではない。日本はそういう意味で、主観主義的傾向がひじょうに強い。江戸の儒者は朱子学で訓練された。そこからいろいろ自分の説を立てた。自分の説は、心に行く傾向が強い。日本はじつに心《こころ》主義ですな（笑）。中国は違いますね。その意味でも、中国は西洋のほうに近い。

西嶋　むしろ西洋のほうが、中国に近いのではないでしょうか。中国史を日本史と比べて気がつくのは、たとえば、王安石の新法をめぐる争いなんかは、具体的なポリシーとポリシーとのたたかいですね。こういう衝突が、日本の歴史では明治維新以前には出てこない。天下分け目の関ヶ原といっても、豊臣と徳川のどっちが勝つかということで……

加藤　あれはアメリカの大統領選挙みたいなものです（笑）。

西嶋　究極的な存在としての理がないところでは、そういう対立は起こり得ない。理の世界では、やはりそういう対立によって、歴史が展開していく。だからジンテーゼの世界の実現は、日本ではちょっと考えられない。ヨーロッパでそれが最も端的に示されるのは、宗教戦争とフランス革命でしょう。そのような理と理、あるいは信念と信念との衝突が、歴史を動かしているのにもかかわらず、最もそれから離れているのが、日本ではないでしょうか。

加藤　そうですね。だから、日本では宗教戦争にならないし、革命にもならない。どんな犠牲をはらっても実現すべき価値、つまり、この世に超越的な価値が日本にはないからですよ。日本の価値は犠牲の量の関数であって、犠牲の量が大きくなれば、それに反比例して価値のほうは小さくなる。ところが、中国やヨーロッパでは、価値が犠牲の量とは関係なしに定義される。つまり超越性がある。だから革命が起こって、血の海の中で大勢の人が死ぬことになる。よい、悪いという点からいえば、どちらがいいというものでもないと思いますね。またどちらがよいといっても、あまり意味がないでしょう。日本は日本なりにいい点もあるから、みんなで仲よく暮らしましょうという日本的な発想になる（笑）。

西嶋　だから、日本語の責任という言葉と、英語のリスポンシビリティーとは、だいぶ意味が違うのじゃないでしょうか。

加藤　日本では、そもそも個人に責任はなく、集団全体に属するのですね。しかも、さらにその集団をまた包みこむ集団がありますから、集団はどんどん拡大する傾向があって、最大限まで拡大すれば、日本の全国民に責任があることになる。つまり、何をしようが、真珠湾を奇襲しようが、だれにも責任がないということと同じで、じつにうまい責任のがれの方法ですね。これは独自の文化ではないかしら……

西嶋 歴史的に見て、日本人は理に弱く、超越的な価値観をもちにくいという話になってきましたけれども、しかし、それが全然ないかというとそうでもない。たとえば、隠れキリシタンとか隠れ念仏とか……。明治以後にも反骨の人々が出ていますから、こういう伝統がまったくないとはいえないでしょう。

加藤 でも、日本の場合は超越的価値がプロテストに表明される。隠れキリシタンは、ちょっと事情が違うけれども……。そういう反骨の人は大塩平八郎から内村鑑三にいたるまで、体制に反抗するプロテストであって、革命運動ではないといえるでしょう。

西嶋 日本のそういう究極的な価値を設定する努力は、日本独特の文化的環境のなかでは、プロテストの形をとらざるを得ませんね。

加藤 現在の中国の指導者の背景をさぐれば、中国全体がある意味で理の世界であり、かれらにはかれらなりの理があって、それは超越的な価値をもち、具体的な経験的な世界においてそれを応用している。だが、日本の場合、そういう形にはちょっとなりにくいと思いますね。

西嶋 たしかに日本ではそのようになりにくいし、そういう歴史的な経験もない。しかし、いつまでもなりにくいといっているうちに、未来に絶望感を与えるようなことになりそうですね。

加藤　いやいや、絶望ではない。日本流にもなかなかいい点があると思いますよ（笑）。西洋流では、間違った方角に行ったときに、ひじょうにたくさんの血が流れて、たいへんなことになるけれども、日本人はだいたい防御的で、外でなにか変化が起こると、それにすぐ敏感に反応する。それはそれで、いい面もあるんじゃないでしょうかね。

編集部　それぞれ異なった「理の文化」が、いま北京で手を握ろうとしているんだということになると、さきほど西嶋先生がいわれた、日本が取り残されるという疎外感は、ますます強くならざるをえないでしょうね。現にバスに乗り遅れぬように早く日中接近を、という短絡的な議論も、財界あたりから出ています……

加藤　しかし、それは二つの文明の握手だかどうだかわかりませんよ。もし日本が米中頭越し交渉で取り残されたという感じがあれば、もっとアメリカを理解し、中国を理解する必要がある。もうすこし慎重ないい方をすれば、アメリカをわかることのむずかしさ、中国をわかることのむずかしさ、それをよく理解したほうがいいのではないか。

日本人が早合点してなんとなくわかったという錯覚を起こしやすいのは、長いあいだの中国の影響が日本に浸透して、同文同種とか、表面的には日中が近いような気がするからですね。

西嶋　われわれが日本の歴史を考える場合に、従来ともすれば、これを日本列島の中だけで考えてきたという傾向がありますね。高等学校の日本史と世界史の区別などは、そのよい例ですよ。しかし、これでは日本と中国、あるいは日本とヨーロッパとの同質性や異質性を理解できないので、もっと日本の歴史を大きな世界の歴史のなかに位置づけて考えなければならないと思います。これまでの話では日本と中国やヨーロッパとの異質性が強調された形になりましたが、この異質性の問題でも、これを切り離された歴史の所産として考えるのではなく、一体的な歴史のなかで、その異質性がどのように定着していくかということを見なければ、その意味も具体的に把握できないと思います。

そのためには、まず日本を、中国を中心とする東アジア世界のなかに位置づけて、その歴史展開をこの世界の歴史のなかの問題として理解すること、次には近代日本の展開をより大きな世界、すなわちヨーロッパ世界の拡大された全世界的世界のなかに位置づけて理解することでしょう。あとの問題はだれでも気がつくことなのですが、案外、第一の問題には気がつきません。中国文化を、ただ文化として受容したというように理解すると、日本と中国とは文化的には同質性が強調されてしまうことになって、同文同種という錯覚を生ずることになるのでしょう。

しかし、それらの文化がそのときおりの政治を背景として採用されたということになると、漢字その他の中国文化との共通性が、そのまま文化の同質性を示すものではなくて、じつは異質なものであるのだということが発見されるのではないでしょうか。
日本と中国とが近代以前において一つの歴史的世界に所属し、両者の歴史には見落とされている一体性があるという観点に立つと、今後さらに日本の歴史の理解を豊富なものにすると思うが、歴史の一体性は、かならずしもそれに含まれる諸民族の文化の同質性を示すものではないということも重要だと思います。

加藤　日本人がアメリカ人を見る場合も、アメリカ人が日本人を見る場合も、日米両方とも工業国ですから、工業化の水準がある段階に達すると、いろいろな社会現象が似てくるために、お互いに同一文化の国と感ずるわけですね。それもやはり表面的にすぎるわけで、根本的には違うところがあるから、ときどき誤解がその根本の違いにつながって、吹き出してくる。だから、表面上の共通点を踏まえたうえで、しかし、もうすこし深い文明の根底における違いを視野に入れる必要があるのではないでしょうか。

今までの対外関係で日本は、外の動きに敏感で、比較的早く適切に反応してきた。ただ、自分からイニシアチブをとることはひじょうにヘタだ。外の変化に反応するだけではなくて、こっちから積極的に押し出すんだといっても、いうはやすく行なうは難しだと思います。たとえば、ニクソンや毛沢東のような動きかたをしろといっても、それは無理でしょう。なぜかというと、まさか情と感覚の文化で動くわけにいかない（笑）。やはり理屈で動かなければならない。外の変化に巧みに反応するという実践的な理屈はあるんだが、超越的、理論的なものがないから、自分のものを押し出せない。それは歴史的なもので、一日にしてならないのでしょうね。

あとがき

私は座談を好んで、演説を好まない。人の話を聞きながら、あるいは自ら喋りながら、考えることをよろこんで、人生意気に感じ、肝胆相照らすことを必ずしも貴ばない。意見はいくらかちがう方が、話しながら考えるのに好都合である。しかしあまりちがいすぎると、話が通じ難くて不便だと思う。幸いにして日本国の新聞雑誌放送には座談会・対談の独特の習慣があって、これは大いに私の嗜好に投じるものであった。頼まれれば喋って、今日までにその数を知らない。今ここに集めたのは、「対談」に限り（ただしサルトル氏との話には、練達の司会者白井浩司氏の助けがあった）、歴史と学問と現代の一面に触れたものである。このような形で一書を編むことについて、対話の相手になって下さった方々にあらためて感謝しなければならない。

ここでの話相手の方々と私との間には、親子ほどの年齢のひらきはなかった。すなわち「世代」の差はここにはない。年齢がいくらかちがい、個人的な意見がちがい、それぞれ専門の領域、学識経験、知的力量、文化的背景は、しばしばかけ離れていたが、私は一度も話の通じ難さを感じたことはない。私の側からみれば、この本のなかでの会話に共通の特徴は、何よりも、私がそれを大いに愉しんだということである。（私のフランス語は流暢ではない。しかしそのことも、サルトル氏との会話の愉しみを妨げなかった。）おそらくこの本は読者にとって読みやすいだろう。もし会話の愉しさも感じられるとしたら、望外のよろこびである。

文化現象のなかには、とき（時代）ところ（文化圏）に応じてちがうものがある。たとえば価値の体系である。ときのちがいに応じて異なるが、ところの差に係わらないものがある。たとえば工業化の段階である。逆にときの差に係わること少なく、ところによって著しくちがうものがある。たとえば国語の文法である。またときやところの差を超えて通用するはずのものもある。たとえば自然科学の命題である。いま、ところの差に注意して、日本文化の特徴を考えると、価値の体系のようにときとともに移って来た要素と、国語文法のようにときとともに変わることの少ない要素とがある。ときとともに移って来た要素の移り方には、しばしば特定の方向があり、その変化の方向は、ときとともに変わることの少ない要素と関連していると思われる。日本文化の構造全体を理解するためには、その関連を理解しなければならず、その関連を理解するためには、変化の方向と変化しない部分の構造を、まず明らかにしなければならない。そういう必要は、当然われわれの関心を日本精神史の方へ向けるだろう。別のいい方をすれば、現在のわれわれ自身のものの考え方や感じ方を決定している条件の全体を理解するためには、——理解することはその条件を超えることを意味し、つまるところ精神の自由を意味する——共時的な文化の構造と共に通時的な変化の方向を見出さなければならない。その双方が見出されたときに、通時性のなかに共時性があらわれ、共時性のなかに通時性があらわれる。前者は歴史のなかの不変なもの、後者は構造のなかの、時代により価が決まる変項である。日本文化について具体的にいえば、歴史のなかの不変なものは、おそらく、相互に密接に絡む二つの要因、非超越的世界観と集団所属性の優越する価値の体系に、帰せられるだろう。——というようなことを、私は長い間考えていた。そこに丸山真男氏の歴史意識の「古層」についての論文が出た。「古層」とは、通時性のなかにあらわれた共時性である。私は論文をよろこび、丸山氏が歴史を語るのを聞く機会をよろこんだのである。そういう私の考えの一面は、笠原芳光氏との会話にも出ている。

湯川秀樹氏との富永仲基をめぐっての話、渡辺一夫氏との諷刺文学についての話は、歴史の一般的な方法論ではなく、歴史の具体的な一局面についてのいくらか立ち入った会話である。歴史的な事実が、今日のわれわれにとってどういう意味をもち得るか、ということに係わっている、といってもよいと思う。

学問談義は二つある。芸術との対比を主として、湯川氏と。学問の社会的役割を主として、久野収氏と。自然科学の命題は、ときところは、ときところを超える。しかし自然科学の発展の型を超える。しかし自然科学の発展の型は、ときところによってちがう。またその社会的役割が、当該歴史的社会に応じて異なることはいうまでもない。自然科学においてさえも、歴史に超越的な命題の体系と、歴史に制約される発展と役割と、三者を区別して、その関連を見定めることは容易でない。いわんや社会科学や人文科学については、しばしばその三者を区別することさえ困難である。故に私は学問談義を自然科学「モデル」からはじめて、他の領域へ及ぼそうとするのである。人間の知的活動の領域の「モデル」からもっとも遠いものは、文学芸術の認識的側面であり、もっとも近いのは社会科学の記号論理化（必ずしも計量化ではない）された部分である。思考の経済という点からみれば、比較検討をもっとも遠いところと、もっとも近いところからはじめるのが便利であろう。湯川氏および久野氏との会話は、このような私の考えの枠組のなかで、実に多くの論点をはっきりさせるために役立った。その意味で私は殊に両氏に感謝している。

市民としての学者の社会的責任は、学者個人の信条の問題である。理論的には学問内部の問題のように複雑ではない。実践的には、——知る人ぞ知る、面倒きわまりないことではあるが、つまるところ旗亭の対談によって解けるものではない。笠原芳光氏との話は、間接的にではあるが、いくらかそのことにも触れている。

私のもう一つの関心は、「現代」とは何かということである。ところにではなく、ときに注意して、われわれ自身の条件を問うこと。そこには、価値の体系のようにところの特殊性と絡んで現代的なるものと、工業化の段階のようにところの如何を問わず、あらわれ得る（あらわれている、ではない）現代的なるものとがある。ここでも再び、その区別と関連の問題が生じ、歴史的かつ比較文化論的な接近が必然的となるだろう。具体的に西欧および中国の社会と比べながら、その意味で、わが日本帝国の現代を語ったのが、笠原・サルトル・西嶋氏であった。

この本の校正を読み返し、話相手になって下さった方々の顔を想いうかべ、私はなるほどこれが私の知的交遊録の要約であろうかと思った。「有朋、自遠方来、不亦楽乎」——この一句の解釈には古来説があるようだが、私は人生の「楽」を、人との出会いにみるという意味で、古代中国の聖人に賛成するのである。

知的交遊は、言葉を媒介として成りたつ。なぜ私は喋ることを好むのか。なぜまたどの程度まで言葉による相互理解は可能なのか。私は言葉が暴力にたいして全く無力であり、しかも全く敗れざる所以を、六八年プラーハの街頭にみて、『言葉と戦車』を書き、なぜ私自身が口舌の徒となり売文を業として今日に到ったかを、自他に説明しようとして、『羊の歌』を書いた。言葉による相互理解の可能と不可能については、折にふれて書いてきたが、この本自身がその説明を補う役割を果たしてくれるかもしれない。けだしときどころの特殊性を、普遍性へ向かって超えようとする運動は、人間精神の根元的な欲求の一つであるように思われる。私はその運動により、人間の「自由」を定義するのである。

加藤周一

一九七三年三月　於東京

解説　対談集の愉悦——対談集を編むことと読むこと

鷲巣　力

『歴史・科学・現代——加藤周一対談集』は、もともと一九七三年に、のちに平凡社選書となるシリーズの一冊として刊行されたものである。当時、加藤周一の著書はすでに数多く刊行されていたが、対談集は一冊もなく、本書は加藤初めての対談集であった。

今日では対談集や講演集は数多く刊行されるが、三、四〇年前には、対談集というものはそれほど多く刊行されなかった。執筆者にしても出版社にしても読者にしても「対談集」なるものにそれほど高い価値を与えていなかったのである。対談というものは新聞や雑誌に載せるために一回限りに話されるものだ、と暗黙のうちに了解されていた。それを一冊にまとめて刊行しようというのは、執筆者の怠惰であり、出版の邪道であり、対談集などを手がけるのは無能な編集者の所業だ、と考えられていたからである。

なかば私事にわたることで恐縮だが、この対談集の担当編集者は私だった。二〇代のときに手がけた企画である。たとえ加藤の対談集といえども、対談集の企画などを提案すれば、快くは迎えられない。実際、企画会議では冷ややかな雰囲気も感じた。しかし、本書の軸になるのが加藤であり、正直なところ、しぶしぶ認められた企画だったと記憶している。だが、この企画を提案したのには、私なりのひそかな「目論見」があった。その目論見を明かすには、加藤と初めて付き合い始めたころのことを述べなければならない。

加藤と私が初めて会ったのは、たぶん一九七〇年だったと記憶する。あるいは一九六九年だったかもしれない。いずれにせよ、そのときから晩年にいたるまで、ほぼ四〇年間の付き合いを続けたことになる。最初に会ったころ、私は未熟な編集者で――いまは未熟なままの立枯れになり果てたが――、「林達夫著作集」を担当していた。加藤に同著作集第一巻の解説原稿を依頼するために、上野毛の自宅にひとりで出向いた。平凡社という出版社には、編集者が駆け出しだろうと――実際、そのころの私は書籍編集をほとんど一冊も手がけていなかった――、相手がどんな高名な執筆者であろうと、上司が同行する習慣などなかった。上司が同行するのは、編集者が失敗をやらかし、相手に謝る必要があるときくらいである。自由といえば自由、放任といえば放任だった。

原稿はすぐに快く引き受けてくれ、そのあとは雑談になった。当時、加藤はベルリン自由大学に籍を置いていて、一年のうちほぼ半年をベルリンで暮らし、ほぼ半年を東京で暮らしていた。半年ぶりで日本に帰ってくると、いわば「浦島太郎」になる。なにしろ東京、あるいは日本は、めまぐるしく変化する街であり社会であり、半年も留守にしていれば

「今浦島」になるのは必定である。加藤といえども、新聞を読んでも、雑誌に目を通しても、TVに耳を傾けても、分からないことが少なからずあったようだった。

そんなときに、折悪しくというか、私が訪ねた。結果は目に見えている。「飛んで火に入る夏の虫」とばかりに、「これはどういうことだ？」「あれはどういう意味だ？」と質問の集中砲火を浴びた。これにはのちに述べるような意味合いもあるいはあったのかもしれない。そのころに受けた質問の内容はもうほとんど覚えていない。だが、砲火をかいくぐるのに汲々としたことや、いくたびか窮地に陥ったことはよく覚えている。

たまたま私が知っていることにかんする質問ならば、なんとか答えようもある。しかし、浅学非才の若輩者には、博覧強記の加藤の質問に答えられることは少ない。よくは分かっていないことにかんしても何とか答えようとする「律義さ」というか、口から出まかせでも答えようとする「いい加減さ」というか、それが災いのもとだった。曖昧に答えようものなら「うぬ、今の説明、よく分かりませんね」という追及の手が伸びてくるのだった。「あー、やっぱり駄目かあ」と思ったことは数知れない。そんな追及の手から逃れられたのは深夜になってからのこともしばしばだった。

そうじて昔の執筆者は意地悪だった。初めて会う編集者の「品定め」をする執筆者が少なくなかった。少なくとも私の経験からいえば、久野収も花田清輝も林達夫もそうだった。加藤の質問攻めもそういうことだったのかもしれない。意地悪な質問を出しては、どのように答えるかをじっと見ている。執筆者の「品定め」に私は落第点を重ねていた。しかも、一通の手紙、一本の電話で、能力や性格は間違いなく見抜かれるという強い恐怖感を私は抱いていた。ついに「執筆者恐怖症」に陥って、執筆者に会うのはおろか電話をかけることさえままならぬ日々を送った。今の時代は編集者がエライ時代になり、執筆者との関係も違ってきたようだ。執筆者を編集者に従わせることに意義を感じている人もいるらしい。しかも、メールという会話不要のツールもある。まことにうらやましい限りである。

信じてもらえないかもしれないが、加藤に気軽に電話をかけられるようになったのは、付き合い始めて三〇年近くたった、せいぜいここ一〇年くらいのことにすぎない。その前は電話もよくかけられなかった。それにもかかわらず、加藤は私と付き合い続けてくれた。有り難いことだった。それは私の「答え」が役に立ったからではなく、とにもかくにも、なんとか答えようとした「姿勢」を少しは認めてくれたからだろうか。

加藤との付き合いは、一方ではしんどいものであったが、もう一方では楽しいものであった。なんといったって「個人授業」を受けられるのである。これはなべて編集者の「特権」である。しかも、駆け出しの編集者にとっては、「知らない」ことがあっても堂々と「知りません」といえる。これは「期限付き特権」である。これがヴェテラン編集者になると、そうはいかない。「そんなことも知らないのか」という侮蔑を受ける羽目に陥り、それを恐れて「知らない」ことでも「知っている」かのごとくに振る舞わなければならないことだってある。駆け出しだった私はふたつの特権におおいにあずかった。私が「知らない」といったことについて、加藤は丁寧に説明してくれた。加藤の話に「目からウロコ」とはこういうことをいうのか、と思うこともたびたびだった。

とにもかくにも、加藤との関係を続けたいと私は願った。そのためには、関係をつなぐためのなんらかの手土産、すなわち「企画」が必要である。手土産ひとつもたずに「こんにちは」と遊びに行ける関係だとは思っていなかった。しかも、そのころ平凡社と加藤の関係はそれほど深いものではなかった。ところが、加藤の前には編集者の行列ができている。企画を立てて加藤に提案するといったって、おいそれと受けてくれるはずもない。行列の最後尾について順番待ちしていたのでは時を失する。行列に割って入れるような、なんとか受けてくれるような企画を考えなければ加藤との関係は途絶える。そういう危機感を抱きながら「対談集」の企画を思いついた。対談集の評価が低い時代、対談集の企画を立てる編集者は少ない。対談集の企画なら行列のなかに割って入れるかもしれない、と考えたのである。自分の無能を自覚していたから「無能編集者」の烙印など痛くも痒くもない。加藤からは「構成をつくってくれるならば」という条件でなんとか了承を取りつけた。

あとは企画会議をいかにくぐり抜けるかである。評価の低い対談集の企画であるから、第一級の対談集にしないと通らないと判断した。そこで対談者に、丸山真男、湯川秀樹、久野収、渡辺一夫、笠原芳光、サルトル、白井浩司、西嶋定生の八氏を選んだ。それぞれの分野の第一人者たちだったが、対談集を編む愉しさとしんどさを十分に味わった。笠原芳光氏を除いた全員がすでに鬼籍に入ってしまったことに、時の経過を感じざるを得ない。幸いにして企画会議で承認を得たのだが、この企画があったからこそ、その後の加藤との関係が続けられたのだと思う。その意味では私の「目論見」は成功したといえるだろう。

加藤には自著の書名にたいするこだわりがある。この対談集が刊行されたのとほぼ同じころに、ある出版社から刊行されたある書籍の話である。加藤は希望する書名案をもっていた。ところが、その書名では売れないと主張する出版社は、その書名でいくならば初刷部数を予定のほぼ半分に減らすといったらしい。にもかかわらず、加藤は自分が希望する書名にこだわった。ところが、対談集ということで加藤にもそれほどの期待はなかったのだろうか、「書名はまかせるのでつけてほしい」といわれた。何という書名にしたらよいかに窮した挙げ句「歴史・科学・現代」という書名にした。なんとも芸がない書名ではあるが、加藤の関心が、一方で「歴史」に向かい、もう一方で「現代」に迫り、たえずそのあいだの往復運動をしていることを考えた。その往復運動をつなぐのは科学的な思考と方法である、という意味合いを込めてつけたものである。

刊行されたものの、それほどの売れ行きにはならなかった。その理由はふたつあるだろう。ひとつは対談集だったことである。今も少し残っているが、当時は「対談集は売れない」というのが通り相場だった。もうひとつは対談集にしては内容が濃く、昨今の対談集ほどには気軽に読めないことである。今読めば内容の濃さに驚く読者もいるに違いない。

巻頭に収めた丸山真男との対談は、筑摩書房から刊行された『歴史思想集』（『日本の思想6』、一九七二年）に付された対談である。丸山に再録を交渉したとき『歴史思想集』はまだ刊行されていなかった。「未刊のものの再録を求められたのは初めてだ」と丸山にはからかわれたが、それでも認めてくれた。これを収めてよかったと思う。今読み返すと、この対談は「日本思想における時間と空間」という主題のもとに行われている。丸山の入門としても加藤の入門としても読めるものではなかろうか。

この対談の面白さは、丸山と加藤による丁々発止の掛け合いにある。相手の意見とは少し異なる意見を提示し、さらに相手がこれに同調するのではなく、少し異なる意見を述べる。その連続であり、読む者はふたりに引きずられながら、高みに登っていく爽快感がある。慈円と新井白石をめぐるふたりのつばぜり合いはなかなか読み応えがある。世に対談は数多あれども、こういう妙味を味わえる対談は少ない。

物理学者湯川秀樹との対談をふたつ収める。ひとつは富永仲基にかんする対談であり、ひとつは科学と芸術の関係についての対談である。これらの対談で驚かされたことがふたつある。ひとつは、湯川は理論物理学の最先端を走った科学者である。普段は高度に専門的な世界に暮らしている。きわめて専門的な学者であるにかかわらず、湯川の知的世界はとてつもなく広く、とてつもなく深いことである。もうひとつは、対談のなかでは専門家にしか分からない「おまじないことば」をいっさい使わないで、あくまでも平易なことばで語ることである。これぞ「本当の知者」の言ではなかろうか、と思ったものである。

学問の社会的役割を主題にするのが久野収との対談「戦後学問の思想」である。この対談は一九七〇年に行われている。戦後のひとつの転換期は一九六八、九年にある。おりから大学を中心にした学園闘争の火が燃え広がっていた。そのなかで大学とは何か、学問とは何か、という問いが発せられていた。そういう時代にあって、学問の社会的役割についての危機意識が、こういう対談を求めたのだろう。今日では、学問が社会にどっぷりと無自覚的に組み込まれている。学問を見直すには今日でもこの対談は示唆的だといえる。

渡辺一夫との対談は、諷刺文学を語って、ラブレーやスウィフトから安藤昌益や永井荷風に及び、「諷刺文学とユートピヤ」の関係を論じる。渡辺は「単なる諷刺も面白いが、それ以上に、ユートピヤが――あるいは現在の世のなかが――新しい諷刺に大いに値するものになる可能性があることを感じさせてくれるような部分のほうが、もっと面白い。いや感銘が深い」という。しかも、その背景に人間性にたいする「諦観」を見ている。エラスムスとトマス・モアが「同じ精神的知識的な世界の双生児」だという渡辺の指摘は、林達夫が「哲学者エラスムスと画家ボッシュは同時代の双生児だ」といったことを想い出させてくれた。ラブレー『ガルガンチュワとパンタグリュエル』について「前半の露骨な諷刺も面白い」が、「後半の奇怪な物語から諷刺を発見する」ほうが面白くなったという発言は、恥ずかしながら編集当時はよく分からなかったが、今なら多少なりとも共感できる。

サルトルが来日したときの白井浩司を交えての鼎談が「西欧と日本」である。サルトルの日本文化論は、日本人読者にも興味深く読めるだろう。刺身（生物《なまもの》）や龍安寺石庭や谷崎潤一郎『細雪』や日本の現代建築を語って、つまり、日本文化を全体的に論じて、これほど面白い議論ができることに脱帽する。ひるがえって外国文化を論じるときに、その母国の人たちをどれほど納得させることができるだろうかと考えざるを得ない。

笠原芳光氏との対談「絶対主義と闘う相対主義」は宗教談義である。ここでも日本人のものの考え方に超越的思考がないことを指摘し、時間認識における「現在主義」という、加藤の基本的考え方が提示されている。同時に、科学の進歩と宗教という問題が加藤によって提起されている。これは晩年に加藤が考えていた重要な問題であり、すでにこのころから考えつづけていた問題だったことをあらためて知った。

一九七二年のニクソン訪中を契機にして行われたのが西嶋定生との対談「東西文明の接触と相克」である。江戸時代以降の日本人のもつ中国観を取りあげ、中国文明がむしろ西洋型に近いことを述べ、中国にたいして「同文同種」という理解のしかたを止める必要を説く。すなわち「早合点してなんとなくわかったという錯覚」をもたないように努め「アメリカをわかることのむずかしさ、中国をわかることのむずかしさ」を肝に銘じた方がよかろう、という。その事情は今もまったく変わらないように思われる。

対談集を読むことには独特の面白さや歓びがある。なんといっても、会話の愉しさを対談者とともに味わえることである。そして、書かれた文章以上に、対談者の人柄が透けて見えることである。しかし、だれがだれと対談してもうまくいくわけではない。まず求められるのは対談者が「おしゃべり」なことに違いない。対談集に登場する九人は、いずれも負けず劣らず「おしゃべり」である。第二に、対談者同士の意見がまったく同じでは読む者には面白くない。意見がまったく合わないと議論はすれ違いで後味はよくない。対談者のあいだに多少の意見の違いがあること、そして第三に、おたがいに相手にたいする敬意があることだろう。本書の八つの対談は、これらの条件をすべて満たしていると思う。

本書は私には思い出深い一冊である。三十数年前の本が、もういちど陽の目を見る機会を与えられたことには感慨深いものがある。同時に、当時もそれほど評判にはならなかったし、率直にいって、今の読者にはたして迎えられるだろうか、という不安も覚える。

筑摩書房の湯原法史氏と町田さおり氏（ちくま学芸文庫編集長）が、埋もれていた本書を掘り起こしてくれた。労を惜しまず編集にあたったのは平野洋子氏である。記して謝意としたい。また、ほぼ同時期に文庫化する予定をもっていたにかかわらず、ちくま学芸文庫に入れたいという申し入れにたいして快諾を与えてくれた平凡社に万謝の意を表したい。

対談者紹介

丸山真男 政治学者、一九一四〜一九九六年。東京大学法学部卒。著書『日本政治思想史研究』『現代政治の思想と行動』『日本の思想』他。

湯川秀樹 物理学者、一九〇七〜一九八一年。京都大学理学部卒。著書『量子力学序説』『現代科学と人間』『創造的人間』他。

久野　収 哲学者、一九一〇〜一九九九年。京都大学哲学科卒。著書『現代日本の思想』（共著）『憲法の論理』『平和の論理と戦争の論理』他。

渡辺一夫 フランス文学者、一九〇一〜一九七五年。東京大学フランス文学科卒。著書『渡辺一夫著作集』『ラブレー研究序説』他。訳書―ラブレー『ガルガンチュワとパンタグリュエル』他。

笠原芳光 宗教思想史家、一九二七年生。同志社大学大学院神学研究科修了。現在、京都精華大学名誉教授。著書『イエス――逆説の生涯』『日本人のイエス観』『言葉と出会う本』他。

J＝P・サルトル 哲学者、一九〇五〜一九八〇年。エコール・ノルマル・シューペリュール卒。著書『自由への道』『汚れた手』『弁証法的理性批判』他。

白井浩司 フランス文学者、一九一七～二〇〇四年。慶応義塾大学フランス文学科卒。著書『小説の変貌』『入門フランス文学史』他。訳書―サルトル『汚れた手』『自由への道』他。

西嶋定生 歴史学者、一九一九～一九九八年。東京大学東洋史学科卒。著書『中国古代帝国の形成と構造』『中国古代国家と東アジア世界』他。

初出一覧

Ⅰ

歴史意識と文化のパターン　「日本の思想6『歴史思想集』別冊」（一九七二年十一月　筑摩書房）

言に人あり　『図書』（一九六六年十二月号　岩波書店）
『学問の世界』（一九七〇年四月　岩波書店）

Ⅱ

戦後学問の思想　「戦後日本思想大系10『学問の思想』」（一九七一年六月　筑摩書房）

科学と芸術　『図書』（一九七二年四月号　岩波書店）

Ⅲ

諷刺文学とユートピヤ　『文学』（一九六六年十二月号　岩波書店）

絶対主義と闘う相対主義　『月刊キリスト』（一九七二年十月号　教文館）

西欧と日本　ＮＨＫテレビ（一九六六年十月十四日放映）
『サルトルとの対話』（一九六七年六月　人文書院）

東西文明の接触と相克　『朝日ジャーナル』（一九七二年三月三日号　朝日新聞社）

ちくま学芸文庫

歴史《れきし》・科学《かがく》・現代《げんだい》　加藤周一《かとうしゅういち》対談集《たいだんしゅう》

二〇一〇年七月十日　第一刷発行

著者代表　加藤周一（かとう・しゅういち）

発行者　菊池明郎

発行所　株式会社　筑摩書房

東京都台東区蔵前二—五—三　〒一一一—八七五五

振替〇〇一六〇—八—四一二三

装幀者　安野光雅

印刷所　中央精版印刷株式会社

製本所　中央精版印刷株式会社

乱丁・落丁本の場合は、左記宛に御送付下さい。
送料小社負担でお取り替えいたします。
ご注文・お問い合わせも左記へお願いします。
筑摩書房サービスセンター
埼玉県さいたま市北区櫛引町二—六〇四　〒三三一—八五〇七
電話番号　〇四八—六五一—〇〇五三

ISBN978-4-480-09294-6 C0195